AARON SANDER
Totenlichter

Weitere Titel des Autors:

Schmerzwinter

Über den Autor

Aaron Sander, 1973 geboren, studierte Film- und Fernsehdramaturgie. Er wuchs im Norden Deutschlands auf. Schon in jungen Jahren lernte er das Meer, die Hansestadt Hamburg und die Wälder Schwedens lieben. Auf langen Wanderungen durch die Natur ersinnt er seine Thriller. Oft nimmt er seinen Laptop mit und schreibt tief im Wald.

AARON SANDER

TOTEN-
LICHTER

Thriller

Lübbe

Die Bastei Lübbe AG verfolgt eine nachhaltige Buchproduktion.
Wir verwenden Papiere aus nachhaltiger Forstwirtschaft und verzichten
darauf, Bücher einzeln in Folie zu verpacken. Wir stellen unsere Bücher
in Deutschland und Europa (EU) her und arbeiten mit den Druckereien
kontinuierlich an einer positiven Ökobilanz.

Originalausgabe

Copyright © 2023 by Bastei Lübbe AG, Schanzenstraße 6–20, 51063 Köln
Textredaktion: Angela Kuepper, München
Umschlaggestaltung: zero-media.net, München
Umschlagmotiv: © Finepic, München
Satz: GGP Media GmbH, Pößneck
Gesetzt aus der Stempel Garamond LT
Druck und Verarbeitung: GGP Media GmbH, Pößneck
Printed in Germany
ISBN 978-3-404-18943-4

1   3   5   4   2

Sie finden uns im Internet unter luebbe.de
Bitte beachten Sie auch: lesejury.de

... Tod,
Das unentdeckte Land, von des Bezirk
Kein Wandrer wiederkehrt ...

William Shakespeare
Aus „Hamlet"

1

»Denk einfach daran, wie friedlich es war, Evelin«, sagte er mit seiner ruhigen Stimme. »Und wie zufrieden du warst … Du schaffst das. Es war so still …«

Tränen liefen Evelin über das Gesicht und verschmierten ihren Eyeliner, den sie extra für diesen Tag aufgetragen hatte.

Er sog das Bild in sich auf: Evelins weißes, mit farbenfrohen Blumen betupftes Sommerkleid. Das hochgesteckte Haar, die Ohrringe, die im spärlichen, aber bunten Licht der Kirche glitzerten.

Lächelnd folgte er ihrem scheuen Blick, der hinabfiel. Von hier oben, von der Empore mit der Orgel, waren es gut sieben Meter bis zum rauen Steinboden. Er hatte ihr ein wenig helfen müssen, weil ihr das linke Bein noch immer höllische Schmerzen bereitete.

Er musste immer allen helfen.

Das war wohl seine Bestimmung.

»Denk an das Glück, als du es das erste Mal gesehen hast …«

Evelins Hände klammerten sich an das hundert Jahre alte Holz des Geländers. Ihr ganzer Körper zitterte. Das Innere der St.-Thaddäus-Kirche, eines imposanten Backsteinbaus am Rande von Hamburg, lag in vollkommener Stille da. Der Kirchenchor würde erst in drei Stunden proben, und er hatte die Türen abgeschlossen. Niemand konnte sie stören.

Durch das glanzvolle Buntglasfenster hinter dem Altar hörte er Kinder rufen, das gleichmäßige Piepen eines rangierenden Lastwagens. Das Leben Hamburgs drang gedämpft zu ihnen herein.

»Evelin, sieh mich an. Du weißt, wie stolz ich auf dich bin. Du weißt, wie sehr ich dir die Erlösung wünsche.«

Evelins Hand glitt zu ihrem Kettchen, das sie um den Hals trug, und weiter zu ihrem Anhänger. Eine Sonne aus blankem Metall. Sie war kaum größer als ein Kronkorken, aber er wusste, wie sehr das Symbol sie alle vereinte und stärkte.

»Wirst du jemals frei sein? Stell dir diese Frage, Evelin. Und ich bin mir sicher, du hast sie dir bereits gestellt und weißt die Antwort. Wirst du jemals glücklich werden? Ja. Wenn du diesen Schritt gehst.«

Evelin schien ihn nicht zu hören. Abermals glitt ihr Blick hinab in die Tiefe.

Wieso wehrt sie sich?, fragte er sich. Wieso sträubt sie sich, das Geschenk anzunehmen? Er spürte, wie es in ihr arbeitete, trotzdem zögerte er, näher zu treten. Mehr Druck war in diesem Moment nicht gut. Aber er wusste auch, dass es jetzt schnell gehen musste. Die Erfahrung hatte es ihm gezeigt. Wenn sie noch länger hier oben standen, würde Evelin trotz des LSD zu lange grübeln und Angst bekommen. Angst vor dem Finalen. Angst vor der Entscheidung.

»Sieh mich an, Evelin«, flüsterte er und schaute ihr lächelnd in die Augen, wusste, was sein offener, trostspendender Blick bei anderen bewirken konnte. »So ist gut. Sieh mir in die Augen, und jetzt sprich mir nach: Ich will die Schmerzen hinter mir lassen. Ich habe mich entschlossen. Das Licht wird mich leiten.«

Evelin hob zitternd das Sonnenamulett und küsste es. Lautlos formten ihre Lippen die Worte. Schließlich nickte sie. Ihre Pupillen waren vor Angst und der Droge geweitet.

Es faszinierte ihn, wie anders jeder mit dem Tod umging.

Wie sich alle auf ihre ganz eigene Art darauf vorbereiteten. Auf den wunderbaren Neuanfang. Auf die Erlösung von dieser Hülle und der Auferstehung zu jemand Vollkommenem.

Jeder zog sein eigenes Los für den Übergang ins Licht. Weinend oder lächelnd.

Sie wischte sich die Tränen weg und hob mit aller Anstrengung ihr verletztes Bein über das Geländer.

Es geht doch. Sehr gut.

Sein Herz begann zu rasen.

Für einen Moment meinte er, Weihrauch zu riechen, aber dann ging ihm auf, dass wahrscheinlich Evelins Parfüm zu ihm schwebte.

»Du hast dich für das Richtige entschieden. Es wird besser, Evelin. Vertrau mir. Ich bin dein Freund.« Er unterdrückte den Drang, ihr zu helfen.

So ist es gut, dachte er, als sie das andere Bein ebenfalls über das Geländer schwang. Komm, du schaffst es.

Evelin hielt sich am Geländer fest, die Füße auf dem schmalen Streifen vor den Streben.

Die Sonne fiel durch die Buntglasfenster und zeichnete strahlende Farben auf ihre Wangen.

Komm! ... Jetzt! ... Los, Evelin ...

Ihr Atem ging ruhig.

Das Gefühl von unendlicher Macht schickte wohlige Schauer über seinen Rücken. Es war unbeschreiblich, zu wissen, dass man etwas Gutes tat, dass man Menschen wirklich half.

Sie hatte zu schluchzen aufgehört und atmete gefasst ein und aus, sah dabei auf das bunte Licht.

Lass los ... Einfach loslassen.

Eigentlich war dies immer der schönste Moment. Der Moment, wenn sie sich vollkommen entkrampften, noch ein letztes Mal die Lungen mit dieser Welt füllten und ihrem vertrauten Herzschlag nachhorchten.

Er lächelte.

Evelin ließ los.

2

Anna öffnete die Augen und lauschte in die Stille ihrer neuen Wohnung. Irgendwo knackte ein Heizungsrohr. Von der Straße drang das Quietschen eines Busses zu ihr, Stimmen aus einer Kneipe an der Ecke. Es war halb zwei Uhr nachts, und das Ticken des Weckers war im Moment das Einzige, was ihr in diesen vier Wänden vertraut war. Es roch so neu, nach Farbe und Silikon, aber vor allem nach Freiheit und einem Neuanfang.

Ihr Vater hatte darauf bestanden, ihr eine Wohnung zu kaufen und sie zu sanieren, anstatt dass sie sich eine am Rand von Hamburg gemietet hätte.

Immerhin hatte sie ihn überzeugen können – wenn er schon so viel Geld ausgeben wollte –, eine im Schanzenviertel zu erstehen. Nur unter Protest und murrend, weil dem alten Hanseaten das Viertel viel zu hipp und alternativ war, hatte er schließlich nachgegeben.

Seit zwei Stunden dämmerte sie vor sich hin, ohne wirklich zu schlafen. Sie ließ den Blick durch das winzige Schlafzimmer schweifen, an den halb ausgepackten Umzugskartons entlang zur Tür, die in den Flur führte, und von dort hinab in den unteren Bereich der Maisonettewohnung.

Da! Da war es wieder. Ein schlürfendes Geräusch, als liefe jemand leise unten umher. Vielleicht in der Küche?

Angestrengt horchte sie.

Du bildest dir das ein, Anna, ermahnte sie sich. Das ist dein erster Tag in der Wohnung. Natürlich gibt's ungewohnte Geräusche …

Sie zog die leichte Decke zu sich, die sie wegen der sommerlichen Nachthitze beiseitegeschoben hatte, und roch daran.

Der vertraute Geruch beruhigte sie sofort, und sie schloss die Augen. Sicher würde sie nun bald einschlafen, sie hatte vorhin bereits gespürt, wie sie langsam in diese andere Welt hinübergedriftet war. Auf ein rostiges Schiff, einen riesigen Kahn, der im Hamburger Hafen vor Anker lag und auf dem ihr Kollege Jan Nygård …

Da war es wieder. Abermals schreckte sie hoch. Das Geräusch, es …

Als schlurfte jemand über Fliesen!

Eindeutig.

Das war kein Fernseher von nebenan … Irgendjemand war in dieser Wohnung …

Diesmal richtete sie sich auf und lauschte noch angespannter. Sie spürte ihren Herzschlag rasen und versuchte, Ruhe zu bewahren.

Hör auf, dich wild zu machen. Da ist nichts. Da kann niemand sein.

Sie horchte. Ihr Puls ließ ihre Ohren rauschen …

Alles war still. Kein Mucks war von unten zu hören. Nur die Straße, die Geräusche der Nacht …

Siehst du, du hast dir das nur eingebildet, du blöde Kuh. Schlaf endlich. Es ist alles neu hier. Verflucht noch mal, Anna. Morgen wird 'n harter Tag.

Seufzend schlug sie ihr Kissen auf und wollte gerade wieder nach der Decke …

Gedämpftes Husten!

Anna war jetzt hellwach. Eiskalt lief es ihr den Rücken runter.

Das muss aus der anderen Wohnung kommen. Muss! … Ich bilde mir das ein, ich …

Da. Noch einmal!

Es ist jemand hier. Hier in deiner verfluchten Wohnung! Anna … Steh auf, tu was!

Sofort sah sie sich nach ihrem Handy um, griff ins Dunkel zum Nachttisch, aber da war es nicht. Normalerweise lag es immer neben dem Bett, aber sie hatte heute Abend Kisten in der Küche …

Scheiße! Du hast dein Handy da unten liegen lassen. In der Küche! Na toll!

Sie versuchte, möglichst leise zu atmen, starrte auf die Tür und hoffte, dass ihre Augen sich besser an die Dunkelheit gewöhnten – doch alles blieb in diffuses Schummerlicht getaucht.

Bleib liegen. Tu so, als wärst du nicht da!

Anna! Steh auf. Schau nach!

Versteck dich lieber. Versteck dich einfach und warte, bis er weg ist! Wer immer das ist, warte einfach ab!

Wenn er hochkommt, Anna, dann … Er wird dich finden, wenn er es drauf anlegt! Du bist hier nicht sicher. Überrasch ihn. Denk an deine Ausbildung. Du hast mit Jan Selbstverteidigung geübt.

Sie stand lautlos auf und schlich zur Tür. Ihre Dienstwaffe lag im LKA. Sie hatte keine Genehmigung, sie mit nach Hause zu nehmen. Außerdem hatte sie bisher nicht eine Sekunde den Drang gehabt, eine Waffe zu führen.

Shit.

Schnell sah sie sich nach etwas zum Schlagen um … Die Schreibtischlampe mit dem massiven Fuß. Eisen. Ein, zwei Kilo schwer. Immerhin.

Möglichst geräuschlos zog sie das schwere Ding aus dem Umzugskarton.

Nachdem sie allen Mut gesammelt hatte, schob sie sich in den Flur. Der Holzboden fühlte sich eiskalt unter ihren nackten Füßen an. Von unten drang kein Licht herauf.

Wer immer da in der Küche war, er nutzte keine Taschenlampe.

Abermals hörte sie jemanden herumtapsen. Kam es wirklich nicht aus der Nachbarwohnung …?

Red dir nur ein, dass da keiner ist, Süße …

Hatte sie die Tür etwa nicht abgeschlossen? War es der Spinner von gegenüber? Dieser faltige Musikproduzent, der sie wie eine Aussätzige angestarrt hatte, weil sie mit stinknormalen Tüten vom Discounter heimgekommen war?

»Hallo!?«, rief sie extra laut. »Ich hab die Polizei gerufen! Hören Sie mich? Die Polizei ist unterwegs!«

Sofort war Ruhe.

Sie versuchte zu schlucken, aber ihr Hals war zu trocken. Während sie lauschte, spürte sie ihr Herz, und obwohl es raste, wollte sie sich an dem gewohnten Rhythmus festhalten. Wie ein Schiffbrüchiger an einer kippeligen Planke.

Ihre Hand begann zu schmerzen, so fest umklammerte sie die Lampe. Bereit zuzuschlagen. Die langen Haare kribbelten ihr unangenehm im Gesicht.

Etwas tat sich da unten.

»Ich bin bewaffnet! Ich bin Polizistin und bewaffnet!« Mit einem Mal lief jemand los, riss einen Stuhl in der Küche um, polternd fiel er zu Boden. Anna hörte, wie die Wohnungstür aufgezogen wurde, dann Schritte im Treppenhaus …

Sollte sie hinterher? Oder lieber …?

»Komm schon.« Sie traute sich nicht, loszurennen, griff stattdessen die Lampe noch fester und schlich tapfer die Treppe hinunter. Was, wenn es mehr als einer war?

Sie können dich einfach packen, dich festhalten. Sie können dir den Mund zuhalten und dann …

Vorsichtig inspizierte sie den offenen Wohnbereich. Alles war ruhig. Die Küchentür stand offen, aber sie konnte aus dem Winkel nicht hineinsehen.

Ihre Wohnungstür stand ebenfalls offen. Fluchend rannte sie los und trat in den Hausflur. Sofort schaltete sie das Licht an. Auf dem Treppenabsatz vor ihrer Tür stapelten sich weitere Umzugskartons, Werkzeug, Farbeimer und eine Klappleiter.

Sie horchte.

Seltsamerweise war es vollkommen still. Da war kein Geräusch. Da war einfach nichts … und als das Rauschen in ihren Ohren verebbte, wurde die Stille des Treppenhauses geradezu drückend.

Sie wandte sich um und fixierte den mannshohen Stapel aus Umzugskartons vor sich. Er war so hoch, dass sich jemand problemlos dahinter verstecken konnte. Wenn er sich an die Wand presste und reglos dastand …

Wartete er dahinter?

Schau nicht nach.

Doch! Schau nach. Da ist niemand.

Geh rein! Wenn er tatsächlich hier ist, keinen Schritt von dir entfernt … Was willst du mit der lächerlichen Lampe? Hol endlich dein Handy! Hol Hilfe.

Sie meinte jetzt, ein Atmen zu hören. Oder war sie es selbst?

Schwitzend umgriff sie die Lampe und trat langsam um den Stapel. Zentimeter für Zentimeter. Die Lampe wog schwer. Sie hob sie an, bereit … Ein Schatten. An der Wand! Eine Hand, die …

Ihr Herzschlag setzte aus.

Nein. Fehlalarm.

Niemand. Es war niemand da.

Keiner stand hinter den Kartons.

Nur nächtliche Stille. Kein Mensch auf der Treppe zu hören, niemand hier bei ihr oben. Hatte sie sich die Geräusche nur eingebildet?

Hatte sie etwa doch geschlafen?

Als Psychologin wusste sie, wie filigran die Membran zwischen Realität und Einbildung sein konnte. Zwischen Wirklichkeit und Wahn.

Klack. Das Licht ging aus. Anna schrie auf, wich zurück, spürte die angelehnte Wohnungstür im Rücken. Sie riss sie auf und knallte sie sofort hinter sich zu.

Keuchend holte sie Luft und musste leise lachen, als die Anspannung von ihr wich. Alles gut.

Du bist sicher.

Wahrscheinlich hast du es dir wirklich nur eingebildet. Doch warum hatte die Wohnungstür offen gestanden?

Zögernd näherte sie sich dem Türgucker und musste noch einen Blick riskieren. Sie schob die langen blonden Haare zurück und spähte nach draußen.

Eine Fratze!

Jemand stand direkt vor der Optik! Er starrte sie an!

Sie fuhr zurück.

»Alles okay da drin? Hallo? Was ist denn mit Ihnen?«

Ihr Herz beruhigte sich nur langsam. Der Musikproduzent von gegenüber. Idiot!

»Alles gut. Alles okay. Danke«, sagte sie mit gebrochener Stimme und sah durch den Türspion, wie der Mann sich kopfschüttelnd umdrehte und zurück zu seiner Wohnung ging. Er hatte bloß einen Pyjama an, und die spärlichen Haare standen wie Eisenwolle zu allen Seiten ab.

Sie sah noch zu, wie er die Tür hinter sich schloss, dann löste sie sich mit weichen Knien, aber erleichtert von der eigenen Tür.

Was für ein Albtraum. Über sich selbst schimpfend, ging

sie zur Küche, um sich ein Wasser zu holen, als sie wie angewurzelt stehen blieb.

Einer der beiden Stühle war umgekippt.

Sofort war wieder die Angst da, hämmerte in ihrem Kopf. Sie schluckte, wusste einen Moment nicht, was sie tun sollte. Dann sprang sie rüber zum Licht und schaltete es an, huschte zum Fenster. Sie starrte hinaus, musste das Küchenlicht mit den Händen abschirmen.

»Komm schon«, flüsterte sie. »Komm!«

Aber es rannte niemand über die Straße. Obwohl es beinahe zwei Uhr war, zogen noch immer Touristen durchs Viertel. Eine Gruppe Betrunkener grölte, zwei Typen unterhielten sich neben einem nagelneuen SUV. Aber niemand flüchtete, kein Schatten huschte unter den Laternen hinweg.

Sicher war der Einbrecher längst über alle Berge.

Endlich holte Anna tief Luft und schloss die Augen. Langsam zählte sie bis zehn, dann bis zwanzig und versuchte, ihren Puls zu beruhigen.

Es ist vorbei, beschwor sie sich. Wer immer das war, er war weg und hatte anscheinend nichts geklaut. Der Schreck saß dennoch tief. Sie sah sich nach ihrem Handy um. Besser, sie alarmierte ihre Kollegen und …

Auf dem Küchentisch lag etwas.

Sie musste schlucken.

Was zum Teufel …?

Im Schein der nackten Glühlampe, die sie zum Renovieren aufgehängt hatte, lag ein simpler weißer Umschlag.

Sie trat näher und beugte sich unsicher vor, so als könnte das Kuvert beißen.

Es war nicht beschriftet.

Sie musste den Impuls unterdrücken, einfach hinzulangen und es zu nehmen.

Die Spuren, denk an Spuren, ermahnte sie sich und nahm endlich das Handy. Ihr Blick fiel noch einmal auf den blanken Tisch unter der nackten Glühbirne, ihre erst halb fertig eingerichtete Küche … Der Brief. Lauernd. Einfach so hingelegt, geradezu drapiert unter dem Licht.

Sie wählte Jan Nygårds Nummer. Seit der letzten Mordserie, die sie zusammen gelöst hatten, waren der LKA-Kommissar und sie Freunde geworden.

Während sie darauf wartete, dass Jan dranging, und dem endlosen Klingeln horchte, kam sie sich mit einem Mal ungeheuer verletzlich vor. Als hätte sie jemand ohne Grund aus heiterem Himmel geschlagen.

Ein Fremder war hier gewesen, direkt hier. In diesem Raum. In ihrem neuen Heim. Bildete sie sich das ein, oder konnte sie seinen Schweiß riechen?

Ihr wurde schlecht.

»Nygård! Telefon!«

Jan Nygård hörte den Ruf bloß verschwommen. Irgendwo aus der Ferne drangen die Worte zu ihm, dann krachte Dejans Rechte gegen seine Schläfe und schleuderte seinen Kopf zur Seite. Für einen Lidschlag wusste er nicht, wo oben und unten war, taumelte zurück und hielt sich verzweifelt an den Seilen fest.

»Komm, das reicht!« Dejan versuchte ein Grinsen. Durch sein Mundstück sah es erschreckend aus. »Gib auf, Mann!«

Blut lief Jan aus einem Cut die Nase runter und in den Mundwinkel. Er schmeckte das Eisen. Seine Rechte pochte im Handschuh. Irgendwie hatte er sich das Gelenk verknackst.

»Nygård! Dein Telefon.« Die wenigen Boxer, die noch im Keller trainierten und dem Spektakel zugesehen hatten, machten Tonia Platz. Die hübsche Russin und Besitzerin des Boxkellers trat an den Ring. »Hört mal auf. Hier ist deine Kollegin. Anna Wasgut oder so.«

»Wasmuth«, stöhnte Jan und zog sich den Kopfschutz runter. Er hielt Dejan die Hände hin, damit er einschlagen konnte, spuckte dann seinen Mundschutz in die Handschuhe. Er kam zu Tonia, die sich mit gekonntem Schwung durch die Seile zu ihm in den Ring schob.

»Er ist gleich dran. Sekunde.«

Tonia half ihm, die Handschuhe abzuziehen, dann bekam er das Handy gereicht. Er musste erst mal Luft kriegen.

»Ja? Anna?«

Er hörte sofort, wie verstört sie war, als sie ihm erzählte, dass jemand bei ihr eingebrochen hatte.

»Pass auf! Fass nichts an. Ich bin gleich bei dir.« Das Sprechen fiel ihm schwer. Dejan hatte ihn auch an der Lippe erwischt. Der verfluchte Serbe war nicht nur sehr viel leichtfüßiger als er, er war auch zwanzig Jahre jünger. Da half es wenig, so viel Kraft und Wut zu spüren. Dejan schlug wie eine zornige Wespe zu, während Jan wie ein Bär versuchte, mit einem einzigen mächtigen Hieb zu gewinnen.

Hoffentlich schwoll die Lippe nicht zu sehr an. Er drückte sich unter den Seilen hindurch.

»Hab ich gewonnen?«, rief Dejan ihm nach.

»Jaja«, hörte Jan Tonia sagen. »Lass ihn mal. Du hast gewonnen.«

»Und sein Einsatz? … Ey! Nygård!«

Jan drehte sich nicht um, sondern war bereits durch den mit alten Blechschildern und Neonschriften aufgepeppten Keller zu seinem Spind gegangen, das Handy noch am Ohr.

»Den zahl ich. Ich regel das für Jan«, beruhigte Tonia den jungen Mann. »Mach dir keinen Kopf. Und ihr, Jungs«, rief sie. »In einer halben Stunde will dieser Luxuskörper hier ins Bettchen. Allein! Also macht die Schotten dicht.«

Anna atmete bebend. Jan konnte förmlich hören, wie verstört sie war. »Wenn er weg ist, kommt er nicht wieder«, sagte er beruhigend, zog sein Hemd aus dem Schrank und streifte es über. Die Dusche musste warten. »Anna. Es ist alles okay. Ich bin sofort da. Zehn Minuten. Ich rufe im Revier an. Die sollen wen von der Spurensicherung schicken. Okay?«

»Ja.«

»Hast du ihn gesehen?« Jan zog sich die Shorts aus.

»Nein. Ich … Nein. Vielleicht hab ich die Tür aufgelassen, weil … Mit der ganzen Renovierung bin ich bestimmt zweihundertmal raus und rein heute.«

»Verstehe.« Er zog sich die Jeans hoch und knöpfte sie zu. »Das ist nicht dein Fehler, Anna. Ich bin unterwegs. Soll ich dranbleiben?«

»Ja«, antwortete sie ohne Zögern.

»Okay. Ich bleib dran. Warte.« Er aktivierte seinen Messenger und schickte eine kurze Nachricht an einen Kollegen, von dem er wusste, dass er Nachtschicht hatte. Das LKA war wahrscheinlich nicht zuständig, aber der Mitarbeiter würde die Spurensicherung informieren und alles einleiten. »So. Bin wieder da. Ich möchte, dass du zur Tür gehst und abschließt. Und dann machst du überall Licht und wartest einfach … Anna?«

»Ja?«

»Okay?«

»Okay.«

»Braucht Frau Polizeipsychologin 'ne Psychologin?«, versuchte er sie aufzuheitern, während er bereits aus Tonias Boxkeller in die warme Sommernacht trat und auf sein Motorrad zuging.

»Sehr witzig.«

»Na, immerhin hörst du dich nicht mehr ganz so zittrig an.« Sein Handy plingte, der Kollege fragte seine Kennung ab, und Jan bestätigte, dass er zu Anna fuhr.

»Die schicken wen. Ich stell dich auf Kopfhörer. Wenn ich rausfliege, ruf ich dich wieder an. Okay?«

»Ja ... Danke.«

Er zog den Helm über. Das Futter schmerzte auf der aufgeplatzten und geschundenen Haut. Dann aktivierte er die Freisprechfunktion und wartete, bis das Handy sich gekoppelt hatte. Ohne zu zögern, ließ er dann die Harley an, schwenkte auf die nächtliche Straße und gab Gas.

»Nichts gestohlen? ... Hmm ... Hast du irgendwelche Drohungen erhalten?«, fragte Jan ein paar Minuten später und hielt sich einen kühlen Waschlappen an die Lippe. Er hatte die ganze Fahrt über mit Anna gesprochen und sie ein wenig auf andere Gedanken gebracht. Normalerweise lief es andersherum, wenn er bei ihr im Keller des LKA in seine Sitzung musste. Da redete er, und sie hörte zu. Sein Chef Dieck hatte ihm wegen seiner Aggressionen Stunden bei Anna verpasst, die für die Einsatzkräfte zur psychologischen Betreuung zuständig war. Anfänglich hatte er es gehasst, sich vor ihr mental auszuziehen, aber mittlerweile wollte er die Gespräche mit der sehr viel jüngeren Kollegin nicht missen. Sie war ihm die letzten Monate, nachdem seine Tochter Leonie von einem Serientäter beinahe ermordet worden wäre, eine große Hilfe gewesen und hatte sich auch in anderen Fällen als versierte psychologische Beraterin profiliert.

Mittlerweile hatten die beiden sich vor den Beamten der Kriminaltechnik in den Flur zurückgezogen. Hier lehnten sie an Annas Umzugskartons und sahen dem Treiben in der Küche und an der Haustür zu. Zwei Männer und drei

21

Frauen schossen Fotos und strichen den Tisch, den Umschlag, die Türklinken und alles, was der Einbrecher angefasst haben könnte, mit Doppelkontrast-Pulver ein, das, auf hellen Oberflächen schwarz und auf dunklen silbern, sämtliche Abdrücke zum Vorschein brachte.

An der Wohnungstür hatten sie keine Anzeichen von gewaltsamem Eindringen festgestellt. Wahrscheinlich hatte Anna tatsächlich vergessen, sie abzuschließen. Die Tür war anscheinend nicht mal ins Schloss gezogen worden.

»Was?« Anna trank einen Schluck Wasser.

»Ob du in letzter Zeit bedroht wurdest?«

Sie schüttelte den Kopf. »Der war hier. Hier in der Wohnung. Ich mein, ich hab da oben geschlafen und …«

»Denk nicht drüber nach, okay? Ist 'n doofer Tipp – ich weiß«, meinte er beruhigend. »Es ist nichts passiert. Das ist die Hauptsache.«

Seufzend atmete sie durch. »Nicht so einfach, sich nicht vorzustellen, was alles hätte passieren können …«

»*Hätte können*. Wer immer es war, er ist weg. Und er hat nur einen Brief hiergelassen. Apropos. Willst du gar nicht wissen, was im Umschlag ist?«

»Nein«, lautete ihre prompte Antwort.

»Nein?«

»Nein«, meinte sie, jetzt zögernder. »Ich … doch … vielleicht.«

Er musste lächeln. »Klar willst du. Und ich auch. Ist ja schon merkwürdig.« Er löste sich von den Kartons, legte den Waschlappen ins Bad und ging zur Küche. Zufrieden stellte er fest, dass Anna ihm folgte.

»Ich schlage vor, wir öffnen ihn«, sagte er zu Lyn Petermann, der Einsatzleiterin der Spurensicherung.

Sie sah auf. »Ist freigegeben. Aber wir sollten ihn erst in die KTU mitnehmen.«

»Lyn, ich hab mit Dieck telefoniert«, log Jan.

»Glaub ich dir nicht.« Sie seufzte. »Aber wenn du die Verantwortung übernimmst, Jan ...« Sie holte den Aktenkoffer hervor, in dem sie diverses Werkzeug und unter anderem Pinzetten und Skalpelle hatte. Behutsam hielt sie den Umschlag mit der Pinzette fest und setzte das Seziermesser an, schnitt ihn dann noch behutsamer auf. Schließlich zog sie mit einer zweiten Pinzette ein gefaltetes Papier heraus.

»Et voilà!«

Neugierig beugten sich Jan und Anna über den Tisch und sahen sich an, was Lyn da mit der Pinzette hielt.

Es war eine gewöhnliche Todesanzeige aus einer Tageszeitung, schnörkellos und dick schwarz umrahmt.

»Viel zu früh gingst du von uns. Ohne ein Wort ...«, las Jan. »Evelin Meyers – 21. Februar 1991, gestorben ... Hm, vor sieben Tagen.«

»Da ist noch was drin.« Anna nickte zum Umschlag. Nachdem Lyn die Anzeige in ein Plastikbeutelchen geschoben hatte, zog sie vorsichtig ein zweites Stück Papier heraus.

Es war bloß ein Fetzen – nicht größer als ein Streichholzblatt –, und es sah aus, als hätte jemand eine Seite zerrissen und ein Stück davon in den Umschlag geschoben. Schweres, dreckiges Papier. »Sekunde.« Lyn faltete den Fetzen auseinander, und sofort stutzte Jan. Darauf war etwas mit gekritzelter Handschrift verewigt worden. Die Schrift war durch Feuchtigkeit verwischt, teilweise aufgelöst und an einigen Stellen durchgestrichen. Aber das Merkwürdigste war die Tinte ... Sie war nicht schwarz, sondern in einem extrem dunklen Rot.

»Ist das ... ist das ... Blut?«, hauchte Anna.

»Gut möglich. Checken wir.«

Jan nahm vorsichtig Lyns Hand und schob den Fetzen so weiter ins Licht. »Sieht aus, als hätte da jemand was ausprobiert und weggeworfen.« Er begann, die Kritzelei zu entziffern. »Alle ... wendet Euch ... dem Tor ...«, las er. »Oder Tür? Und hier steht ...«

Bevor er es vorlesen konnte, hatte Anna bereits entziffert, was dort mit Blut geschrieben stand:

Auch du wirst das Licht sehen!

3

Jan konnte Annas Griff an den Hüften spüren, als er ein wenig mehr Gas gab und die Elbchaussee hinunterfuhr. Er hatte den Helm ihr überlassen und fuhr – gegen jede Vernunft und Vorschrift – einfach ohne. Erst hinter dem Elbpark wurde er langsamer und sah sich nach Annas Elternhaus um.

Er war schon einmal hier in Othmarschen bei ihr gewesen, hatte sich die Hausnummer aber nicht gemerkt. Allerdings erkannte er das Haus sofort, als er die Spitzen der Türme über die Hecke ragen sah.

Jan musste am zweiflügeligen Eisentor halten, das automatisch aufschwang, nachdem Anna einen Code eingegeben hatte. Kameras bewachten die Einfahrt.

Er fuhr den Wendehammer aus Schotter bis zum Anwesen hinauf, wo er direkt vor dem Eingang der weißen Trutzburg hielt. Ehrwürdige Architektur aus Erkern und Säulen verband sich mit modernem Glas.

Jedes Fenster der imposanten zweistöckigen Gründerzeitvilla, deren Garten bis zur Elbe reichte, war dunkel. Er half Anna vom Bock und ließ den Blick über die Säulen und den modernen Glasanbau gleiten.

»Weiß auch nicht.« Sie zückte ihr Handy und sah drauf. »Sag mal heute …? Ach, Mist.«

»Was?«

»Die sind noch auf den Seychellen.«

»Du kannst auch bei mir übernachten«, meinte Jan wie schon zuvor in ihrer Wohnung, bekam aber von ihr den Helm gereicht. »Ich hab noch 'ne durchgelegene Couch und einen echt unbequemen Küchenboden.«

Sie lachte. Immerhin. Seit dem Einbruch vorhin war es das erste Mal.

»Nein. Schon gut.« Sie nahm ihren Designer-Rucksack ab, in den sie das Nötigste zum Übernachten gepackt hatte, und ging die Stufen zum Eingang hinauf.

»Im Ernst. Du kannst auch in Leonies Zimmer schlafen.«

Anna schloss die Tür auf. »Ist sie immer noch in der Reha?«

»Chiemsee. Ja. Noch zwei Wochen.« Er blieb in der Tür stehen und sah ihr zu, wie sie den Sicherheitscode eingab, um die Alarmanlage zu entschärfen. »Die haben den Aufenthalt noch mal verlängert. Aber es gefällt ihr da.«

»Schön.« Seufzend sah sich Anna in der dunklen Villa um.

Der aufdringliche Geruch von Geld strömte Jan entgegen. Alles roch nach Holzpolitur, Reinlichkeit und hanseatischer Strenge. »Letzte Gelegenheit«, meinte er.

»Es ist wirklich nett von dir. Aber hier gibt's 'ne Alarmanlage und 'ne extrem gut bestückte Bar.«

»Klingt perfekt.« Aufmunternd lächelte er ihr zu und spürte, wie die vielen Schrammen in seinem Gesicht sich spannten. Die Fahrt über hatte er über die Nachricht nachgedacht. Wer immer ihr den Brief hingelegt hatte, wusste, dass sie umgezogen war. Vielleicht hatte er Anna schon länger beobachtet. Sollte er ihr reinen Wein einschenken? Oder sie lieber nicht beunruhigen? Er entschied, ihr seine Überlegungen vorerst nicht auf die Nase zu binden, um sie nicht noch mehr aufzuwühlen.

»Was ist?«, fragte sie, weil sie anscheinend sein besorgtes Gesicht bemerkt hatte.

»Du solltest die Schlösser der Wohnung morgen austauschen lassen. Und bleib am besten wirklich erst mal hier, bis wir geklärt haben, was dahintersteckt. Ich hol dich morgen ab.«

»Ist gut.« Sie lächelte tapfer, aber er sah genau, dass ihr der Schreck noch in den Knochen saß.

»Wer immer das war, wir kriegen den schon.«

»Ich kenne diese Evelin nicht. Wirklich, Jan. Ich schwör's.«

Während Anna ihre Sachen gepackt hatte, waren sie Studienkolleginnen durchgegangen, LKA-Beamtinnen, die sie psychologisch betreut hatte, ihre Freunde und den Bekanntenkreis ... Fehlanzeige.

»Ich hab schon veranlasst, nachzusehen, was es mit Evelin Meyers auf sich hat. Morgen. Jetzt inspizier du erst mal die Bar und entspann dich. Soll ich noch bleiben?«

»Ist nett, aber ... nein. Fahr ruhig.«

Es fiel ihm schwer, Anna allein zu lassen. Als er wieder aufstieg und den Helm aufsetzte, sah er noch einmal zu ihr. Sie stand in der Tür und hob die Hand zum Abschied. Im angeberisch prunkvollen, mit Stuck überladenen Eingang wirkte sie schmal und verletzlich.

»Ich komm klar!«, rief sie ihm zu, bevor er die Maschine startete.

Schweren Herzens fuhr er zurück durchs Tor und bog auf die Chaussee ab. Er hatte kaum Gas gegeben, als sich sein Freund Doktor Brandt meldete.

»Hast du das mit der Staatsanwältin abgesprochen?« Harald Brandts braun gebranntes Gesicht erschien hinter der Edelstahltür eines Schranks voller medizinischer Geräte. Der Rechtsmediziner am Universitätsklinikum Eppendorf zog sich eine Einweghaube über die schlohweißen Haare, die er zum Zopf gebunden hatte, und gähnte. Als er Jan, der sich wie Brandt einen Einweganzug übergezogen hatte, eine

Haube reichte, bemerkte der, wie fertig sein alter Freund aussah. Es tat ihm unendlich leid, ihn so spät in der Nacht aus dem Bett geklingelt zu haben. Die Augen des Achtundsechzigjährigen wirkten eingefallen, und auf seinen Lidern zeichneten sich deutlich Äderchen ab.

»Schlecht geschlafen?«, frotzelte Jan.

»Wirst es nicht glauben. Mich hat so 'n übereifriger Kommissar angerufen … Komm grad nicht auf den Namen.« Brandt winkte ab und schloss den Schrank. »Außerdem schlafen, pah. In meinem Alter … Ich schlaf bald lang genug.«

»Sag das nich'«, warf Jan ein.

»Wieso nich'? Schau mal so vielen Toten ins Gesicht wie ich – da musst du dich mit der Endlichkeit auseinandersetzen.«

Wirst lachen, dachte Jan, das tue ich schon jeden Tag. Doch er nickte nett.

Während Brandt sich die Handschuhe überzog, ging er am Obduktionssaal vorbei und zur Wand mit dem Regal für die Leichen.

Jan folgte ihm und kämpfte wie immer mit dem Gestank des Desinfektionsmittels. Er hasste diesen Geruch, er brachte Erinnerungen. Nicht nur an seine Mutter und seinen schlagenden Vater, sondern neuerdings auch an Leonie. Durch die regelmäßigen Nachuntersuchungen seiner Tochter war Jan notgedrungen ein Stammgast im UKE geworden. Manchmal kam er sich bei seinen Krankenhausbesuchen wie ein verfluchter Geist vor, dazu verdammt, für immer rastlos in den endlosen Fluren und Etagen dieses stadtteilgroßen Komplexes zu wandeln, stets begleitet vom Gestank der Desinfektion.

Die Hand schon am Knauf, um die Edelstahltür eines der Leichenfächer zu öffnen, hakte Brandt noch einmal nach: »Du warst bei der Roger, ja?«

Jan zog eine Augenbraue hoch.

»Verstehe. Also nein … Und bei Dieck?«

»Der gibt sicher grünes Licht.«

»Also auch nein. Staatsanwältin nein, Chef nein … Da is aber was fällig, mein Guter.«

»Hab noch einen aus Schweden.«

»Hm. Schweden. Ist das nicht dieses kruckelige Land mit diesen Sperrholzmöbeln?«

»Nein, wirklich. Der is 'n Guter, Harald.«

»Rauchig?«

»Torfmalz. Feinster Single Malt. Passt zu deinem zerknitterten Gesicht.«

»Du bist immer so charmant.« Lächelnd zog Brandt die Bahre heraus, auf der eine mit grünem Tuch bedeckte Leiche lag. Er zögerte dann jedoch. »Zwei Whisky.«

»Was?«

»Zwei. Ich will zwei.«

»Nu' werd mal auf deine alten Tage nicht gierig.« Jan musste lachen. »Na gut. Weil du es bist. Bekommst auch zwei Flaschen. Für dich nur der edelste Tropfen. Und jetzt lass sehen.«

Brandt verstellte ihm den Weg. »Seeeeeekunde. Der Whisky ist eine Sache, aber du musst mich mal wieder besuchen kommen.«

Jan seufzte.

»Du lässt dich ja nicht mehr draußen blicken, seit das mit Leonie passiert ist.«

»Ich geb mir Mühe, okay.« Das tat er wirklich, aber es fiel Jan noch schwerer als sonst, Small Talk bei Kaffee und Kuchen zu halten. Die letzten Monate hatte er entweder im LKA verbracht, war im Krankenhaus bei Leonie oder zu Hause mit ihr gewesen, bevor sie in die Reha gekommen war. Bestenfalls hatte er ein bisschen an seinem

Motorrad geschraubt, um auf andere Gedanken zu kommen.

Brandt rollte die Bahre heran. »Pack mal mit an.«

Gemeinsam betteten sie die Leiche um und fuhren sie in den Sektionssaal, wo sich Brandt den Bericht schnappte und ihn überflog. »Hast Glück, dass sie noch hier ist. Evelin Meyers. Sie sollte eigentlich gestern vom Bestatter abgeholt werden. Hmmm … Ja, am letzten Freitag eingeliefert. Mein Kollege …«

»Friedrichs?«

»Ja. Der hat sie vor Ort untersucht.« Er nahm sich ein Klemmbrett zur Hand und blätterte die Unterlagen durch. »Keine Sektion durchgeführt. Laut Unterlagen soll sie in einer Kirche von einer Balustrade gesprungen sein, keine Einwirkungen Dritter. Suizid.«

»Todesursache?«

»Laut Friedrichs Genickbruch. Er hat natürliche Todesursache angekreuzt. Bisschen widersprüchlich. Wusstest du, dass sechs Prozent aller Ärzte ohne zu überlegen *natürliche Todesursache* ankreuzen? Ich meine, selbst wenn einer auf dem OP-Tisch verstorben ist?«

»Nein.« Neugierig warf Jan einen Blick in die Akten. Ein paar Fundortfotos zeigten sie mit gebrochenen Knochen auf den kalten Steinen einer Kirche – direkt zwischen den Bänken. Sie trug ein buntes Sommerkleid. Auf weiteren Fotos waren Ringe, ein Haarband, eine goldene Armbanduhr und ein kleines Amulett in Form einer Sonne zu sehen. Nichts Ungewöhnliches.

»Du willst wirklich eine Sektion?«

»Ich möchte eine komplette Leichenschau, ja. Dass du noch mal nachsiehst.« Jan wollte sich nicht groß erklären, aber sein Freund sah ihn eindringlich an. Seufzend berichtete er vom Einbruch und der Drohung gegenüber Anna.

»Gut«, meinte Brandt schließlich und holte zwei Atemmasken. »Sehen wir nach.«

Die beiden hoben Evelins Leiche auf den Sektionstisch, und Brandt nahm sich erneut den Bericht vor. »Ihr linkes Bein ist infolge mehrerer Frakturen deformiert. Wahrscheinlich ein Unfall. Schon länger her.« Er schlug die Decke beiseite und zeigte Jan, was er meinte: Die Frau hatte starke Narben, und ihr linkes Bein sah leicht verkrüppelt aus.

Brandt zog Röntgenaufnahmen aus der Akte. »Das linke Bein hat gut was abbekommen. Man kann die Schrauben noch sehen, zwei Platten. Partielle Reduktion der Muskulatur. Mehrere Knochenfrakturen. Hm. Das dürfte sehr schmerzhaft gewesen sein. Vielleicht wollte sie sich tatsächlich vom Schmerz erlösen.«

»*Erlösen?*«

Was für ein seltsames Wort, dachte Jan.

Erlöst werden. Erlösung finden ... Von was wird man erlöst? Vom Leben? Weil es einen so sehr festhält, dass man schreien möchte und es wegstoßen will, dass man von ihm loskommen möchte ...?

Brandt begann, die Leiche mit einer Taschenlampe abzuleuchten und jeden Zentimeter Haut genau anzusehen. »Friedrichs hat keine Einwirkung Dritter gefunden.« Er untersuchte ihr Haar und den Schädel genauer. »Der Leichnam weist multiple Hämatome auf, die vom Sturz stammen.« Er nickte zu den Röntgenaufnahmen. »Wirbel T4 und T5 gebrochen. Linksseitiger Riss des Scheitelbeins. Alles infolge des Sturzes. Außerdem Fraktur des Atlas, C1. Genickbruch. Keine Anzeichen für Schuss- oder Stichwunden.«

»Gut. Und innen?«

Brandt hielt noch mal inne. »Du willst wirklich, dass ich sie öffne?«

»Eine volle Obduktion, ja.«

»Das muss ich Dieck und Roger melden. Wenn wir nichts finden, dann …«

»Sind wir am Arsch, ich weiß …« Jan kratzte sich die Stirn. »Ich mach das für Anna.«

Brandt nickte, zog seine Atemmaske zurecht und hängte das Diktiergerät an die Lampe. Er schaltete es wieder ein. »Gut. Dann wollen wir mal. Obduktion Evelin Meyers.« Er nannte Uhrzeit, Datum und die Anwesenden. Dann griff er sich ein Skalpell, schnitt mit geübtem Schwung die Haut am Schädel auf und zog sie beiseite, danach eröffnete er mit einer Knochensäge den Schädel.

»Gut. Hier ist der Riss der Os parietale. Scheitelbein. Starker Impact … Hm. Blutung zwischen Dura mater und Arachnoidea. Nicht sehr viel Volumen. Infolge des Genickbruchs war sie wahrscheinlich sofort tot.«

Er setzte das Skalpell auf Evelins Brust an, öffnete die Leiche mit einem sauberen, tiefen Y-Schnitt und klappte die Hautlappen zurück. Er griff abermals nach der Knochensäge und öffnete das Brustbein, setzte schließlich den Rippenspreizer an und untersuchte den Brustkorb.

»Zusammengefallene Lungen … das Herz. Quer läuft das Zwerchfell. Speiseröhre … So weit nichts ungewöhnlich. Es besteht bisher keine pathologische Abweichung.« Er wandte sich der Untersuchung ihres Bauchraums zu. »Der Blinddarm ist nicht mehr vorhanden. Die Einblutungen sind als posttraumatisch im Zusammenhang mit dem Sturz einzustufen. Leber …« Er hob sie in eine Schüssel. »Normale Färbung und Größe.«

Jan schob ihm die Waage hin.

»Eintausenddreihundertzwanzig Gramm. Bisschen Unterdurchschnitt. So weit sieht alles den Umständen entsprechend aus.«

Sofort reichte Jan Brandt eine weitere Schale.

»Und der Magen.« Er entfernte und wog ihn. »So weit keine pathologischen Befunde. Ich hab's Blut schon ins Labor geschickt. Da kommen morgen früh die Befunde.«

»Danke.«

»Dann evaluieren wir mal, was sie zum Mittag hatte.«

»Zum Frühstück«, warf Jan ein, der auch einen Blick in die Akten geworfen hatte. Das Atmen unter der Maske fiel ihm schwer. »Die Kollegen haben sie wohl gegen elf Uhr gefunden.«

Brandt setzte das Messer an und öffnete behutsam den Magen, zog das Gewebe auseinander und fixierte die Lappen mit einer Klammer. »Ich entnehme eine Probe. Hier haben wir etwas Unverdautes. Hm … Das ist interessant …«

»Was?« Neugierig beugte sich Jan über den Tisch und sah in die Schüssel mit dem geöffneten Magen. Er konnte nicht viel erkennen, bloß ein bisschen Brei, recht verdautes Zeug.

»Da ist etwas Hartes. Warte mal.« Brandt schabte etwas Mageninhalt beiseite …

Jetzt sah es Jan auch.

Unter den Essensresten schimmerte etwas Metallenes. Seltsam.

»Es ist ein Festkörper. Sekunde.« Routiniert nahm Brandt vom Beistellwagen eine Pinzette. Er stocherte kurz im Magen herum und zog das Ding vorsichtig heraus.

»Das ist seltsam. Das gehört hier nicht hin. Definitiv nicht.«

»Helvetes jävla skit …«, fluchend starrte Jan auf das Metall, das Brandt ins Licht hielt.

Es war kleiner als eine Stiftkappe. Eindeutig aus Metall.

»Eine Patrone?«, fragte er und zog die Lupenlampe heran.

»Nein. Eher ... Das sieht aus wie eine ...«

»Wie eine Kapsel. Halt mal still.« Jan beugte sich vor. Was sie gefunden hatten, sah tatsächlich wie eine übergroße Pille aus. Er konnte eine Rille erkennen, wo das Metall zusammengesteckt worden war.

»Lass es uns öffnen«, sagte er zu Brandt.

4

An Schlaf war diese Nacht nicht zu denken. Anna hatte es gar nicht erst versucht. Sie hatte im ganzen Haus Licht angeknipst, einen der sündteuren französischen Weine aufgemacht und sich ins Wohnzimmer zurückgezogen. Unter ihrer Lieblingsdecke aus Kindertagen zappte sie sich durchs Nachtprogramm und blieb bei einer harmlosen Biografie über Max Ernst hängen. Während sie dem Sprecher lauschte, der über das Leben des Künstlers referierte, und dabei einige seiner Bilder betrachtete, schweiften ihre Gedanken ab.

Eine Todesanzeige und ein – wahrscheinlich mit Blut geschriebener – Fetzen. Auch wenn Jan es nicht ausgesprochen hatte, sie wusste, was er dachte, und sie sah es genauso: Das alles klang nach einer eindeutigen Drohung.

Aber wer sollte ihr drohen? Und warum?

Mit einem Mal stellte sie sich vor, wie der Mann die Treppe ihrer neuen Maisonettewohnung hinaufschlich und sie beobachtete. Sie lag im Dunkeln da, konnte nicht einschlafen, und dieser Schatten starrte sie an, beobachtete sie beim Atmen.

Ich hatte die ganze Zeit die Augen zu. Was, wenn er direkt am Bett stand? Das hätte ich gar nicht bemerkt.

Bei dem Gedanken schnürte es ihr die Kehle zu. Schnell nahm sie noch einen Schluck, um sich zu entspannen. Als sie wieder zum Fernseher sah, wurde ein stampfendes, aus Farbfragmenten zusammengesetztes Monster mit einer Art Knochenkopf gezeigt, und Anna schaltete lieber auf einen anderen Kanal.

Mit einem Mal kam sie sich sehr allein und verlassen vor. Das riesige Haus hatte sie nie als Bedrohung empfunden, aber genau das war es jetzt. Seine Leere war so unglaublich einschüchternd, und die vielen Ecken und Flure waren beängstigend.

Auch du wirst das Licht sehen!

Anna spürte, wie sich bei dem Gedanken, hier im elterlichen Anwesen ganz allein zu sein, ihr die Nackenhaare aufstellten.

Du bist echt zu blöd. Warum hast du Jans Angebot ausgeschlagen? Weil er dein Kollege ist? Dein Klient? Weil es dir zu nah war, einfach bei ihm zu schlafen?

Sie trank ihr Glas aus und zog die Weinflasche aus der Sofaritze. Während sie sich nachschenkte, musste sie wieder an den Einbruch denken.

Der Typ ist in dein neues Nest eingedrungen. Hm, Anna? Fühlt sich beängstigend an, oder? So als hätte er dich angegrabscht.

Sie hatte als Psychologin bei der Polizei mit Dutzenden Einbruchsopfern gesprochen, die nicht damit klargekommen waren, dass jemand in ihre Intimsphäre eingedrungen war. Schmuck, Kameras, Laptops, Bargeld ... All das konnte man ersetzen, aber das Gefühl, sicher zu sein, nicht. Anna hatte Patienten erlebt, die von einem Einbruch traumatisiert worden waren, die auch nach Monaten oder Jahren das Gefühl nicht loswurden, in den eigenen vier Wänden ungeschützt zu sein. Von Lebensqualität in einem wohligen Heim konnte man dann überhaupt nicht mehr sprechen, und viele Betroffene waren schließlich weggezogen, hatten sich ein anderes Zuhause gesucht.

Aber nicht alle. Einige waren stark. Sie hielt sich an diejenigen, die ihre Angst überwunden hatten. Diesen schwarzen Wolf, diesen geisterhaften Schatten, der durch die Flure und Räume zog und den man hinausjagen, dem man die Tür vor der Nase zuschlagen musste.

Sie würde stark sein. Kein Opfer.

Es war nur ein Einbruch, versuchte sie, sich einzureden.

Du ahnst, dass er dich schon länger verfolgt. Dass er genau weiß, dass du umgezogen bist ... Das ist mehr als ein Einbruch! Diese ganzen Einbruchsopfer haben keine kryptische Nachricht erhalten, Anna.

Sie zappte weiter, nahm seufzend einen gehörigen Schluck. Jan hatte verdammt noch mal recht: *Die Psychologin braucht eine Psychologin.*

Sie musste so schnell wie möglich mit ihrem Supervisor sprechen, musste verarbeiten, bevor sich die Angst festbiss.

Der Wein schlug an. Anna stand auf, um in der Küche nach etwas zum Knabbern zu suchen. Da fiel ihr Blick aus dem Fenster.

Sofort stellten sich all ihre Härchen wieder auf, und sie starrte wie elektrisiert hinaus in die Nacht.

Da unten, im Licht der Straßenlaterne, stand jemand.

Ein Schatten.

Der Anblick traf sie wie ein Schlag, und sie wich instinktiv vom Fenster zurück.

Da war eindeutig ein Mann. Er stand vor dem gusseisernen Tor zur Elbchaussee und sah unverhohlen zu ihr hinauf. Er blickte das Haus an. Gespenstisch reglos.

»Was zum ...«

Sie atmete durch.

Beruhig dich. Vielleicht nur ein Betrunkener auf dem Weg zur nächsten Party ...

Anna lehnte sich vor, spähte am Samtvorhang vorbei. Er stand immer noch da, breitbeinig und wie erstarrt. Der Schatten trug eine Basecap, eine knielange Hose, wahrscheinlich eine Cargohose, und auch wenn sie sein Gesicht nicht sehen konnte, war es offensichtlich, dass er zu ihr hinaufstarrte.

Ihr Herz begann erneut wild zu schlagen. Sofort wurde ihr Mund trocken.

Wer war der Typ nur? Was wollte er von ihr?

Sie blickte zum Sofa, auf dem ihr Handy lag.

»Okay, reiß dich zusammen«, ermahnte sie sich leise. »Du zählst bis zehn. Und wenn er nicht weg ist, dann rufst du die Polizei!« Sie eilte hinüber zum Sofa, griff sich das Handy, hielt aber die Zählerei nicht aus, sondern rief gleich bei Jan an.

Der hatte das Handy ausgeschaltet.

Fluchend sah sie aus dem Fenster. Der Typ stand immer noch da, war er näher ans Tor getreten?

»Was zum Henker willst du?!«, zischte sie. Da fielen ihr die Überwachungskameras ein. Der Kontrollmonitor war unten im Erdgeschoss an der Haustür.

Während sie im LKA anrief, lief sie durch den erleuchteten Flur und die geschwungene Treppe nach unten. Als sie auf die Eingangstür zuschlich, ertappte sie sich dabei, dass sie den Blick wie paralysiert auf die Tür richtete. Vor ihrem inneren Auge sah sie, wie sich der Knauf drehte, meinte, die Tür einen Spalt aufgehen und …

Quatsch. Du hast abgeschlossen. Und die Alarmanlage ist an.

Sie riss sich zusammen, huschte zum Monitor. Während sie mit einem Beamten aus der Nachtschicht sprach, aktivierte sie den Touchscreen.

Über ein Dutzend Kacheln mit Kamerabildern öffneten sich. Alle möglichen Winkel des Hauses, die Elbe, die Einfahrt … Da, das Tor. Sie tippte sofort darauf, und das Bild vergrößerte sich.

Das Licht der Straßenlaternen kämpfte gegen die einsetzende Dämmerung. Die Hecke, durch das Fischauge gebogen, der Platz vor dem Eisentor, das Tor selbst ... Nichts. Niemand war in der Sommernacht zu sehen.

Ungläubig starrte sie auf das Kamerabild.

Der Schatten war fort.

Anna konnte es nicht glauben. Sie fixierte das Bild auf dem Display und lauschte angespannt, wie so oft in dieser Nacht.

In ihrem Kopf begann sich wieder das Karussell zu drehen: War er über das Tor geklettert? Hatte er irgendwie die Alarmanlage ausgetrickst? Stand er etwa keine vier Schritte entfernt hinter der Haustür? Schlich er ums Haus, um ein Fenster ...

Ein Schrei. Anna zuckte zusammen. Mit rasendem Herzen wurde ihr bewusst: nur der verfluchte Fernseher!

Trotzdem verharrte sie wie festgefroren.

Da war nichts.

Sie lauschte und lauschte und lauschte ... und hörte doch nur ihren Herzschlag.

Der Schatten war fort.

Und sie blieb mit ihrer Angst zurück.

5

Angespannt, als hielte er den Heiligen Gral in Händen, hatte Brandt ihren Fund zu einem der Arbeitstische hinübergenommen und eine Reihe Fotos von der winzigen Metallkapsel geschossen.

»Warte.« Er legte die Kamera noch einmal beiseite, nahm ein Maßband und sprach in sein Diktiergerät. »Der aufgenommene Fremdkörper ist zwei Zentimeter lang – Punkt. Durchmesser circa fünf Millimeter – Punkt. Zustand deutet darauf hin – Komma – dass der Fremdkörper mit hoher Wahrscheinlichkeit in unmittelbarer zeitlicher Nähe zum Eintritt des Todes geschluckt wurde – Punkt. Die Magensäure hat das Metall kaum angegriffen – Punkt.«

»Du meinst, sie hat das selbst geschluckt, bevor sie sprang?«

Brandt verkniff sich ein Lächeln. »Na ja, auf anderem Wege ist es jedenfalls nicht in den Magen gelangt.«

»Ich meine, *freiwillig*.«

»Schon klar. Keine Ahnung. Du bist der Kommissar, Kommissar. Warte.« Er untersuchte Evelins Speiseröhre und Mundraum. »Keine Spuren zu entdecken. Scheint ihr nicht gewaltsam verabreicht worden zu sein. Aber das ist schwer bis gar nicht zu bestimmen.«

»Okay. Öffnen wir's.«

Brandt warf ihm einen skeptischen Blick zu. »Die Forensik ...«

Ungeduldig unterbrach Jan ihn. »Komm schon. Lass uns sehen, was drin ist. Dann kann es immer noch in die Forensik.«

Seufzend stimmte Brandt zu. Er wollte erst vorsichtig

drehen, aber die Kapsel ließ sich durch einfaches Ziehen in zwei Teile öffnen.

»Was zum …«

Ein mit rotem Faden umwickeltes Papierchen lugte aus dem einen Ende. Brandt zog es mit der Pinzette heraus. »Dreifach mit einem roten Zwirn umwickelt – Punkt. Das Papier ist eins Komma vier Zentimeter lang – Punkt. Gerollt – Punkt.« Er zog eine Lupenlampe heran. »Wahrscheinlich Zellulose – Punkt. Keine Auflösungserscheinungen durch Magensäure festzustellen – Punkt.« Er legte sein Diktiergerät neben die Schüssel. »Das muss in die Drei. Materialkunde, Trassologie, Chemie … Jan?«

»Ja. Sicher, ich weiß …« Jan zog die Lampe heran und sah sich den gerollten Zettel noch einmal an. »Aber vorher machen wir es auf. Was hältst du davon?«

»Soll ich mal gründlich überlegen? … Nichts.«

»Komm schon. Wir sind in die Bank eingebrochen. Da können wir auch den Tresor knacken.«

»Ich hasse deine Analogien, hab ich dir das schon gesagt?«

»Bist du nicht neugierig?«, forderte er seinen Freund auf, der daraufhin seufzend noch einige Fotos schoss, dann ein frisches Skalpell zur Hand nahm und die Lampe heranzog.

»Deine Verantwortung.«

»Wie immer.« Gespannt beugte sich Jan über die Schale, als Brandt mit einem sauberen Schnitt die ersten Fäden durchtrennte.

»Ist dir so was schon mal untergekommen?«

»Bei einem einfachen Suizid? … Nein. Ich denke, auch Friedrichs würde mir da zustimmen, dass wir eine strafrechtliche Relevanz zumindest nicht ausschließen dürfen.«

»Sehe ich auch so. Wobei wir noch keine Spuren eines Dritten gefunden haben.«

Brandt nickte und schob das Blättchen vernünftig ins Licht, rollte es mit Bedacht auseinander.

Unbewusst hielt Jan den Atem an.

Es war dreimal so lang und erinnerte Jan an den Fetzen, den Anna bekommen hatte. Aber es war keine Nachricht daraufgeschrieben, wie er vermutet hatte. Lediglich ein seltsames Zeichen war daraufgekritzelt worden.

»Ist das ein Symbol?«, fragte Brandt.

»Ich … ich weiß nicht …«

Es war kein Symbol, sondern eine Fratze.

Ein schmaler Kopf mit einem aufgerissenen Mund, starrenden Augen und spitzen Zähnen.

»Ein … ein Vampir?«, fragte Brandt ungläubig.

»Nein.« Jan sah der Fratze in die kalten Augen. »Eher ein … ein Dämon.«

6

Zeichnungen mit Bleistift, Tusche und bunten Filzern. Ein und dasselbe Motiv. Wieder und wieder. Von einem Dutzend Händen gezeichnet …

Eine Spirale. Kreise, die sich verengten, die zu einer Sonne zeigten. Ein wundersamer Tunnel zum Licht, hinauf in ein neues Land, hinauf ins Paradies, zur Erlösung. Dorthin, wo das Licht alle Schmerzen nahm und ein neues Leben ankündigte.

Wenn er zu lange auf sein Sammelsurium an Zeichnungen starrte, musste er sich an seinem alten Schreibtisch festhalten, weil er das Gefühl hatte, sich in diesen Tunneln zu verlieren. Es war ihm, als stürzte er in die Spiralen, glitt in sie hinein und fiel dem Licht entgegen. Egal, ob die Darstellung mit Bleistift hingeworfen oder mit Acrylfarbe detailreich ausgeführt war, stets hatte er nach ein paar Minuten das Gefühl, in einen dieser Tunnel zu schweben, hindurchzugleiten … Immer weiter, tiefer und tiefer.

Bis das Licht erscheint, dachte er.

So verheißungsvoll auf mich wartet.

Am Ende von jedem Tunnel wartet dieses Licht.

Das Licht am Ende des Tunnels. Heißt es nicht auch so, wenn man Hoffnung schöpft?

Keine Angst, wir sehen das Licht am Ende des Tunnels.

Das Licht war keine Einbildung. Es existierte. Es war da. Immer. Auf jeder Skizze, auf jeder Zeichnung, jedem Bild. Und bei jeder seiner eigenen Reisen.

So warm. So friedvoll.

Ohne es zu bemerken, glitt seine Hand zu seinem Kettchen und über das Amulett. Seine Finger fühlten den

Zacken der Sonne nach. Hier oben, in dem halbwegs ausgebauten, aber dennoch so heimeligen Verschlag, war er ganz für sich. Bloß eine Bodenluke führte nach unten, und die sicherte er stets mit einem Vorhängeschloss. Durch die Schindeln meinte er, eine Taube zu hören, ansonsten war es wunderbar ruhig.

Endlich riss er sich vom Anblick der Bilder los, die über seinem mit flackernden Kerzen gesäumten Schreibtisch an der Schräge des Spitzbodens pinnten.

Sollte er heute auf Reisen gehen? Jetzt?

Eigentlich war es zu spät. Außerdem war er gerade erst nach Hause gekommen. Er seufzte sehnsuchtsvoll und wandte sich einer Holzkiste zu, die auf den rohen Brettern des Dachbodens stand. Sie war so groß wie eine Mikrowelle, mit Sonnen bemalt und stets verschlossen.

Er hatte den Schlüssel unter eine der Schubladen geklebt. Jetzt löste er ihn ab und schloss die Kiste auf. Der Deckel war vom vielen Öffnen schon ganz abgegriffen und fühlte sich warm an.

Im Innern lag der *Erwecker*, wie er seine Apparatur liebevoll nannte.

Auf feinstem schwarzem Samt lag ein Akkuschrauber, an den er mit Heißkleber eine Platine befestigt hatte. Die Plastikhülle des Akkuschraubers war geöffnet worden, Drähte führten von der Platine zum Akkufach. Neben dem Akkuschrauber hatte er, genau so, wie beim Abendmahl Krug, Kelch und Teller ausgelegt wurden, die anderen Utensilien für sein Ritual drapiert. Der glitzernde schwarze Plastikbeutel – sorgfältig zusammengeschlagen – sowie das wunderschöne breite Band aus Rindsleder.

Zärtlich strich er über das Band, ließ die Hand weiter zum *Erwecker* gleiten. Es war so verführerisch, heute wieder auf Reisen zu gehen …

Nein. Hab Geduld. Perfer et obdura; dolor hic tibi proderit olim.

Zärtlich strich er über den Akkuschrauber und die am Griff festgeklebte Platine, dann über das Lederband …

Hab noch etwas Geduld. Umso intensiver wird es. Du musst dich erst um deine Schäfchen kümmern …

Lächelnd sah er dem Staub im Kerzenlicht zu, der wie goldener Glitter tanzte.

Das Licht war Wärme, war eine Umarmung, und die Umarmung war golden und für immer. So sanft und tröstend …

Im Kerzenlicht funkelte der Staub …

Sie warten alle. Sie warten alle auf ihre Erlösung. Der Kreis braucht deine Hilfe …

Er gab sich einen Ruck und schloss die Kiste wieder, ließ den *Erwecker* schlafen.

Vorfreude war die schönste Freude, so war es doch. Er wandte sich seiner eigentlichen Aufgabe zu. Sein alter Drehstuhl, ein Unikum aus Holz und über siebzig Jahre alt, knarzte, als er das Tonschüsselchen auf dem Schreibtisch heranzog. Routiniert tunkte er die Schreibfeder hinein. Nicht tief. Nicht zu viel, sonst gab es Kleckse. Wenige Millimeter reichten, um die schwarz-rote Flüssigkeit aufzusaugen.

Vor ihm lag ein leeres Blatt Büttenpapier. Er zog seine Einweghandschuhe über und strich es sorgfältig glatt. Dann rückte er die Lupenlampe heran und begann, mit sicherer Bewegung die Zeichen zu setzen.

Lass dir Zeit. Ganz ruhig … Lass es fließen.

Es war wichtig, den richtigen Druck und den perfekten Schwung zu finden. Das hatte sich als nicht ganz leicht herausgestellt, weil die Zeichnung so filigran werden musste.

Aber bisher war er immer zufrieden gewesen. Er hatte auch nie gezittert, selbst wenn er einige Versuche bei den ersten Zeichnungen gebraucht hatte. Er musste nur auf eines achten:

Das Blut hatte frisch zu sein. Es durfte nicht klumpen.

7

Jan schloss seine Wohnungstür ab. »So besser?« Besorgt musterte er Anna, die mit ihrem winzigen Rucksack verloren im Flur stand.

»Glaub schon, ja.«

»Schlaf ein bisschen, okay?« Er nahm ihr den Rucksack ab. »Morgen sieht alles anders aus.«

»Wahrscheinlich kann ich zwei Monate nicht schlafen. Ich ... ich fühl mich wie ...« Sie fand keine richtigen Worte.

»Wie aus Glas?«

Überrascht sah sie ihn an.

»Zerbrechlich. Gleich springt es«, meinte er. »So ganz dünn. Und das Glas vibriert und schwingt so ruhelos. Und du kannst das Zittern nicht stoppen.«

»Wow.«

»Hab ich mal gelesen.«

Es tat gut, sie lächeln zu sehen. Immerhin das hatte er schon mal geschafft. Tatsächlich fühlte er sich selbst manchmal wie dieses vibrierende Glas. Dann stand er stundenlang am Elbufer und sah auf den Fluss, die neonfarbenen Kopfhörer auf, hörte Brahms und Beethoven und dachte und suchte. Er suchte seinen Körper und fand ihn bloß, weil er vom Boxen schmerzte, und er dachte: *Ich muss weiter schlagen, damit ich nicht zerspringe. Gleich zerspringt alles. Nichts kommt in mir zur Ruhe, alles vibriert, und ich kann nicht schreien, sondern nur starren und suchen und suchen ... Und ich zersplittere.*

In den letzten Monaten hatte er dann immer seine Tochter vor sich gesehen. Wie sie in dieser schäbigen Fabrikhalle hing, wie er sie in letzter Sekunde gefunden hatte. Wie Schlachtvieh diesem verfluchten Serientäter ausgeliefert.

Seine zittrige Hand. Verzweifelt versucht er, den Kara- biner zu lösen. Diesen beschissenen Karabiner, der in die Öse greift. Diese Metallöse an Leonies Kopf, mit der er sie unter die Decke seines grausamen Theaters gehängt hat …

Sosehr er auch versucht hatte, sich vorzustellen, was Le- onie durchgemacht hatte – er vermochte es nicht. Obwohl er seine eigenen Schatten aus der Kindheit mit sich herum- trug, konnte er nur ahnen, was in seiner Tochter vorging.

Seit Jahren hatte er die Bilder seiner getöteten Frau nicht aus dem Kopf bekommen, jetzt sah er ständig Leonie vor sich. In dieser verschneiten Werkhalle, baumelnd mit den anderen Opfern … Seine gerade erwachsen gewordene Tochter – so gut wie tot …

Früher hatte er zu viel getrunken, zu viel Whisky am Abend, um das Vibrieren zu besänftigen. Aber seit Leonie von einem Wahnsinnigen entführt worden war, danach wo- chenlang im Krankenhaus um ihr Leben gerungen hatte und sich durch Rehas und Therapien mühsam das letzte halbe Jahr zur Sonne zurückgekämpft hatte, gönnte er sich nur an besonders schlimmen Abenden einen Drink.

Heute war wieder so einer.

Ihm fiel Brandt ein. Der Alte hatte zwei Pullen verdient.

»Warst du noch bei Brandt?«, fragte Anna mit einem Mal, als hätte sie seine Gedanken gelesen. »Du hast gesagt, dass diese Evelin Selbstmord begangen hat.«

Er nahm ihr den Rucksack ab. »Willst du auch 'n Schlummertrunk?«, wich er der Frage aus.

Sie schüttelte den Kopf. »Hast du vielleicht 'ne Schlaf- tablette?«

»Sicher.« Jan ging in die Küche. Seit Leonies Misshand- lung standen die ganzen Tabletten, die Muntermacher und

Schlafmittel, einfach auf dem Küchentisch. Griffbereit. »Du kannst es dir aussuchen. Leonies Bett oder die Couch im Wohnzimmer.«

Als er mit den Tabletten und einem Glas Wasser zurückkam, saß sie bereits auf der Couch.

»Hier.« Er brach eine durch. »Du hast mir ein bisschen zu viel getrunken. Die Kombi ist nicht gesund.«

»Sind die stark?«

»Hauen dich um«, meinte er. »Die sind von Leonie. Ohne die hat sie die letzten Monate kein Auge zugetan.«

Anna schluckte sie mit dem Wasser runter. »Was ist nun mit dieser Evelin?«

Jan seufzte. »Ich erzähl dir alles morgen. Brandt ist noch dran. Der macht heute Nachtschicht«, log er. Auf keinen Fall würde er ihr mit einem Briefchen im Magen kommen und mit dieser glotzenden Fratze. »Ergebnisse gibt's morgen.«

Gähnend deckte sich Anna zu. »Wie geht's denn eigentlich dir?«, fragte sie, während sie sich unter der Decke ihre Jeans mit den Füßen ganz undamenhaft abstreifte.

»Uns geht's gut. Leonie kommt auf die Beine, das ist die Hauptsache.«

Sie legte sich hin und schloss die Augen. Er wollte das Licht ausknipsen, aber sie meinte, er solle es lieber brennen lassen.

»Morgen ist ein neuer Tag. Schlaf gut.« Jan zog leise die Tür zu und horchte. Er würde heute eh kein Auge mehr zubekommen, also ging er kurzerhand in die Küche, schnappte sich einen Stuhl und wollte schon zurück in den Flur, als sein Blick auf die zwei Flaschen fiel, die auf dem Fensterbrett standen.

Er entschied sich für den Brukswhisky von Mackmyra und goss sich ein Glas ein. Dann nahm er Stuhl und Glas mit in den Flur und bezog vor der Wohnzimmertür seinen Posten. Am Whisky nippend, saß er da. Er wachte. Dann fiel sein Blick auf die Wortgirlande, die er für Leonies Rückkehr von der Reha über ihre Zimmertür gehängt hatte: »Willkommen!« stand da in glitzernden, fröhlichen Buchstaben. Er trank aus, ging hinüber und rückte sie gerade.

8

Tastend streckte sie die Hand ins Licht. Die Sonne strahlte durch das Fenster des Klassenzimmers und warf ein schmales Rechteck auf ihren Tisch. Sie spürte weniger als früher. Die wohlige Wärme des Lichts nahm sie trotz der vernarbten Hand wahr.

Dieses Gefühl der Wärme, zu spüren, wenn der laue Sommerwind über die Haut strich – sie hatte es geliebt. Sophia zog den langen Ärmel ihres Shirts so weit über ihre Hand, dass möglichst nichts von ihrer Haut zu sehen war, und wandte den Blick vom Fenster ab. Dort draußen wartete ein perfekter Sommertag. Ein Tag für den Elbstrand.

Vorsichtig spähte sie zwischen ihren Haaren hindurch, die sie wie einen Vorhang vor ihr Gesicht fallen ließ, und musterte ihre Mitschüler. In Gruppen saßen sie zusammen, lachten und tratschten, zeigten sich irgendwelche Memes oder Videos auf ihren Handys.

Seit sie von den Rehas nach Hause gekommen und wieder in der Schule war, hatte sie immer um einen Platz in der hintersten Reihe gebeten.

Und sie hätte schwören können, dass Frau Lambrecht mit Erleichterung zugestimmt hatte. Den Stein, der ihr vom Herzen gefallen war, hatte man bis Bremen gehört.

Immerhin konnten Lambrecht und die anderen Lehrer sie hier in der letzten Reihe vergessen. Sie einfach übersehen. Dann mussten sie sich nicht mit ihr auseinandersetzen, was allen schwerfiel, denen Sophia begegnete. Andauernd sah sie das Entsetzen und das Mitleid, auch wenn sie taten, als wäre nichts.

Sie zog den Rucksack auf den Schoß, um das Deutschbuch und ihr Heft für die nächste Stunde herauszuholen.

Ein blondes Mädchen lächelte vom Buchcover, grinste frei und glücklich vor sich hin.

Missmutig drehte Sophia das Cover nach unten.

Dieses strahlende Lächeln, diese perfekten Haare, diese perfekte Haut … Sie konnte es nicht ertragen. Und wenn sie …

Sophia zuckte zusammen. Ein durchgekautes Papierkügelchen klatschte an ihre Wange und blieb auf ihrer narbigen Haut kleben. Boris kicherte leise.

Sophia erstarrte. Sie spürte, wie sie rot anlief und schlagartig der Zorn in ihr wuchs.

Dieser Wichser.

Mit einem Mal war es still in der Klasse. Sophia wusste, wenn sie aufsah, würden alle sie anstarren. Im Augenwinkel konnte sie Boris' Grinsen sehen und schloss lieber die Augen. Sie neigte den Kopf noch tiefer, damit der Haarvorhang zufiel und niemand ihr Gesicht sah. Mit bebenden Fingern wischte sie das Ding weg.

Klatsch. Dieses Mal hatte Boris ihre Haare getroffen, und sie spürte, wie das von Spucke nasse Papierkügelchen langsam an der Haarsträhne nach unten rutschte. Sophia zitterte innerlich, versuchte, ruhig zu atmen.

Aus Boris' Kichern wurde ein leises, mehrstimmiges Lachen.

Ben, Alex, Finja und Isabel stimmten ein. Ihre Freunde. Das waren mal ihre Freunde gewesen. Zumindest hatte sie das gedacht.

In ihrem Zimmer, neben bunten Gläsern und der alten Eintrittskarte für ein Shakira-Konzert, stand noch das Foto, auf dem sie sich alle lachend in den Armen lagen. Es stammte vom letzten Frühjahr, war etwas über ein Jahr alt.

Letztes Jahr. Als die Welt noch eine andere gewesen war.

»Ey, Sophia!« Jede Faser in ihr erstarrte, als sie Alex hörte. Wie ätzend, kalt und schneidend seine Stimme jetzt klang.

Tränen schossen ihr in die Augen. Sie wollte sie wegdrücken, aber es funktionierte nicht. Hoffentlich sah es niemand hinter dem Vorhang aus Haaren. Als sie und Alex noch ein Paar gewesen waren, hatte er sie *meine Prinzessin* genannt. Liebevoll. Mit weicher Stimme. Dieses Arschloch.

»Was ist, kommst du heute mit an den Strand? Bisschen braun werden.«

Gejohle.

Sophia versuchte, die Tränen wegzuatmen. Alex und die anderen auszublenden. Sie schloss wieder die Augen. Konzentrierte sich.

Geh an einen Ort, an dem du glücklich warst, das hatte ihr der Therapeut für solche Situationen geraten. Allerdings hatte er von Fremden gesprochen, von Idioten auf der Straße, von denen es täglich genug gab … Aber nicht von Mitschülern, Freunden, ihrem Ex!

Sophia versuchte, sich an die Zeit zu erinnern, als sie glücklich gewesen war. Als Sonne und Sommerwind ihre Haut gestreichelt hatten und niemand vor ihr zurückgewichen war, getuschelt, sich abgewandt hatte. Doch diese Tage verblassten mit jeder Woche mehr zu einer verschwommenen Erinnerung und erschienen ihr wie eine Lüge.

Ihre Finger, versteckt im langen Ärmel, tasteten nach dem Anhänger, den sie seit einigen Wochen an einer kurzen Halskette trug. Sie fühlte die Zacken der Sonne, spürte das kühle Metall unter ihren vernarbten Fingerkuppen.

Ruhe. Frieden. Erfüllung.

»Was is' nun … Huhu …?«, triezte Ben, aber sie sah

noch immer nicht auf, wartete auf den nächsten Blas-rohrtreffer von Boris und umklammerte ihre Sonne.

»Morgen zusammen!« Endlich. Der Deutschlehrer kam rein und rief Sophia zurück in die Realität und die anderen zurück auf ihre Stühle. In den nächsten fünfundvierzig Minuten würde sie einfach unsichtbar sein. So wie immer. So wie jede Stunde.

Erleichtert bemerkte sie, wie sie schlagartig aus dem Fokus der Klasse verschwand, wie sie zu einem Geist wurde, zu einem Schatten, der die Hand langsam wieder nach dem Sonnenlicht ausstrecken konnte, um der Wärme nachzu-spüren.

9

Wie ein Relikt aus längst vergessener Zeit lag die St.-Thaddäus-Kirche im Sonnenlicht da. Ihre Zwillingstürme – aus Feld- und Backsteinen gemauert – streckten sich trotzig in den strahlend blauen Himmel, und die mächtigen, von Strebepfeilern gestützten Wände zeigten jedem Besucher unmissverständlich, dass keine Naturgewalt diesem Bau etwas anhaben konnte.

Jan jagte ein paar Fliegen aus dem Dienstwagen, die ihn auf dem Weg wahnsinnig gemacht hatten. Er stieg aus und musterte den imposanten Sakralbau skeptisch. Im Sonnenlicht glitzerten die bunt verglasten Fenster des Kirchenschiffs.

»Warst du schon mal hier?« Anna kam um den Wagen herum zu ihm und band die Haare mit geübtem Griff zum Pferdeschwanz. Auch ihr machte die Sommerhitze offensichtlich zu schaffen.

»Ich? Nein … Ich hab's nicht so mit Kirchen.«

»Hätte mich auch überrascht.«

»In der Nähe von Uddevalla gab's 'ne Holzkirche. Nicht größer als 'n Wohnhaus. Schiefer Turm. Rot getüncht.«

»Hübsch.«

»Ja. Aber die Bänke waren sauunbequem.« Die Kirche hatte mitten im Wald gestanden. Zumindest war es ihm als Kind immer so vorgekommen, als stünde sie am Ende der Welt. Er war nicht oft dort gewesen, bloß zu Ostern und Weihnachten. Seine Mutter hätte es gern gesehen, wenn sie öfter den Gottesdienst besucht hätten, aber sein Vater hatte nie Zeit und noch weniger Lust gehabt.

Der Glaube hatte keine wirkliche Rolle in Jans Leben

gespielt – weder in seiner Kindheit noch in den letzten dreißig Jahren.

Die Kronen dreier Kastanienbäume überspannten den alten Friedhof, der sich direkt an die Kirche anschloss. Eine Frau mit Kinderwagen wartete auf ihre kleine Tochter, die ein paar Tauben im Schatten fütterte.

Jan wischte sich mit dem Handrücken den Schweiß ab und rieb ihn dabei in die Schürfwunde. Es brannte. Irgendwie war das gar nicht unangenehm, sondern holte ihn zurück ins Hier und Jetzt. Wahrscheinlich hatte Anna mit ihrer These recht, dass er nur boxte, um endlich wieder etwas zu spüren – und als Bestrafung für sich selbst.

Er hielt ihr die schwere Eichentür auf, und sie traten in den kühlen Vorraum der Kirche ein.

Die Luft schmeckte nach altem Holz und viel Stein. Das Vestibül mutete schlicht an und wurde von einem Kreuzgratgewölbe überspannt. Rechts führte eine schmale Treppe zu den Türmen hinauf, während es geradeaus durch eine Glasfront ins Kirchenschiff ging. Eine ältere Dame in einem reichlich spießigen Rock stand vor der Glastür und verteilte Flyer für die Caritas und Broschüren über die Kirche.

Jan erkundigte sich nach dem Pfarrer, und sie deutete auf eine unscheinbare Seitentür kurz vor dem Altarraum. »Er wird wohl in der Sakristei sein und aufräumen«, sagte sie und lächelte nett.

Anna bedankte sich und öffnete die Glastür, die das Kirchenschiff vom Vorraum trennte. Beeindruckt von der Höhe des Raums, folgte Jan ihr durch die Bankreihen, den Mittelgang entlang. Das Dach, von Kreuzrippen getragen, reichte sicher über dreißig Meter hoch. Säulen säumten rechts und links das Hauptschiff, und der Boden der Seitenschiffe war mit Grabplatten belegt. Die Reliefs darauf waren durch ungezählte Füße abgeschmirgelt und nur noch vage zu erkennen. In den kleinen Nischen, die an die Seitenschiffe angebaut waren, standen Nebenaltäre, vor denen Gläubige Teelichter angezündet hatten.

Anna und er passierten die Bänke und kamen zur Orgel, die weit über ihnen thronte. Ein durch weiße Bänder abgesperrter Bereich darunter, in dem Kränze und Blumen lagen, zeugte von Evelin Meyers Tod. Alle Spuren des Sturzes, auch die einer polizeilichen Untersuchung, waren verschwunden.

Jan sah hinauf zur Orgel. Ein schmuckloses, modernes Instrument, das so gar nicht zu dem Rest der Kirche passen wollte. Ein Geländer schützte davor, hinunterzustürzen. Dennoch: Von dort oben musste Evelin gefallen sein. Der Anblick hatte etwas Ernüchterndes: ein paar Meter ... der kalte Steinboden ... der Tod.

Auf den Fundortfotos, die er sich angesehen hatte, lag sie in einem farbenfrohen, luftigen Sommerkleid auf den bleigrauen Steinen, auf denen das Blut dunkel geronnen war. Ein seltsames, brutales Bild, das sich durch den Widerspruch des leichten Stoffs und harten Steins in sein Gedächtnis eingebrannt hatte.

Jan trat an das Band, meinte zwischen den Kränzen in den Ritzen der Steinfliesen noch Blutspuren zu sehen.

Eine falsche Entscheidung, ein Sprung, ein falscher Tritt, eine Unachtsamkeit ... Und dann war er da, der Tod. So schlagartig, so brachial ... und vor allem so endgültig.

Hinter den schweren Plastikbahnen baumelt sie. Ihr Schatten auf dem milchigen und dreckigen Vorhang. Sie baumelt unter der Decke. Der Karabiner in ihrem Kopf. Leonie!

Jan fuhr hoch. Das Gefühl, beobachtet zu werden, riss ihn aus dem Flash. Suchend sah er sich in der Kirche um. Tatsächlich ...

Ein Schatten. Da stand jemand im Eingangsbereich. Hinter der Glaswand. Starrte er sie an? Sein Gesicht war nicht zu erkennen und … Er tauchte weg, verlor sich in der Dunkelheit des Vorraums. Weil Jan sich zu ihm umgesehen hatte? Nur Zufall? Nur ein Besucher?

Es war ein sportlicher Mann, der es anscheinend nicht nötig gefunden hatte, seine Basecap abzusetzen. So viel hatte er erkennen können.

»Was ist los?«, fragte Anna besorgt, die Jans Blick bemerkt hatte.

»Nichts. Ist alles okay«, beruhigte er sie.

»Hast du wen … hast du wen gesehen?«

»Da war niemand, Anna«, log er.

Sie rieb sich die Oberarme. »Ganz schön kühl hier drin.« Sie glaubte ihm offensichtlich kein Wort, sondern sah sich ebenfalls um.

Als Jan noch einmal zum Kircheneingang sah, wurde die Glastür von einer greisen Frau geöffnet, die ihnen beiden keine Beachtung schenkte. Sie steuerte schnurstracks an den Säulen vorbei zu einem der Nebenaltäre mit Holzgestell, in dem Dutzende Kerzen brannten.

Jan wandte sich wieder der Absperrung zu. »Wir sollten hier Spuren nehmen lassen. Das volle Programm. Auch wenn's schon fast eine Woche her ist. Vor allem da oben, bei der Orgel. Rufst du Riya an und veranlasst das? Die haben das gleich als Suizid abgehakt. Die sollen alles noch mal genau abchecken.«

Anna zückte ihr Handy, und während sie bei Riya anrief, ging Jan zur ausgetretenen Holztreppe, die zur Orgel hinaufführte.

»War sicher nicht einfach für sie, da hochzukommen?« Suchend musterte er die Stufen. Die Treppe war recht steil, und es war mit ihrem schlimmen Bein sicher anstrengend gewesen, hinaufzugehen. »Und man hat hier keine Fremdeinwirkung gefunden? Wirklich nichts?«

»Keine Anzeichen.«

»Gibt's hier keine Kameras? Was hat sie überhaupt hier gewollt? Lass uns mit dem Chef reden.«

Anna unterbrach ihr Telefonat. »Pfarrer«, berichtigte sie ihn, bevor sie weiter mit Riya sprach.

»Priester, Pastor, Pfarrer. Wie auch immer.«

Anna legte auf. »Riya schickt noch mal die Spurensicherung. Die sind in zwanzig Minuten hier.«

»Sehr gut.« Gerade wollte sich Jan umdrehen und zur Sakristei gehen, als er abermals das Gefühl hatte, beobachtet zu werden. Er fuhr zum Eingang herum und bemerkte einen schlanken Mann am Weihwasserbecken. Der Mann trug ein ordentliches Hemd, legere Jeans und gepflegte Turnschuhe. Wahrscheinlich war es der Kerl, den er eben nur als Schatten durch die Scheibe gesehen hatte, denn er hatte eine Basecap aufgesetzt. Sie war tief in sein Gesicht gezogen, sodass Jan es nicht sehen konnte. In aller Ruhe stippte der Fremde die Finger ins Wasser und bekreuzigte sich, ohne zur Christusfigur über dem Altar zu sehen.

»Kommst du?«, riss Anna Jan aus den Gedanken. Sie war schon ein paar Meter weiter zur Sakristei gegangen. Jan beobachtete den Mann noch einen Augenblick lang, wie er mit gesenktem Kopf in die hinterste Bankreihe einbog und sich setzte, ohne auch nur einmal aufzusehen.

Vielleicht nur ein Gläubiger, der bereits tief in sein Gespräch mit Gott vertieft war. Dennoch störte Jan etwas an ihm, aber er konnte nicht sagen, was. Schließlich wandte er sich ab und eilte Anna nach.

Durch die Tür zur Sakristei drang eine sonore Männerstimme. »Nein, Sie brauchen sich keine Sorgen zu machen. Wir werden weiterhin unsere Treffen abhalten. Sicher …

Bitte? Ein Fluch?« Er lachte. »Nein. Gewiss nicht. Das ist finsterster Aberglaube. Aber Sie können mir glauben, ich bin genauso besorgt wie Sie.«

Der Pfarrer telefonierte anscheinend, und obwohl Jan klopfte, fuhr die sonore Männerstimme fort: »Ihre Tochter ist so eine Bereicherung … Und ich denke, auch das Singen tut ihr gerade jetzt gut.« Abermals lachte er. »Ich werde auf sie aufpassen, das verspreche ich Ihnen. Ja, Wiederhören.«

Ohne weiter abzuwarten, öffnete Jan die Tür und trat in den ziemlich profanen Raum.

Die Sakristei strahlte den muffig dunklen Charme der Fünfzigerjahre aus. Getäfelte Wände, getäfelte Decke. Ein in die Jahre gekommener angegilbter Kristalllüster, Wandschränke in Eiche rustikal, jede Menge liturgische Gewänder in einem offenen Schrank, stapelweise Gesangbücher und eine Reihe von zusammengeklappten, preiswerten Plastikstühlen aus dem Baumarkt.

Der Pfarrer, ein schlanker, durchaus trainierter Mann, schreckte auf. Er trug Jeans, ein weißes, bis oben zugeknöpftes Hemd und hatte ein Sportheadset zum Telefonieren auf. Er kippte gerade etwas aus einer prunkvollen Schale in ein Becken, das in der Wand eingelassen war.

»Äh? Ja«, stammelte er. »Was kann ich für Sie tun?«

Der Mann war sehr viel jünger, als Jan gedacht hatte. Er schätzte ihn auf gerade mal vierzig Jahre. Sein Haar war bloß an den Seiten ein wenig ergraut, die Lippen vor Trockenheit aufgesprungen, und seine Augen ruhten in dunklen Seen, als hätte er die letzten Nächte nicht oder nur wenig geschlafen. Jan stellte Anna und sich vor und erklärte ihm, weshalb sie ihn sprechen wollten.

»Evelin Meyers? Tatsächlich?« Er wischte die verzierte Schale mit einem feinen Tuch aus und trat zu einem schmalen Tisch, auf dem, sorgsam arrangiert, bereits alles fürs

Abendmahl aufgereiht stand. Mit einer präzisen und gewiss hundertfach ausgeführten Bewegung platzierte er die Schale in einem Regalfach über den Abendmahl-Utensilien.

»Ihr Tod ist eine Tragödie. Das hat mich und meine Gemeinde sehr mitgenommen. Ludwig. Stefan Ludwig. Ich bin der Pfarrer hier.« Er ging zu Anna und gab erst ihr und dann Jan die Hand. »Aber ... Also ich dachte, sie hätte Selbstmord ... Wir waren alle so erschüttert, dass sie sich das Leben nimmt. Frau Meyers, meine ich.«

»Streng genommen gibt's den gar nicht. Selbstmord«, brummte Jan, während er sich neugierig weiter umsah. Sein Blick blieb bei dem Steinbecken in der Wand hängen.

»Die Piscina«, erklärte ihm Ludwig, der ihn offenbar beobachtet hatte. »Für Weihwasser oder wenn etwas von der Eucharistiefeier übrig ist ...« Sein Blick huschte kurz zur verzierten Schale, bevor er Jan herzlich anlächelte.

Jan verstand kein Wort.

»Taufwasser ... Wir hatten gestern eine Taufe«, beeilte sich Ludwig zu erklären. »Wir wollen ja nicht, dass das Taufwasser oder auch Weihwasser in der Kanalisation landet.«

»Nicht?«

»Nein. Deswegen das Becken. Das gesegnete Wasser fließt dann zu den Toten.«

»Den Toten?«, fragte Anna interessiert.

»Ja, der Friedhof liegt so nah an der Kirche. Vom Becken wird das Wasser hingeleitet und versickert in der Erde. Praktisch, oder?«

Tot ist tot, dachte Jan. Ob danach noch etwas kam oder nicht, wer sollte das wissen. Und ein bisschen Weihwasser an den verwesenden Füßen machte da sicher auch keinen Unterschied mehr. Allerdings bezweifelte er, dass der Pfarrer gerade Weihwasser aus dem Kelch dort hineingeschüttet hatte.

»Der Küster ist krank«, entschuldigte sich Ludwig und lächelte einnehmend.

»Soso.« Interessiert trat Jan an den schmalen Tisch, über dem die Kelche im Regal blitzten. Stoffservietten, ein ziselierter silberner Teller und eine Dose mit Deckel. Ein schlichter und reichlich abgesessener Holzstuhl stand dahinter. Eine Schublade ragte halb aufgezogen aus dem Tischchen. Darin reflektierte etwas das Licht.

Sofort war Ludwig bei ihm und schob, sich räuspernd, die halb offene Schublade zu.

Na, dachte Jan. Schön einen Schluck in der Sakristei?

Aber was in der Schublade geglänzt hatte, war vermutlich kein Flachmann gewesen. Er tippte eher auf eine Lupe, denn darunter hatte Jan einen Stapel Zeichnungen erkennen können. Seltsame Bilder mit Ringen und Kreisen, Buntstift- und grauen Bleistiftskizzen.

Staub tanzte in der vom farbigen Glas bunt zersplitterten Luft. Von dem übermannshohen Fenster blickte Jesus in prachtvollem Gewand samt Hirtenstab sowie Heiligenschein, ein unschuldig dreinguckendes Lamm im Arm, auf ihn herab.

Sein Lächeln kam Jan seltsam entwaffnend vor.

Plötzlich nahm Jan den Geruch von Zigaretten wahr. »Sie sagten, es gibt keinen Selbstmord?«, griff Ludwig das Thema wieder auf. Der Pfarrer hatte eine natürliche Präsenz. Wenn er sprach, wirkte seine Stimme beruhigend.

»Ja«, erklärte Jan. »Schwer, sich selbst zu ermorden. Rechtlich gesehen.«

»Ist dem so? Rechtlich hin oder her. Es ist eine schwere Sünde, Herr Nygård. Sie hat die Liebe zum lebendigen Gott damit beendet und sich abgekehrt von ihrem Glauben.« Er seufzte und verräumte die Dose in einem Wandschränkchen. »Womit kann ich Ihnen denn nun helfen?«

»Wir haben Grund zur Annahme, dass Evelin Meyers durch Fremdeinwirkung gestorben ist.«

Erstaunt hielt er inne. »Wie meinen Sie das?« Die blauen Augen des Pfarrers musterten Jan. »Etwa, dass sie gestoßen wurde? Sie wollen doch nicht etwa sagen, dass sie umgebracht wurde? In meiner Kirche?«

Offenbar schockierte ihn diese Tatsache weit mehr, als es der Selbstmord getan hatte.

»Gibt es Videoaufzeichnungen, Herr Ludwig?«, fragte Jan, statt zu antworten.

»Äh, Video ... Äh ... Wieso denn Videoaufnahmen?« Unschlüssig sah er zu Anna.

»Von dem Tag, als sie starb«, erklärte sie. »Es gibt doch sicher Kameras in der Kirche?«

»Ach, Überwachungskameras.« Er nahm eine der Servietten und zupfte daran herum. »Selbstverständlich nicht. Das ist ein Ort der Begegnung und des Seelenheils. Hier wacht nur Gottes allsehendes Auge.« Als ob dies das Stichwort wäre, beförderte er die benutzte Stoffserviette in einen Wäschekorb, der bereits halb voll war, und warf Anna ein scheues Lächeln zu.

»Irgendwas gehört? War jemand hier? Hat jemand Frau Meyers in der Kirche gesehen?«, fragte Jan. Würde er diesem Mann nicht alles aus der Nase ziehen müssen, wären sie vielleicht schon längst fertig.

»Ich war im Pfarrhaus, als Evelin gesprungen ...« Ludwig brach ab. Für einen Moment glaubte Jan, etwas wie Betroffenheit oder Trauer auf seinem Gesicht zu sehen. Doch es verflog sofort wieder. »Aber das, also das haben Ihre Kollegen doch schon alles gefragt. Letzte Woche.«

»Das hält uns aber nicht davon ab, noch mal zu fragen«, meinte Jan leicht schnippisch. »War denn Evelin Meyers oft hier?«

»Regelmäßig. Zur Messe. Eine ganz bezaubernde Frau, wissen Sie.« Er nahm einen Stapel liturgischer Kleider von einer Ablage.

»Und sie war im Chor?«, fragte Anna und sah zu, wie der Pfarrer begann, die Kleider in einen Schrank zu hängen.

»Richtig. Bei uns im Kirchenchor. Eine fantastische Mannschaft. Hören Sie, selbst wenn man wie ich berufsbedingt viel mit dem Tod zu tun hat, geht es einem doch unter die Haut, wenn jemand so plötzlich verstirbt.«

»Da erzählen Sie mir nichts Neues …«, sagte Jan und trat dreist hinter das Tischchen. Als sein Blick die Schublade streifte, die Pfarrer Ludwig so übereilt geschlossen hatte, musste er sich anstrengen, sie nicht einfach aufzuziehen. Zu gerne hätte er gewusst, was er so hastig verborgen hatte.

»Hat sich Frau Meyers mit jemandem getroffen? Hat sie sich auffällig verhalten?« Anna zückte ihr Tablet, um sich Notizen zu machen.

Seltsamerweise brauchte Ludwig einen Moment, um zu antworten, und seine Worte fielen reichlich knapp aus: »Nein.«

»Also ja«, stellte Jan trocken fest.

»Nein. Sie hat sich nicht anders verhalten als sonst. Seit ihrem Unfall litt sie an Stimmungsschwankungen, sie war psychisch sehr labil.« Er räusperte sich. »Es ist für mich nicht einfach, wissen Sie. Erst dieser Unfall, und dann bringt sie sich um.« Er strich eine Albe mit einer fast fürsorglichen Geste glatt und schob sie zu den anderen in den Schrank. Überrascht registrierte Jan, dass die Gewänder darin in allen Regenbogenfarben leuchteten.

»Unfall?«, fragte Anna.

»Ein schwerer Autounfall. Letztes Jahr. Seitdem konnte sie nur unter Schmerzen gehen, aber sie fühlte sich Gott sei

Dank Woche für Woche besser. Ich ... ich dachte, Sie wüssten davon?« Weil Anna und Jan ihn nur abwartend ansahen, fuhr er fort. »Nun ja. Der Unfall hat sie natürlich nicht nur körperlich mitgenommen ... sondern auch in ihrer Seele tiefe Spuren hinterlassen.«

»Und Sie dachten«, hakte Jan nach, »es war der Unfall, waren ihre neuen Lebensumstände, die zu ihrem Suizid geführt haben?«

»Selbst wir Geistlichen können den Menschen ja nur vor den Kopf sehen.« Noch einmal ließ er sein routiniertes Lächeln aufblitzen und hängte ein weiteres Kleidungsstück zwischen die anderen. »Ich war davon ausgegangen, ja. Viele können ihre Depressionen gut verbergen ... Aber wenn Sie sagen, es gebe eine ... Wie haben Sie das genannt?«

»Fremdeinwirkung«, ergänzte Anna.

»Dann haben der Unfall und eine mögliche Depression damit wohl nichts zu tun.«

»Offenbar nicht«, stellte Jan fest. »Wenn Sie wirklich ermordet wurde, warum in der Kirche?«

»Woher soll ich das wissen, Herr Nygård?« Ludwig musterte ihn streng, doch Jan wich dem Blick nicht aus.

Er mochte diesen Typen nicht, ganz egal, was für ein Amt er innehatte. Jans Handy riss ihn aus den Gedanken. Riya. »Entschuldigung, ich muss da kurz rangehen.« Er entfernte sich ein paar Schritte. »Ja?«

»Die Laborauswertung kam vor zehn Minuten rein. Von diesem Brief an Anna und vom Zettel im Magen von Evelin Meyer.«

»Okay. Schieß los.«

»Tja. Es ist keine Tinte.«

»Aha. Soll ich raten? ... Es ist Blut.«

»Bingo. Die Worte bei Anna und diese Fratze – es ist dasselbe Blut. Lyn checkt es noch genauer, aber es sieht nach Tierblut aus. Wahrscheinlich Artiodactyla. Paarhufer.«

»Rind, Schwein …?«

»Schaf.«

Jan sah sich zu dem bunten Glasfenster um, auf dem Jesus das Lamm hielt. »Diese Fratze ist mit Lammblut gemalt worden?«

»Lamm, Schaf … Ja. Wahrscheinlich. Beide Papiere sind Büttenpapier. Wahrscheinlich handgezogen. Die Kapsel aus dem Magen ist aus Aluminium.«

»Danke dir.«

»Noch was …«

»Ja?«

»Liv hat am Zettel Spuren von Steinwolle gefunden. Dämmmaterial. Das lässt auf eine Baustelle oder einen Dachboden schließen. Vielleicht ist er auf einem Dachboden verfasst worden.«

»Dachboden? Hmm … Danke dir.« Er legte auf und ging zum Buntglasfenster hinüber. »Sagen Sie, Herr Ludwig, was hat das Lamm da zu bedeuten?«

»Wie bitte?«

»Das Schaf, das Jesus im Arm hält.«

Mit segenvollem Blick auf den Heiland stellte sich Ludwig zu Jan. »›Geht hin! Siehe, ich sende euch wie Lämmer mitten unter Wölfe. Tragt weder Börse noch Tasche noch Sandalen, und grüßt niemand auf dem Weg! In welches Haus ihr aber eintretet, sprecht zuerst: Friede diesem Haus!‹« Der Pfarrer war eindeutig in seinem Element. Jan sah, wie seine Augen leuchteten. »Das Schaf ist sowohl im Alten wie auch Neuen Testament wichtig. Nehmen Sie Abraham. Er musste seinen eigenen Sohn nicht opfern, es reichte letztlich ein Lamm … Und die Israeliten strichen Lammblut an ihre Türen, bevor sie nach Ägypten auszogen – damit der Engel des

Todes sie nicht heimsuche. Das Lamm ist ein Symbol der Unschuld und die Verkörperung von Jesus Christus. Jesus ist das Lamm Gottes.«

»Aha. Aber dieses Lamm wird ans Kreuz genagelt«, meinte Jan provozierend.

»Ja. Es wird gleichsam geschlachtet, geopfert, um den Tod zu überwinden.«

»Den Tod überwinden?«

»Darum geht es. Das Lamm mit Siegesfahne. Es symbolisiert die Auferstehung Christi.«

»Seine Rückkehr zu den Lebenden?« Jan sah diesem Glasjesus in die Augen, aber der starrte zurück, und der Blick des Heilands drohte sich tief in seine Seele zu bohren. Jan wandte sich lieber ab. »Jesus kehrt zurück. Von den Toten zu den Lebenden.« Er warf Anna einen augenrollenden Blick zu, die irgendetwas auf ihrem Tablet notierte und ihm mit ihrem typischen, geduldigen Psychologenlächeln antwortete.

»Nein. Nicht bloß die fleischliche Rückkehr zu den Lebenden … das auch. Aber vor allem seine Auferstehung. Seine Überwindung des Todes. Das ist der Grund, weswegen wir glauben, wir Christen, Herr Kommissar. Christus wurde auferweckt von den Toten, und wer an ihn glaubt, kann ewig leben.« Ludwig hatte die Arme ausgebreitet, als betete er von der Kanzel zu seiner Gemeinde. In Jeans und Hemd machte er jedoch einen eher verrückten Eindruck, fand Jan.

»Ach.«

»Das feiern wir übrigens Ostern, Herr …«

»… Immer noch Nygård …«

»… Herr Nygård.« Ludwig lächelte mild. »Man sieht es Ihnen mit jeder Faser an, dass Sie Gott sehr skeptisch gegenüberstehen.«

»Ich stehe ihm nicht gegenüber. Er hat meine Welt verlassen. Und das Licht ausgemacht.«

»Oh. Das höre ich oft.« Er seufzte. »Wir sind alle zwei-
felnde Menschen, Herr Nygård. Selbst ich. Doch Jesus
Christus …« Ludwig sah sich zu Jesus mit dem Lamm um.
»Er schenkt mir Kraft – auch in der dunkelsten Stunde.«

Vor Jans innerem Auge blitzten andere Bilder auf.

Er, kniend, in der Dunkelheit des Schuppens …

Seine Tochter, baumelnd an einer Kette …

Sein Mund wurde trocken.

Er wünschte, er hätte jemanden, der ihm Kraft schenkte.
Auch so eine Lichtgestalt, an die er glauben konnte. Stattdessen ließ er sich in Tonias Schuppen die Fresse polieren,
um irgendwas zu spüren, und stand stundenlang am Elbufer, hörte Brahms und Beethoven und dachte und dachte
und dachte …

Manchmal saß er in der Dunkelheit, den Whisky in der
Hand, und starrte auf die Straße raus, ohne wirklich zu re-
alisieren, was in der Welt geschah. An anderen Tagen setzte
er sich die Kopfhörer auf, die Leonie ihm geschenkt hatte,
diese riesigen neonfarbenen Dinger, hörte Klassik, ohne
sich zu rühren … ohne sich bewegen zu können. Starr.

Und spürte einfach nichts.

Was weißt du schon von finsteren Stunden?

Er dachte und hoffte und hoffte und betete zu sich selbst,
nicht mehr denken zu müssen. Dass die Erinnerungen verblassen würden, dass sie endlich einfach verschwinden.

»Vielleicht sollten wir uns ein andermal in Ruhe unterhalten«, riss der Pfarrer ihn aus den Gedanken. »Sehr viel
ausführlicher, wenn Sie möchten, Herr Nygård. Gottes
Haus steht Ihnen immer offen.«

Lächelnd schritt Ludwig Richtung Tür und legte die
Hand auf die Klinke. »Aber heute bin ich leider ein wenig

in Eile. Wenn Sie noch Fragen haben, dann machen Sie doch bitte einen Termin. Im Pfarrhaus kann man Ihnen sicher unkompliziert weiterhelfen.«

Ist das dein Ernst? Uns einfach so abzubügeln?

»Es geht hier nicht um mich«, brummte Jan. »Es geht hier um Ihre Schäfchen.« Er zückte sein Handy und hielt Ludwig eine Aufnahme des Papierfetzens hin, den sie aus Evelin Meyers Magen geholt hatten.

»Was ist das?«

»Sagen Sie es mir. Ein Dämon, ein böser Geist? Kann es was Christliches sein?«

Der Pfarrer nahm das Handy und warf einen langen Blick auf die winzige Zeichnung. Jan beobachtete jede Regung in Ludwigs Gesicht genau, konnte aber nicht sagen, ob er die Fratze erkannte. Auf jeden Fall schien sie ihn zu faszinieren.

»Der Teufel?«, meinte der endlich. »Sieht aus wie der Teufel, wenn Sie mich fragen.«

»Ich frag Sie! Ja.«

»Woher haben Sie …«

»Das kann ich Ihnen nicht sagen.«

»Verstehe.« Da war es wieder, dieses überaus verständnisvolle Lächeln. »Ich weiß, dass Sie eine Untersuchung einleiten, aber ehrlich gesagt wüsste ich nicht, wie ich Ihnen zurzeit helfen kann. Tut mir leid.« Er gab Jan das Handy zurück und zog die Tür zum Kirchenschiff für die beiden auf.

»So wie es aussieht, wurde Ihr *Schäfchen* umgebracht. Ich denke, da sollten Sie sich durchaus ein wenig mehr Zeit nehmen«, knurrte Jan sauer. »Meinen Sie nicht? Und wenn Sie mich fragen, dann …«

»Jan …?«

»Was?«

»Lass es.«

Mit einem Mal spürte er Annas Hand auf seinem Arm, und zu seiner Überraschung reichte die leichte Berührung, damit er abkühlte.

»Wir melden uns. Danke, dass Sie mit uns gesprochen haben.« Anna führte Jan am Pfarrer vorbei nach draußen.

»Gerne. Rufen Sie einfach an«, meinte Ludwig sanft. »Wir machen einen Termin.« Da war schon wieder dieses routinierte Lächeln, in das Jan eben für einen kurzen Moment gerne hineingeschlagen hätte. Nur um zu sehen, was Gott davon hielt.

Ludwig schloss die Tür zur Sakristei hinter sich ab und bog zügig in eines der Seitenschiffe ein, wo er Richtung Vestibül verschwand. Während Jan ihm nachsah, ballte er unbewusst eine Faust.

»Wenn dich das aufregt, dann ist da noch Leben drin.« Anna tippte auf seine Brust und umschloss dann mit ihren schlanken Fingern seine Faust. »Aber nicht vergessen, Herr Nygård. Sie sind nach wie vor in meiner Therapie. Aggressionsbewältigung. Ich schreib das alles mit.«

Er musste lachen. »Ich bin einfach ein echt kranker Mensch.«

»Ja. Das wissen wir beide.«

»Wollen wir was essen gehen?«

»Gute Idee. Ich zahle …« Sie sah sich um, schien nach etwas Ausschau zu halten. »Geh schon mal vor. Ich komm gleich nach.«

Während Jan das Hauptschiff hinunterschritt, drehte er sich noch einmal um. Die Kirche lag ruhig und verlassen da. Bloß die Dame, die ihnen Broschüren angeboten hatte, fegte vor einem Gittertor neben dem Altarraum, das wahrscheinlich hinab zur Krypta führte. Vom Typen mit der Basecap war nirgends etwas zu sehen. Jan beobachtete, wie

Anna geradewegs an den Bänken vorbei zu einer schmalen Tür ging, an der ein handgemaltes Schild auf die Toiletten hinwies.

Als er die Kirche verließ, schlug ihm die Hitze des Sommertags entgegen. Die Helligkeit ließ ihn blinzeln, dennoch sah er sich nach dem Mann um, konnte aber nur drei ältere Damen auf dem angrenzenden Friedhof erkennen. Sie hatten sich um ein Grab versammelt und versuchten, die welken Blumen wieder aufzupäppeln.

10

Anna öffnete die Tür zur Toilette. Der Vorraum war dunkel und das letzte Mal vermutlich irgendwann in den 1950er-Jahren renoviert worden. Nackte Backsteinwände, ein angeschlagenes Becken über einem von Rissen übersäten Waschtisch. Der Spiegel, schon reichlich stumpf, schimmerte im faden Licht der einzigen Lampe.

Anna zog die linke der beiden Türen auf. Immerhin war alles sauber und ordentlich. Die Klobrille war gewischt, und es gab einen Spülkasten, der unter der Decke hing und mit einer Kordel bedient wurde.

Kaum hatte sich Anna übers Klo gehockt, meinte sie vor der Kabine Schritte zu hören. Offenbar Jan, der ihr nachgekommen war. Das Wasser wurde aufgedreht, und er wusch sich die Hände.

»Wo willst du denn hin?«, fragte Anna. »Wollen wir 'n Döner holen oder zu Ferruccio?« Der Italiener war nicht weit vom LKA und hatte erstklassige Cicchetti und Pizzas.

Sie hörte, wie Jan den Wasserhahn zudrehte, doch kurioserweise antwortete er nicht.

»Jan?«

Schritte näherten sich.

»Jan? Bist du das?«

Keine Reaktion. Die Schritte hielten vor der Tür. Direkt vor der Kabinentür, denn sie sah Schatten durch den Schlitz unten an der Tür fallen.

Annas Herz begann heftiger zu schlagen. Sie sah sich in der engen Kabine um. Das dünne Holz, die Wände nur knappe zwei Meter hoch. Ängstlich starrte sie auf den Kippriegel vor sich.

»Wer ist da?«, fragte sie, erhielt aber keine Antwort.

Die Kabine war verriegelt, immerhin … Sie richtete sich auf und zog sich schnell die Hose hoch. Da meinte sie eine Stimme zu hören. Bildete sie sich das nur ein, oder … oder flüsterte da jemand ihren Namen?

»Anna …«

Ihr Herz raste. Mucksmäuschenstill verharrte sie, zückte dann leise ihr Handy … Wenn sie Jan … Kein Empfang. Shit.

Da hörte sie, wie die Tür zur Toilette aufgezogen wurde und noch jemand hereinkam. Sofort löste sich der Schatten von der Tür. Ein Mann räusperte sich, dann entfernten sich die Schritte schnell.

»Jan!?«

Abermals keine Antwort.

»Ich glaube, Sie werden gerufen«, hörte sie eine Frau. »Hallo?« Die Tür fiel wieder zu. Anscheinend war der Mann gegangen.

Sollte sie öffnen?

Ihr ganzer Körper fühlte sich starr an. Sie versuchte genug Spucke zu finden, um zu schlucken.

Los! Sieh nach! War das der Typ vor dem Haus? War das etwa der Einbrecher … Anna! Los!

Sie zog an der Kordel, um zu spülen, zwang sich dann, den Riegel zu kippen und die Tür aufzuziehen.

Erschrocken blickte sie direkt in das Gesicht der Dame vom Eingang. Die Frau war gerade dabei, die andere Kabine zu öffnen. Verwundert erwiderte sie Annas Blick.

»Alles in Ordnung? Er ist schon raus.«

»Wer? Wie … wie sah er aus?«, fragte Anna, während sie zur Tür eilte.

»Hab nicht viel von seinem Gesicht gesehen, er trug so 'ne Baseballkappe.«

Anna riss die Tür auf und trat in die Kirche.

Stille.

Nur das flirrend bunte Licht, das den Altarraum und die Kirchenschiffe erfüllte. Zwei Frauen beteten, ein älterer Herr sah sich ein Wandbild an. Niemand sonst zu sehen.

Wer immer der Mann gewesen war, er war verschwunden.

Ihr Herz schlug noch immer viel zu schnell. Unsicher musterte sie den Abgang zur Krypta, die Empore mit der Orgel, die Bankreihen, spähte zu den Nischen mit den Nebenaltären.

Die Kirche lag im Flüstern der Besucher da.

Eine Hand berührte ihre Schulter. Mit einem Aufschrei fuhr sie herum …

Überrascht sah Jan sie an. »Woaah. Vorsicht. Was … was ist denn?«

»Ich … Er … er war da … Der Typ mit der Basecap.«

»An mir ist der nicht vorbei.« Sofort blickte Jan sich um, rannte dann zum Nebenausgang. Anna hatte Mühe, mit ihm Schritt zu halten.

Sie folgte ihm hinaus und prallte gegen die brutale Helligkeit der Sonne. Schützend riss sie die Hand vor die Augen.

Blinzelnd nahm sie das Pfarrhaus wahr, das gegenüber der Kirche wie ein herrschaftliches Anwesen in den strahlend blauen Himmel ragte. Von der Ferne drang Straßenlärm zu ihr, ansonsten war es recht still.

Sie sah sich mit Jan um – aber es war niemand mehr da.

11

Der braune Passat Kombi, ein fünfzehn Jahre altes Modell, fiel niemandem auf. Er parkte ihn unter einer Ulme. Hier, ein paar Meter vor der Schule, hatte er eine gute Sicht auf den Eingang.

Er drehte das Radio ab und ließ den Blick an den beiden Würfeln aus Plüsch, die am Rückspiegel hingen, zur Fensterfront des Gymnasiums gleiten. Hinter den Scheiben, in den dunklen Klassenzimmern, war niemand zu sehen, aber er war sicher, dass sie kommen würde. Die Luft über den Betonplatten des Hofs flirrte, und die Sonne spiegelte sich jedes Mal kurz in der Glastür, wenn ein Schüler das Gebäude verließ.

Auf dem Hof warteten drei Jungs und rauchten. Etwas weiter standen zwei Mädchen – er schätzte sie auf achte oder neunte Klasse –, die sich lachend irgendwas auf einem Handy zeigten.

Die Sonne schob sich weiter, fiel durch die Ulmen nun direkt in den Wagen. Er schloss die Augen und genoss die Wärme auf der Haut. Ihr Licht kam ihm oft wie eine Liebkosung Gottes vor.

Unbewusst bekreuzigte er sich.

Entfernt hörte er einen Zug über Gleise rattern. Er öffnete die Lider und sah, wie Gruppen von Schülern die Türen aufstießen. Diesmal ebbte der Schwung nicht ab. Es dauerte keine fünf Minuten, und der Vorplatz war voller Kinder und Jugendlicher. Viele zogen weiter in Richtung der Bushaltestellen und Elterntaxis, ein paar ältere gingen zu ihren Motorrädern hinüber. Am Fahrradschuppen, der unweit des Eingangs lag, bildeten sich Schlangen. Zwischen der Menge versuchte er, sie zu finden, aber es gelang ihm nicht.

»Wo steckst du denn?«, sprach er leise mit sich selbst und verrenkte sich im Fahrersitz, um besser schauen zu können.

Er mochte es nicht, zu warten. Zu spüren, wie die Zeit ungenutzt bei jedem Herzschlag verrann, konnte er nur schwer aushalten. Es war ihm zuwider.

»Komm schon ...«

Da. Endlich.

Er musste lächeln, als er sie erkannte. Sie sah so hübsch aus, so zerbrechlich.

Obwohl es gute dreißig Grad hatte, zog Sophia die Kapuze ihres Hoodies über, bevor sie das Gymnasium mit dem letzten Schwung Schüler verließ.

Zu warten, bis die anderen fort waren, hatte sich in den Monaten als das beste Mittel gegen Angriffe gezeigt. Unsichtbar sein, unbeachtet durch die Welt gleiten wie ein Geist.

Eigentlich bin ich schon tot.

Dieser Gedanke schoss ihr durch den Kopf, als sie durch die breiten Glastüren in die Hitze des Sommers trat.

Ich bin bereits gestorben und ein Gespenst.

Durch ihren Haarvorhang sah sie die Clique, zu der sie vor einem Jahr noch gehört hatte. Michi, Isabel, Mia ... Die drei hatten sich im Schatten einer der Ulmen versammelt und schmiedeten sicher Pläne für den Nachmittag. Isabel bemerkte sie und sah zu ihr.

Für einen Lidschlag wollte Sophia lächeln, aber dann traf sie Isabels Blick. Dieser Blick. Eine Mischung aus Sensationslust und Abscheu. Mutprobe und Ekel.

Schnell ging Sophia weiter. Wenn sie ehrlich war, war ihr

das noch die liebere Reaktion auf ihre Gestalt und ihre Verbrennungen, denn noch unerträglicher war der Blick, den sie *Dreckmitleid* nannte. Auch wenn das Mitgefühl echt war. Ihre Mutter hatte den perfektioniert. Dreckmitleidblick.

Zügig verließ sie den Schulhof und schlug die Richtung nach Hause ein. Früher hatte die Buslinie 261 sie von der Schule fast genau vor die Haustür gebracht.

Doch den Bus nahm sie nicht mehr.

Sie erinnerte sich noch an den Moment vor drei Wochen. Die Türen hatten sich zischend geöffnet, sie war eingetreten und … und er hatte aufgesehen, der Busfahrer, dieser krausköpfige Typ mit dem verhärmten Gesicht. Er hatte sie angesehen und gelächelt, und dann hatte er ihre Wange gesehen und war zusammengezuckt. Dreckmitleidblick. Oder war es sogar Ekel gewesen?

So dauerte der Heimweg eben sehr viel länger, auch weil sie oft Umwege machte, damit es nicht zu einem Spießrutenlauf wurde. Sie hatte keine Lust auf diese Rufe über die Straße hinweg, Jungs, die ihr nachrannten, die ihre Kapuze runterrissen … Die Welt war ein Arschloch!

Den Rucksack auf, die Hände in den Taschen meist geballt, den Kopf eingezogen, lief sie dann im Zickzack, mied die befahrenen Wege und allzu engen Gassen. Sophia tat das Laufen eigentlich gut, denn der Blick auf die Häuser, in die Schaufenster und Gärten lenkte sie ab – wenn niemand bei ihr war.

Heute war es so heiß, dass kaum jemand unterwegs war. Dennoch warfen ihr die wenigen Passanten, denen sie begegnete, fragende Blicke zu. Klar. Welcher vernünftige Mensch lief bei den Temperaturen mit Hoodie, übergezogener Kapuze und langen Jeans herum?

Kein Mensch.

Nur ein Monster.

Er wusste, warum sie sich versteckte.

Sie hatte sich extra schulterlange Haare wachsen lassen und kämmte sie immer vor die Augen. Man konnte kaum ihre vernarbten Wangen sehen. Sie machte keinen guten Eindruck; die Hände in die Taschen gestemmt, die Schultern hochgezogen, sah sie unendlich zerbrechlich aus.

Er fuhr ein wenig schneller, setzte sich neben sie und hielt mit dem alten Passat ihr Tempo. In ihren abgetragenen Chucks beschleunigte sie ihre Schritte, sah sich nervös zu ihm um.

Offen lächelte er ihr zu und winkte.

Ihr Gesicht war eine einzige Wunde gewesen, aber er fand sie dennoch hübsch. Dieser ganze Schmerz, den sie ertragen hatte und noch immer ertrug. Er wollte ihn von ihr nehmen. Ein für alle Mal.

Er musste lächeln. Ja, sie war hübsch. Sie erinnerte ihn tatsächlich an die Gemälde alter Meister, an diese dunklen Ölschinken mit dem goldenen Licht … Und wenn die Farbe rissig wurde und leicht abblätterte, dann sah das Antlitz dieser porträtierten Frauen ein wenig dem ihren ähnlich.

Er ließ das Seitenfenster runter. »Sophia. Warte mal.«

In der Kirche gab es ein altes Gemälde, an einem der Nebenaltäre. Da sah Maria Magdalena mit feinem Lächeln auf die Gläubigen herab. Auch ihre linke Wange hatte diese Risse. Wie hießen sie noch, diese Risse, die entstanden, wenn das Holz unter der Ölfarbe arbeitete … *Krakelüren.* Ja. So hießen sie wohl …

Sie verbarg diese Risse, aber eigentlich hatte sie ein Gesicht wie das wunderschöner Frauen. Die Stirn wohlproportioniert, die Augen groß, die Nase schmal …

Floh sie etwa vor ihm?

Sie bog in die Seitenstraße ab, hier war kaum noch Verkehr. Die meisten Schüler waren zur Bushaltestelle gegan-

gen, und die einspurige Straße führte bloß in ein Wohngebiet. Eine Reihe alter Platanen spendete Schatten und
tauchte den Gehweg in dunkles grünes Licht.

Wie so oft hatte sie anscheinend vor, nach Hause zu laufen.

Einen Moment sah er ihr noch zu, genoss den Anblick,
wie sie die Straße hinunterging, so allein, so in Gedanken
verloren.

In ihrem jungen, schmerzvollen Leben gefangen.

Er würde sie bald aus diesem Gefängnis befreien.

Er würde sie endlich von ihren Schmerzen erlösen.

Er freute sich schon darauf.

Lächelnd gab er ein wenig mehr Gas und lenkte den Passat auf den Fußweg vor sie.

»Steig ein«, sagte er charmant und leise. »Ist doch viel zu
warm da draußen. Komm. Ich fahr dich.«

Sie blieb stehen, sah sich um. Rechts, links. Sie wusste
nicht, wohin, wusste nicht, was sie tun sollte.

»Sophia. Komm«, redete er mit seiner sonoren Stimme
auf sie ein, aber Sophia zögerte. Sie knabberte an ihren Fin-
gernägeln und wägte ab, was sie tun sollte.

Das war ganz normal.

Er konnte trotz ihrer Haare sehen, wie sie mit sich rang.

Er half ihr ein bisschen.

»Komm, Sophia. Hier drin bist du sicher. Hier drin är-
gert dich keiner. Komm schon. Ihr fahr dich nach Hause.«
Einladend öffnete er die Beifahrertür.

Sie starrte ihn noch immer an, unfähig, sich zu bewegen.

»Soll ja nicht zur Gewohnheit werden.« Er lachte. »Aber
wenn du magst, können wir uns wieder unterhalten. Du
wolltest mir doch was über deine Mutter erzählen?«, deutete er an.

Endlich gab sie sich einen Ruck.

12

Jan bockte seine Harley auf. Die blauen Flecken und Cuts in seinem Gesicht brannten, als er den Helm vom Kopf zog. Dejan, dieser abgebrochene Meter von Serbe, hatte ihm gestern Abend wirklich ordentlich eingeschenkt. Selbst seine Knie fühlten sich an, als hätte jemand sie mit Blei ummantelt.

Sie waren kaum von der Kirche zum LKA aufgebrochen, als die Leitung des Pflegeheims angerufen und ihn augenblicklich einbestellt hatte. Weswegen, wollten sie nicht sagen, aber weil es um seinen Vater ging und sie besorgt klangen, hatte er Anna bloß noch zum Bruno-Georges-Platz gefahren und war dann aufs Motorrad gesprungen.

Mit einem tiefen Seufzer versuchte er sich auf das, was nun kam, einzustimmen und marschierte auf den Eingang zu.

»Die muss aber draußen bleiben.« Kaum hatte er die Tür geöffnet, kam eine Frau durch den unscheinbaren, mit grauem Linoleum ausgelegten Flur auf ihn zugestürzt und riss ihn aus den Gedanken. Sie trug Birkenstocksandalen und eine weite Stoffhose mit Leopardenmuster. Ihr maßregelnder Blick sprach Bände.

Fragend sah er sie an.

»Das Ding da!«

Erst jetzt bemerkte Jan, dass er noch immer seine Dienstwaffe trug. »Leg ich ungern ab.«

»Ungern oder nich', Herr Nygård«, tadelte sie ihn. »Wissen Sie, wie egal mir das ist? Wie oft soll ich Ihnen das noch sagen? Ihr Spielzeug da, das verschreckt unsere Gäste.«

Gäste … Als wäre hier eine Strandparty mit All-you-can-eat-Büfett.

Jan knurrte etwas Unverständliches auf Schwedisch. »Das ist kein Spielzeug. Und Sie haben keinen Tresor. Also vergessen Sie's«, entgegnete er schroff und zog sein T-Shirt aus der Hose, damit es zumindest halbwegs das Holster mit seiner Dienstwaffe verbarg.

»Sie sind genau so 'n Sturkopp wie Ihr Vater.«

Jan stutzte. Der Vergleich gefiel ihm ganz und gar nicht, doch er ersparte sich jede Replik.

»Ist er in seinem Zimmer?«, fragte er stattdessen und schob sich, ohne auf eine Antwort zu warten, an ihr vorbei Richtung Aufzüge.

»Nein. Im Büro.«

Überrascht blieb Jan stehen. »So schlimm?«

Gunvald, du alter Idiot, dachte er. Musst du immer Scheiße bauen?

»Schlimmer. Oder glauben Sie, ich rufe Sie an, weil ich so eine Sehnsucht nach Ihnen habe.« Sie ging voraus, umrundete den Tresen der Empfangshalle und betrat einen kurzen Flur, der zum Bürotrakt führte. Jan konnte Kopierer riechen, die abgestandene Luft von Mittagspausen, durchmischt von Ausdünstungen alter Menschen und dem Stress der Pflegekräfte.

»Ich sag Ihnen, wie es ist«, mokierte sie sich im Gehen. »Wenn das noch mal passiert, bin ich gezwungen, mit der Chefin unseres Hauses ein ernstes Wort zu reden. Ich denke mal, es wäre dann für alle besser, wir trennen uns von ihm.« Sie blieb stehen, offenbar, weil sie eine Antwort hören wollte. Aber was sollte er dazu sagen? In den letzten Monaten hatte er das schon zweimal von ihr gehört. Ihm war sehr wohl bewusst, dass die Geduld des Hauses tatsächlich bald ein Ende finden würde.

Demonstrativ seufzend öffnete sie die letzte Bürotür im Gang und hielt sie ihm auf.

Jedes Mal von Neuem war es für Jan erdrückend, seinen Vater zu sehen. Gunvald saß vor einem langweiligen, beinahe leeren Schreibtisch. Sein kariertes Hemd war ganz verschwitzt und verknittert. Er hielt sich an einem Glas Eistee fest und starrte auf die Tischplatte, anstatt sich seinem Sohn zuzuwenden. Die Gestalt seines Vaters schien von Monat zu Monat zu verblassen. Von dem muskulösen Kerl, der Jahrzehnte als Waldarbeiter geschuftet hatte, war nur mehr ein Strich übrig. Seine Wangen wirkten eingefallen. Die Jahre wischten ihn weg – und Jan hatte stets Probleme, dieses neue Bild mit seiner Erinnerung in Einklang zu bringen. Mit dem wütenden Scheißkerl, der ihn so oft in die Hütte gesperrt und seine Mutter geschlagen hatte. Mit diesem scheinbar unbezwingbaren Mann, der ihm und seiner Mutter die Welt zur Hölle gemacht hatte. Er machte keine Anstalten, Gunvald zu begrüßen.

»Kommen Sie rein, Herr Nygård.« Taha, einer der erfahrensten Pfleger im Haus, nickte seiner Kollegin zu, die sich daraufhin widerwillig losriss und leise hinter sich die Tür zuzog.

»Herr Taha«, grüßte Jan ihn knapp.

»Eistee?« Taha goss ihm ein Glas ein, während Jan näher trat und zögerte, ob er sich zu seinem Vater setzen sollte, der ihn noch immer keines Blickes würdigte.

»Wie geht es dir?«, fragte Jan zögerlich und bekam von Taha den Tee hingestellt.

Erst nachdem er sich den zweiten Stuhl herangezogen hatte, sah sein Vater endlich auf. Gunvalds Augen maßen ihn stumm, wobei er keine Miene verzog. »Die denken hier, ich bin verrückt«, antwortete er auf Schwedisch und verschränkte trotzig die Arme.

Jan ersparte sich jeden Kommentar. Sein Vater war mit dem Pfleger anscheinend irgendwelche Formulare durchgegangen, denn er erkannte Multiple-Choice-Fragen, gekritzelte Zeichnungen und Begriffslisten.

Taha nickte zu Jans Blessuren. »Wollen Sie was dafür ...?«

»Danke, geht schon.«

»Gut.« Er schob die Blätter zusammen und strich sich über den Vollbart, dann nahm er seinen Eistee und kam zu den beiden. »Erst einmal danke, dass Sie so schnell kommen konnten, Herr Nygård.«

»Sicher. Sie sagten, es sei *etwas vorgefallen*.« Am Telefon hatte Taha sehr wichtig geklungen.

»Was ist es denn diesmal? Hat er wieder geschrien?«

»Ich schreie nicht«, knurrte Gunvald entrüstet und rieb sich die rechte Hand, die er im Schoß zur Faust geballt hatte. Sie war übersät von Altersflecken.

»Nein. Das ist es leider nicht«, seufzte Taha und lehnte sich neben Gunvald an die Tischplatte. »Wollen Sie es Ihrem Sohn selbst sagen? Herr Nygård?«

Gunvald schüttelte den Kopf. »Die reden hier nur Scheiße.« Er sah weder Taha noch Jan an, ließ wie ein trotziges Kind die Eiswürfel im Tee klirren. »Die wollen mich hier fertigmachen!«

»Was hat er gesagt?«, wollte Taha wissen, der kein Schwedisch verstand.

Jan winkte ab. »Er sagt, er will's nicht sagen.«

»Die hat's mir geklaut. Die verfickte Kuh«, knurrte Gunvald. »Die is' in mein Zimmer eingebrochen und hat mir die Figur geklaut! Fickkuh!«

Fragend sah Jan Taha an, der noch immer nichts verstand, aber immerhin endlich zu erklären begann: »Wie auch immer ... Diesmal ist es leider schlimmer als das wütende Rumpoltern, das wir von ihm gewohnt sind. Ihr Vater hat eine Mitbewohnerin gestoßen.«

»Nein. Ist ihr was passiert?«

»Nur blaue Flecken am Arm und am Bauch. Auf Frau Labous ausdrücklichen Wunsch hin – und das fiel uns allen wirklich nicht leicht, Herr Nygård – haben wir es nicht gemeldet.«

»Verstehe.« Wahrscheinlich hatte Gunvald die Frau so eingeschüchtert, dass sie sich nicht traute, etwas gegen ihn zu unternehmen.

So wie all die Jahre Mutter.

Kopfschüttelnd starrte Jan seinen Vater an, aber der dachte nicht dran, sich zu erklären.

Unter dem Spalt der Schuppentür kriecht die Kälte hindurch. Wenn er seine Wange auf den Boden drückt, kann er ein bisschen Licht sehen. Ein ganz kleines bisschen – oder ist es nur Wunschdenken?

»Und aus welchem Grund? Ich meine, er muss ja einen Grund …« Jan wandte sich direkt an seinen Vater. »Gunvald. Wieso hast du die Frau gestoßen? Fandest du das lustig, hm!?«

Vielleicht hätte er einfühlsamer sein sollen, aber er war sauer, und er kannte seinen Vater nur zu gut.

Eine Ewigkeit lang schien der gar nicht zu erwachen, starrte nur vor sich hin, schob den Unterkiefer vor und zurück und starrte ins Leere. Schließlich sah er seinen Sohn an – wenn auch stockend: »Was? Was ist lustig?«, wollte er allen Ernstes wissen.

»Dass du 'ne alte Frau rumstößt. Du hast eine Mitbewohnerin angefallen. Ich versteh's ja, wenn du nicht weißt, wo deine Socken sind, aber … Scheiße, *daran* wirst du dich jawohl erinnern.«

»Ich? Wen gestoßen?« Gunvald winkte ab. »Blödsinn!

Die denken hier, ich bin verrückt. Die Wichser wollen mich fertigmachen. Diese Fotze hat … Natürlich setzt es da was.«

Setzt es was … Jan schloss die Augen und atmete durch. Er hatte wirklich Besseres zu tun, als hier rumzusitzen, weil sein Vater wie so oft im Leben schlagen musste.

Manchmal hört er im Stockdunklen die Spinnen. Wenn sie auf dem Holz trippeln. Manchmal hört er ihren Atem, wenn sie auf die Fliegen warten, die sich in die Hütte verirren.

Du bist sein Sohn! Also reiß dich mal zusammen.

Er musterte seinen Vater genau. Gunvalds Augen waren eingefallen, die Lider ganz dünn und faltig. Tiefe Krähenfüße hatten sich in seine Haut gesenkt, die mit den Jahren mehr und mehr Altersflecken bekommen hatte. Vor allem an seinen Händen sah sie wie bräunliches Pergament aus. Fast durchsichtig, so brüchig.

»Okay«, seufzte Jan schließlich. »Was ist das mit der Figur? Was für eine Figur soll das sein?«

Taha ging um den Schreibtisch und holte sie aus einer Schublade. Es war eine Holzfigur, nicht höher als eine Zigarettenschachtel. Eine reichlich kitschige Darstellung des Heilands mit wallendem weißem Gewand. Er hielt ein leuchtend rotes Herz in der Hand, von dem goldene Strahlen ausgingen.

»Das is' meiner. Mein Jesus. Diese Scheißkuh, die hat mir den Jesus geklaut. Hat wohl gedacht, ich vergess so was. Hat wohl gedacht, ich bin verrückt …« Er lachte.

Die Figur hatte er noch nie bei seinem Vater gesehen. »Far …«, versuchte Jan ihn zu beruhigen, musste sich aber überwinden, Gunvalds Hand zu nehmen. Seine Finger fühlten sich wie Stöckchen an. Stöckchen im Winterwind, denn sie waren eiskalt. »Ist ja gut. Wir regeln das schon.«

Zu seiner Überraschung spürte er, wie Gunvalds Griff fester wurde, als suchte er tatsächlich Halt.

»Das heilige Herz, Jan, siehst du das? Das ist mein Jesus. Ich weiß doch, wie der aussieht. Das weiß ich wohl!«

»Frau Labou gehört die Figur«, erklärte Taha ruhig. »Sie hat sie mit ins Heim gebracht. Heute Morgen sind die beiden beim Frühstück aneinandergeraten. Ihr Vater hat behauptet, Frau Labou habe sie aus seinem Zimmer gestohlen. Aus seinen persönlichen Sachen …«

»Aus mei'm Koffer, verfickte Fotze! Ja.«

»… daraufhin hat er Frau Labou gepackt und vom Stuhl gestoßen.«

»Håll din jävla skäft!« Brummelnd richtete sich Gunvald auf, wollte Taha allen Ernstes an den Kragen, aber Jan kam ihm zuvor. »Du bist jetzt mal ruhig, far. Funkstille. Sofort. Ganz ruhig.« Er drückte seinen Vater zurück auf den Stuhl, nahm dann behutsam die Figur vom Tisch und bedeutete Taha, mit ihm kurz rauszugehen.

Kaum außer Hörweite, wollte Jan wissen, wie sie weiter verfahren sollten.

»Ihr Vater ist einer der schwersten Fälle, Herr Nygård. Er hält uns ganz schön auf Trab. Es ist eine Sache, wenn er schreit oder mal was zerschlägt, weil er nicht weiß, was für ein Tag ist … Wenn er aber andere Bewohner angeht …«

»Verstehe …«

Kurz darauf öffnete Taha Gunvalds Zimmer und ließ Jan eintreten.

Obwohl das Zimmer hübsch lag – durch ein Fenster fiel bis zum frühen Nachmittag Sonne – und es immer sehr ordentlich war, betrat Jan es trotzdem stets mit einem Kloß im Hals.

Wenn er das Zimmer sah, begannen sofort zwei Seelen in seiner Brust zu ringen. Einerseits sagte er sich, dass Gunvald eigentlich eine karge Zelle mit Gittern verdient hätte, auf der anderen Seite hatte er Mitleid mit dem Frauenschläger und brutalen Arschloch und grübelte dann, wie es wohl im Alter sein musste, seinen Lebensabend in zwanzig Quadratmetern, ein paar Fluren und dem Essenssaal zu verbringen.

Bei allem, was Gunvald ihm und vor allem seiner Mutter angetan hatte, fiel es Jan noch immer schwer, Gnade zu zeigen. Es hatte Zeiten gegeben, da hatte er seinem Vater den Tod gewünscht. Und hätte wahrscheinlich nicht gezögert, ihn tatsächlich totzuschlagen.

Es war Hannah zuzuschreiben, der es mit ihrer gütigen Art und sehr viel Geduld damals gelungen war, Jans Wut zu bändigen. Hannah war immer eine äußerst ausgeglichene Frohnatur gewesen. Und im Gegensatz zu sich selbst hatte sie nie diesen tiefen Groll und dunklen Zorn verspürt, der ihm so oft in die Brust gekrochen war. Oder sie hatte es niemals gezeigt.

Gegensätze ziehen sich an.

Nachdem Hannah gefühlt ein Jahr lang auf ihn eingeredet und ihm erklärt hatte, dass das Vergeben eine der größten Tugenden des Menschen war, hatte er sich breitschlagen lassen und seinen Vater nach Deutschland geholt. Und sie hatte ja recht gehabt: Im Altenheim in Uddevalla hätte er Gunvald sicher nie besucht und ihn einsam sterben lassen.

Es hatte einige Anstrengung gekostet, seinem Vater dieses Zimmer zu verschaffen, und weil Gunvald schwedischer Staatsbürger war, blieb die Finanzierung ein Albtraum. Die Zuzahlung verschlang einen gehörigen Teil von Jans Gehalt. Auch wenn er Gunvald den Schuppen und all die Schläge niemals würde verzeihen können, so arbeitete er immerhin daran.

Gefühle? Jan hatte sich angewöhnt, sie am besten wegzudrücken. Bloß nicht nachdenken. Willst du depressiv werden? Dann grübele jeden Tag ein paar Stunden über dich selbst nach.

Wenn es kompliziert wurde, versuchte Jan möglichst viel auszublenden und nach vorne zu schauen. Das Problem war bloß, dass er wusste: Ich verdränge und lasse keine Gefühle zu. Und das ließ ihn grübeln … und machte alles noch verwirrender.

Das Altenheim roch nach Desinfektionsmittel und alten Menschen, und Gunvalds Zimmer machte keine Ausnahme. Der Geruch wurde lediglich durch Gunvalds Eau de Toilette vermischt, diesen Geruch von Holz und Honig, den Jan nur zu gut kannte.

Wenn sie zusammen im Wald gewesen waren, an Gunvalds guten Tagen, und sie bis in den Abend hinein durch die Gegend gestreift waren, hatte er ihn oft auf den Arm genommen, und Jan war, den Kopf auf Gunvalds Schulter, auf dem Rückweg eingedöst. Immer diesen süßlich holzigen Geruch in der Nase.

»Was?« In Gedanken versunken hatte Jan nicht mitbekommen, was Taha gerade gesagt hat.

»Es geht ihm etwas besser, nachdem wir ein Tischgebet eingeführt haben. Jeden Morgen, Mittag und Abend.«

»Gebet? Bei meinem Vater …« Vergeblich versuchte er, seinen Sarkasmus nicht durchklingen zu lassen.

»Ja. Es tut ihm gut. Letzte Woche, da wollte er nichts mehr essen. Aber das Gebet scheint ihm irgendwie Halt zu geben. Es gliedert seinen Tag, wissen Sie. Und ich denke, es ist genau das, was Ihr Vater jetzt braucht. Eine Art Leitplanke … Punkte, an denen er sich orientieren und seinen Alltag strukturieren kann.«

»Mag sein, aber ein Gebet? Mein Vater war nie religiös.«

»Ach? Nicht?«

»Nein.« Jan lachte. »Kein bisschen. Glauben Sie mir.«

Und wenn, dachte Jan, dann hätte er wohl eher den Teufel angebetet.

»Immerhin isst er jetzt wieder. Und das ist ja die Hauptsache. Sehen Sie, Herr Nygård, wir haben doch schon einmal über die Demenzstufen gesprochen?«

Jan nickte. Viele unterteilten den Schweregrad wohl in sieben Stufen. Als Gunvald hierhergekommen war, hatten sie ihn in Stufe drei eingeordnet.

»Ihr Vater ist oft orientierungslos. Rechnen fällt ihm schwer, er vergisst kurz zurückliegende Begebenheiten, und er vergisst Bilder seiner eigenen Vergangenheit. Und leider wird es nicht besser werden, sondern Schritt für Schritt schlechter, Herr Nygård. Und da ist es mir eigentlich egal, ob Ihr Vater religiös ist – wenn ihm ein Tischgebet Halt und Orientierung gibt … gut. Hauptsache, er isst und seine Aussetzer werden seltener.«

»Ja. Sicher.« Jan fuhr herum, weil er eine Bewegung in der offenen Tür zum Flur wahrgenommen hatte. Eine Frau. Sie trug ein kurzes Kleid und trotz des Sommers Stiefel. Sie nahm ihren Rucksack ab und klopfte gegenüber. Die Frau war Mitte, Ende dreißig, bloß ein wenig älter als Anna. Ihre Haare waren schwarz und glatt, im Nacken perfekt geschnitten.

»Das ist übrigens die Dame, die ihr Vater geschlagen hat«, hörte Jan Taha sagen.

»Oh. Ist sie nicht ein bisschen jung fürs Altenheim?«, versuchte Jan die Stimmung etwas aufzuheitern. Gegenüber wurde die Tür geöffnet, und die Frau nahm ihre Mutter in den Arm, deren Lippe aufgesprungen und etwas geschwollen war. Ihre Wangen waren noch leicht gerötet von Gunvalds Gewaltausbruch.

In Jan zog sich alles zusammen. Augenblicklich spürte er, wie sein Groll auf seinen Vater anschwoll. Er wollte schon hinübergehen und die alte Dame ansprechen, als sich ihre Tochter zu ihm umdrehte.

Unter ihrem perfekt geschnittenen Pony musterten ihre dunklen braunen Augen ihn abschätzend. Sie trug kaum Make-up, nur ein wenig Lippenstift.

Jan lächelte entschuldigend, weil er nicht genau wusste, wie er reagieren sollte. Er setzte an, sich zu erklären und sich vorzustellen – kam aber nicht über ein »Hallo, ich …« hinaus.

»Sagen Sie einfach nichts«, unterbrach sie ihn sofort.

»Ich …«

»Sie haben das ja nicht getan. Aber vielleicht sollte sich Ihr Vater entschuldigen!«, entgegnete sie bestimmt.

Ein wenig überfahren nickte er. »Sicher. Wenn Sie …«

Wieder ließ sie ihn nicht ausreden, sondern zog einfach die Tür hinter sich zu. Baff stand er da, als er mit einem Mal bemerkte, dass sie durch den Spalt zu ihm sah.

War da ein Lächeln?

Es war ein schönes Lächeln, und Jan spürte, wie ihm einen Moment lang der Atem stockte. Aus dem Konzept gebracht, zog er die Augenbraue wie Spock hoch, was sie nur noch breiter lächeln ließ. Dann hatte sie auch schon die Tür hinter sich geschlossen.

Was zum Teufel?, durchfuhr es ihn. Dass ihn ein Lächeln aus dem Konzept gebracht hatte, war ihm schon lange nicht mehr passiert. Zu seiner Überraschung pochte sogar sein Herz.

»Sie können von Glück sagen, dass die Familie Ihren Vater nicht anzeigt«, sagte Taha, aber Jan sah noch immer zur Tür und lauschte seinem Herzschlag nach.

»Ich weiß nicht, ob das Glück ist.« Er musste sich vom Anblick der Tür gegenüber losreißen.

Taha hatte den Unterton sehr wohl gehört. Seufzend stopfte er das Laken unter Gunvalds Matratze und kam zu Jan.

»Wenn Sie mit ihm nichts mehr zu tun haben wollen, da liegen die Chancen gut.«

»Wie meinen Sie das?«

»Vielleicht noch zwei Jahre, vielleicht noch eins. Die Demenz läuft bei jedem anders ab. Aber in Anbetracht des Tempos, die seine Erkrankung aufgenommen hat, tippe ich auf ein knappes Jahr, dann wird er Sie nicht mehr erkennen. Hören Sie, ich weiß nicht, was zwischen Ihnen vorgefallen ist, es geht mich auch nichts an. Aber Sie sollten sich noch ein wenig um ihn kümmern. Das wäre mein Rat.«

Jan musste schlucken.

Wenn das so einfach wäre, dachte er. Wenn es so simpel wäre. Hannah hätte sicher gewusst, was zu tun war, aber sie konnte er nicht mehr um Rat fragen.

»Ihr Vater stirbt ...«, sagte Taha ernst. »Er stirbt. Eingeschlossen in seinem lebendigen Körper, Herr Nygård.«

13

»Personenschutz?« Dieck seufzte. Aus jeder Pore sickerte ihm die Unlust, mit Jan weiter darüber zu diskutieren. »Ich hab weder das Personal noch das Geld, Jan.«

»Stell Sadik drauf ab!« Jan zeigte durch die Scheibe des Büros zum Großraum. Sadik war dabei, einen Eimer Wasser, den er in der Dienstküche befüllt hatte, an seinen Platz zu tragen, um sich die Füße zu kühlen. Im vierten Stock war seit Tagen die Klimaanlage ausgefallen. Die meisten Mitarbeiter hatten deshalb Ventilatoren aufgestellt.

»Sie sagt, dass sie von einem Mann verfolgt wird.«

»*Sie* sagt …«

Jan spürte, wie er zornig wurde. Michael Dieck hatte ihm oft den Rücken freigehalten und war nach Hannahs Verlust so etwas wie ein Freund geworden, doch ihre Freundschaft stand von Anfang an auf tönernen Füßen. Dieck war einfach zu sehr Karrierist, so sehr eingebunden in diese Maschinerie, die sich Polizeistruktur nannte, und oft ein echter Paragrafenreiter.

Dieck schloss die Jalousien seines Büros. »Vor zwei Minuten hast du selbst gesagt, Jan, dass ihr der Einbruch extrem zusetzt.«

»Was willst du damit sagen?«

»Angst und Panik können Situationen hochspielen, in denen es eigentlich gar keine Bedrohungslage gibt. Das wird sie dir als Psychologin bestätigen können.«

Jan lachte genervt auf. »Du verkaufst mir hier, dass sie labil ist? Dass sie sich das einbildet?«

»Warst du dabei? … Ein Schatten in der Einfahrt starrt sie an? Sie hört angeblich ihren Namen? Ich bitte dich.«

Jan schloss die Augen.

Komm runter. Er will nicht. Alles gut.

Die aufgeschrammten Fingerknöchel schmerzten, als er sich die Hände knetete, um ruhig zu bleiben. Er versuchte, sich an Annas Berührung in der Kirche zu erinnern, an ihre kleine Geste, bei der sie die Hand auf seinen Arm gelegt hatte.

Lass es.

Jan machte auf dem Absatz kehrt. »Okay. Hab verstanden.«

»Jan!«

Er winkte im Gehen ab und zog die Tür zum Großraumbüro auf.

»Warte. Ich möchte, dass sich Anna ein bisschen zurücknimmt, bevor sie das Ganze überfordert, das ist alles. Sie ist keine Ermittlerin.«

»Ja. Aber involviert.«

»Genau deswegen! Ich überlege, sie komplett davon abzuziehen. Vielleicht wäre Urlaub nicht schlecht.«

»Das is' doch scheiße, Micha!«

»Nicht in dem Ton«, meinte Dieck bestimmt.

»Ich brauche Anna. Ich brauche ihre Expertise.«

Diecks musternder Blick war kaum zu ertragen. Grübelnd sah er Jan an. »So wie den von Brandt?«

»Was soll denn das heißen?«

»Du integrierst dich null, willst aber Rückendeckung. Immer schön mit dem Kopf durch die Wand, und alle sollen die Augen zudrücken.«

Konsterniert starrte Jan seinen Chef an.

»Du hast mich schon verstanden. Glaubst du, ich bin bescheuert, Jan? Wenn rauskommt, was du und dein feiner Freund Brandt da getrieben haben, wälz ich das zu hundert Prozent auf dich ab. Damit das klar ist.«

»Sie hatte einen präparierten Zettel im Magen. Mit Lammblut. Micha! Du hast doch meinen Bericht auf deinem verfick…« Abermals riss er sich zusammen, um nicht noch ausfallender zu werden. »… deinem Schreibtisch. Wahrscheinlich irgendwo zwischen den Golfbällen und Rotary-Unterlagen.«

Dieck atmete betont durch. Wegen der Hitze trug er ausnahmsweise ein kurzärmeliges Hemd – von der Krawatte hatte er sich aber dennoch nicht trennen können. Er lockerte sie jetzt, wahrscheinlich, um für eine angemessene Replik Zeit zu gewinnen.

»Nicht jeder will so verloren sein im Leben wie du.«

Hatte er gerade *will* gesagt? Verdattert sah Jan seinen Chef an, nicht sicher, ob er darauf reagieren sollte, ob Micha das beleidigend gemeint hatte oder besorgt.

»Frau Wasmuth bleibt zu Hause. Und du checkst mit Riya, was mit dieser Evelin Meyers los ist. Ich hab deine nächtliche Leichenfledderei bei der Roger gedeckt und die Anträge vordatiert. Aber das ist das letzte Mal. Verstanden?«

Jan holte tief Luft, dann nickte er und zog die Tür auf.

»Noch was«, hielt Dieck ihn auf. »Die KT hat Ergebnisse geschickt. Wegen der Kapsel und des Zettels im Magen.«

»Und?«

»Die Kapsel ist wohl für Tiere. Fürs Halsband. Die Öse wurde sorgfältig weggefeilt. Und das Blut ist tatsächlich von einem Schaf. Das Papier enthält eine Grassorte, Veilchen und Ringelblumenrückstände. Da war jemand ganz kreativ.«

Jan schenkte seinen Kollegen kaum einen Blick, während er zwischen den Tischreihen entlangging. Immerhin hatten die geschmacklosen Frotzeleien von Sadik und Ralf nach Leonies massiver Misshandlung aufgehört, doch viel hatte er mit den meisten in seiner Abteilung noch immer nicht zu tun.

Er rief bei Anna an, die sich erst nach langem Klingeln meldete. »Wo steckst du?«

»Ich soll ein paar Tage freinehmen«, antwortete sie matt.

»Ich weiß. Willst du denn?«

Sie seufzte. »Nein.«

»Schön. Find ich gut. Pass auf, was hältst du davon, wenn du hier im LKA bleibst? Unterstütz Riya, setz dich in die Kantine, bleib unter Kollegen, bis ich wieder da bin.«

»Okay. Und … wird jemand … aufpassen?«

»Da musst du mit mir vorliebnehmen. Wir fahren nachher zusammen in meine Wohnung.« Er hörte, wie sie erleichtert aufatmete.

Riya Midani, seine indischstämmige Kollegin, wartete bereits an seinem Schreibtisch auf ihn. Jan legte auf und sah Riya einen Moment zu, wie sie uninteressiert in seinem Aktenberg blätterte. Als er näher kam, konnte er einen Turm Plastikdosen sehen, die sie auf dem Tisch gestapelt hatte.

»Deine indische Gewürzsammlung?«, frotzelte Jan angesichts der ganzen Boxen und nahm seinen Motorraddrucksack ab.

»Du bist so ein Arsch.«

»Ich geb mir Mühe.« Er schenkte ihr ein Lächeln und stellte fest, dass sie in ihrem farbenfrohen Kleid fantastisch aussah.

»Wir hatten gestern Geburtstag«, erklärte sie und öffnete schmunzelnd eine der Dosen. »Irgendwie habe ich wohl zu viel gemacht.«

»Roulade?« Als Jan das Essen roch, lief ihm trotz der Hitze sofort die Spucke im Mund zusammen. Riyas Kochkünste waren legendär.

»Ich weiß doch, worauf du stehst … Und ich … Tja …«

Sie kniff sich in den Bauch. »Da ist jeder Bissen weniger wohl eher von Vorteil.«

Sie war eine wundervolle und fantastische Frau, und er liebte jedes Gramm an ihr. »Ich mag jeden Bissen an dir. Aber sag das nicht diesem hornbrilligen Nerd ... Wer war der noch gleich? Ach ja, dein Mann.«

»Witzig ...« Sie schloss die Plastikbox vor seiner Nase und fischte seinen Motorradrucksack vom Boden. »Hast du gewonnen?«

Er warf ihr einen fragenden Blick zu.

»Dein Gesicht.«

»Verloren.«

»Oh ... So gesehen sieht man das auch irgendwie.«

»Witzig.«

»Touché«, meinte sie und zog aus Jans Rucksack die Metallbox mit seinem Mittagessen heraus, die er jeden Tag mit ins Büro brachte. Ungeniert öffnete Riya sie. Ein Ei und Jans Spezialquark. Der spärliche Anblick gefiel ihr gar nicht. »Wie geht es denn?«

»Sie kommt klar«, antwortete er knapp.

»Wenn irgendwas ist, mit dir oder Leonie. Oder ihr beide Hilfe braucht, rufst du mich an. Ja?«

»Sicher.«

Ihre braunen Augen musterten ihn eindringlich. »Jan? Du meldest dich«, forderte sie ihn noch einmal unmissverständlich auf. Weil er nicht zustimmte, drückte sie ihm seine Essensbox vor die Brust. »Du bist so ein Sturkopf. Es ist nicht schlimm, Hilfe anzunehmen, weißt du? Du musst wirklich mal lernen, ein bisschen locker zu werden, Jan ... Mal Herz zu zeigen! Pass auf. Ich hab 'ne indische Freundin. Charu. Weißt du, was das heißt? ... ›Die Schöne‹ heißt das. Und das ist sie. Ich ... ich koch einfach mal für Charu und dich und ...«

»Riya!«

Seufzend verdrehte sie die Augen. »Ich mach das, wirst sehen.« Sie tippte auf ein paar Akten, die sie auf den Berg seines unbearbeiteten Papierkrams gelegt hatte. »Ich sollte doch wegen des Unfalls nachforschen. Dem von Evelin Meyers.«

Er schlug die Unterlagen auf und erkannte einen ausgebrannten Lkw und das Wrack eines Busses. Riya zog weitere Polizeifotos hervor. Sie zeigten die ungeschönte Realität.

»Oh min gud.«

Verbrannte Körper. Fleisch, dass sich teilweise gelöst hatte; Kleidung, die in den Körper eingebrannt worden war; ein Schädel, halb freigelegt und die linke Wange zu dicker schwarzer Schwarte verkohlt. »Der Bus ist auf einen Sattelzug aufgefahren, der vierundzwanzig Tonnen hochentzündliches Gemisch aus Aceton und Toluol geladen hatte. Der hätte gar nicht in den Elbtunnel einfahren dürfen«, erklärte Riya.

Weitere Fotos vom Unfall machten das Ausmaß des Brands deutlich, der gut siebzig Meter einer Röhre des Elbtunnels verwüstet hatte. Der Sattelschlepper und der Bus waren komplett ausgebrannt. Gott sei Dank hatten sich die meisten Businsassen und die Menschen in den anderen Wagen in Sicherheit bringen können.

»Das war vor rund einem Jahr, oder?«

Riya nickte. »Ich hab die Zeitungsartikel durchgesehen. Weißt du, wer im Bus saß?«

»Außer Evelin Meyers? Nein …«

»Ihre Kollegen und Kolleginnen eines Chors.«

Jan stutzte. »Sag nicht von der Thaddäus-Kirche.«

»Von der Thaddäus-Kirche.«

Jan ärgerte sich, dass er seinem Gefühl, der Pfarrer

habe sich seltsam verhalten, nicht gleich nachgegangen war. Er würde dem Mann noch mal gehörig auf den Zahn fühlen.

»Riya, tu mir einen Gefallen. Ich brauche alle Namen. Alle, die an dem Unfall beteiligt waren.« Er wandte sich Richtung Aufzüge. »Und ich will alles über den Pfarrer der Thaddäus-Kirche wissen. Ludwig heißt der. Anna soll dir helfen. Tut ihr sicher gut, hier aus der Schusslinie zu sein und mit dir zu recherchieren.«

»Was?«, hakte Riya nach, sie klang überfahren. »… Äh, klar … Wohin gehst du denn?«

14

»Wie weit ist es noch?«, rief Jan. Er musste gegen den Lärm anbrüllen, als er einer jungen Frau und einem dicklichen Mann der Straßenwacht folgte. Immer wieder zogen Autos an ihm vorbei. Viel zu dicht, gerade mal einen halben Meter von ihm entfernt, weil die Fahrer nicht auf die Sperrung des Streifens achteten, den die Leitzentrale für Jan und seine Begleiter ausgegeben hatte.

Die Röhre 3 des Elbtunnels zog sich in einer langen Geraden unter der Elbe hindurch. So nah am Verkehr kam es Jan vor, als liefe er neben einer Schießbahn entlang, auf der blinde Polizisten übten. Immerhin trugen sie Warnwesten und Helme.

Von Othmarschen aus waren sie in den Tunnel gegangen und folgten der Route, die der Bus genommen hatte. Der Chor war unterwegs zu einer Veranstaltung in Hildesheim gewesen, als der Sattelschlepper mit dem Gefahrgut vor ihnen ausgebrochen und sie miteinander kollidierten. Die Nachricht war letztes Jahr in allen Medien gewesen.

Warum hatte Pfarrer Ludwig lediglich von einem Autounfall gesprochen und nicht erwähnt, dass sein ganzer Chor daran beteiligt gewesen war? Ob er diesen Schicksalsschlag lieber verdrängte? Immerhin hatte sein Boss fast den gesamten Chor zu sich holen wollen.

Jan erinnerte sich, dass die Spurensicherung noch Wochen nach der verheerenden Katastrophe an dem Fall gearbeitet hatte. Durch das Feuer war es schwierig gewesen, die genaue Ursache herauszufinden. Letztlich war der Lkw illegal in den Tunnel eingefahren. Ein verlorenes Metallteil hatte zwei seiner Reifen aufgeschlitzt, wodurch er ins

Schlingern geraten und der Anhänger ausgebrochen war. Der Bus hatte nicht genug Abstand gehalten und war mit knapp siebenundfünfzig Stundenkilometern in ihn hineingerauscht.

Die Frau der Tunnelkontrolle drehte sich zu Jan um. »Da vorne. Man kann es immer noch sehen.«

»Hatten Sie beide Dienst, als es passiert ist?«

Sie bejahte. »Ich mach das jetzt schon seit zehn Jahren, aber das war echt das Schlimmste.«

»Das Feuer war so heiß ... Die ganze Decke ist auf dem Abschnitt geschmolzen und die Seite auch«, erklärte der Mann und musterte die Tunnelröhre prüfend.

»Der Beton hat sich verflüssigt. Das muss man sich mal vorstellen.« Die Frau gab durch das knackende Walkie, das sie an ihrer Warnweste befestigt hatte, Zahlenkennungen durch, wo sie sich befanden.

Die drei kamen zum Abschnitt, auf den sie gezeigt hatte, und Jan zog seine Taschenlampe hervor. Mittlerweile waren die vier Röhren des Elbtunnels zwar einigermaßen gut beleuchtet, aber er wollte auf das zusätzliche Licht nicht verzichten.

»Achten Sie bitte darauf, nicht in den Verkehr zu leuchten«, ermahnte ihn die Frau. »Wir sind schon seit sieben Wochen unfallfrei. Hab 'ne kleine Wette laufen, also bitte nicht versauen.«

Jan nickte und ließ das Licht über die Wand wandern. Eigentlich wusste er gar nicht, was er suchte. Wie so oft folgte er seinem Bauchgefühl, und als Riya ihm die Fotos des Busunfalls gezeigt hatte, hatte ihm eine innere Stimme gesagt, sich die Sache mal persönlich anzusehen.

Die Spuren des Brands waren noch immer zu sehen. Der Abschnitt sah nach wie vor katastrophal aus. Ein wenig so, als hätte man zu viel Salbe auf eine offene Wunde geschmiert, ohne sie zu verschließen. Die Tunneldecke war auf gut vierzig Meter noch immer geöffnet. Geborstene Eisenstreben ragten zum Teil hervor. Über eine weite Strecke waren die Fliesen geplatzt und teilweise von der Wand gefallen. Ein Großteil war zwar ausgebessert worden, aber noch immer fehlten dort, wo die Flammen am stärksten gewütet hatten, alle Kacheln. Der Beton darunter war schwarz vom Ruß.

Jan leuchtete auf den schmalen Laufstreifen neben der Fahrbahn. Der Bordstein war ausgetauscht und der Asphalt erneuert worden. Wie ein riesiges Wundpflaster zog sich die neue Schicht dahin.

Gott sei Dank war der Tunnel modernisiert und mit einem leistungsstarken Belüftungssystem ausgestattet worden, wie die beiden Jan auf dem Hinweg erklärt hatten. Vor dem Umbau hätte so ein Unfall sehr viel mehr Opfer gefordert.

»Wo genau hat der Bus gestanden? Hier?«, rief er der Frau zu.

Die Frau nickte. »Ja. Auf Ihrer Höhe. Der Fahrer war sofort tot. Die ganze Fahrerkabine war eingedrückt, und das Fahrzeug stand bis zur Hälfte in Flammen. Daran kann ich mich noch erinnern. Hier war alles voll mit Feuerwehr und Sanitätern. Die Hälfte aller Hamburger Rettungsdienste war hier.«

»Verstehe. Und wie kommt man hier raus?« Die zu dicht fahrenden Wagen machten ihn langsam nervös, und der Gestank der Abgase stach in den Lungen.

»Sie meinen, bei einer Evakuierung?« Sie deutete die Röhre runter, am dichten Verkehr entlang. »Sie können durch Brandtüren von einer Röhre zur anderen. Es ist noch ein Stück, aber da kommt das Lüfterbauwerk Mitte. Das ist am nächsten. Da kann man hoch. Das ist einer der Fluchtwege nach draußen.«

»Ich denke«, mischte sich der Mann ein und kratzte sich am Vollbart, »die meisten werden da hochgegangen sein.«

»Wie weit ist das? Bis zum Lüfterbauwerk?«

»Kommen Sie.« Die Frau führte Jan tiefer in den Tunnel. Er wollte sich gar nicht vorstellen, was es hieß, hier in einen Unfall mit Brand verwickelt zu sein und entscheiden zu müssen, in welche Richtung man fliehen sollte. Wahrscheinlich musste man den Instinkt unterdrücken, die ganze Strecke zurück zum Eingang des Tunnels zu laufen, zum Licht. Und sich stattdessen dazu zwingen, den beleuchteten Schildern zu folgen und darauf zu vertrauen, dass sie einen in Sicherheit brachten.

Jan folgte seinen zwei Begleitern zu einer Brandschutztür. Dahinter führte ein schmuckloser Treppenaufgang über ebenso triste Treppenstufen nach oben. Jan ging einige Schritte voraus, blieb dann aber stehen und sah sich zu den beiden um. »Sind wir schon unter der Elbe?«

»Beinahe. Wir sind hier direkt unter dem Ufer. Das ist die Lüftungsanlage, die bei Ovelgönne am Strand rauskommt«, erklärte die Frau. Damit konnte Jan nichts anfangen, bisher hatte er zwar das Bauwerk gesehen, aber nicht gewusst, dass es zum Elbtunnel gehörte. Allerdings hatte er auch nie darauf geachtet.

Jan lief weiter. Der Aufstieg dauerte eine ganze Weile, bis sie ein größeres Areal erreichten. Trostloser Beton, schwere Brandschutztüren, abzweigende Räume.

»Da vorne geht's raus. Da ist die Tür nach draußen«, meinte der Mann von der Straßenwacht.

»Verstehe. Und was ist hinter den ganzen Türen?« Jan sah zwei, die mit der Aufschrift *Nur für Personal* gekennzeichnet waren.

»Da sind Wartungsräume. Die Technik. Die ganze Lüftungsanlage und Abstellräume für Streugut, Werkzeug, so Kram eben«, antwortete die Frau.

»Dann haben Sie in Ihrem Werkzeugraum aber ein ganz schönes Ameisenproblem.« Jan leuchtete auf eine Ameisenstraße, die sich von irgendwo außerhalb kommend an der Wand entlangzog und in einem winzigen Loch an der rechten Tür verschwand. Es waren Abertausende, die in ruheloser Geschäftigkeit ihrer Arbeit nachgingen.

Brummend zog die Frau einen dicken Schlüsselbund hervor und schloss die Tür auf. Sie wollte Licht machen, doch die Birne war offenbar kaputt.

»Was zum Teufel?« Sie knipste die Taschenlampe an.

Jan tat es ihr gleich, und sie betraten zu dritt den Raum, der Jan an die Innereien eines Schiffs erinnerte, an jenen Bereich, wo der Maschinenraum anfing und sich die hübsch beleuchteten Flure in schlichte Gänge in Neonröhrenlicht wandelten. Der Geruch von Öl und abgestandener Luft strömte ihm entgegen. Es handelte sich um eine Art Luftschleuse, die in einen weiteren Raum führte, aus dem er ein dumpfes Summen hörte. Die Frau ließ den Lichtkegel die Straße der Ameisen entlangwandern. Die Tiere krabbelten an der Wand entlang, dann hinauf und schließlich durch einen Lüftungsschlitz in den dahinterliegenden Raum.

Fluchend zückte sie abermals ihre Schlüssel und schloss auf.

Kaum hatte sie die Schutztür aufgezogen, wurde das Summen schlagartig lauter und ging in ein tiefes Brummen über, das Jan bis in die Eingeweide spürte. Er folgte der Frau, die unsicher in den Raum getreten war. Die Lichter der Taschenlampen huschten über einige Schaltschränke, eine weitere Metalltür mit einem Milchglasfenster, Betonschlitze, durch die Jan die Umwälzanlage der Lüftung sah.

Schließlich fing der Strahl ihrer Taschenlampe erneut die

Ameisen ein. Die winzigen Körper liefen zielstrebig auf die Seitentür zu, die vom Raum abging. Die Insekten hatten sich ein kleines Loch gesucht und verschwanden im Inneren des Nebenraums.

»Das ist doch …« Die Frau ruckelte an der Tür. Ihr Schlüssel wollte nicht passen. Sie versuchte es ein zweites Mal. Die Stirn in Falten gelegt, durchsuchte sie ihr schweres Schlüsselbund nach dem richtigen.

»Was ist los?«, wollte ihr Kollege wissen.

»Keine Ahnung«, sagte sie. »Der hier klemmt irgendwie.«

Jan schob sich näher heran und musterte das Türschloss. Der Zylinder stand etwas zu weit vor und passte nicht wirklich perfekt zur Bohrung in der Tür.

»Sieht seltsam aus«, murmelte er. »Wie oft kommt hier jemand her?«

»Die Notfallentlüftung wird elektronisch überwacht«, meinte der Mann.

»Riechen Sie das nicht?«, fragte Jan, der einen feinen, aber ihm bekannten Geruch wahrnahm. Es war nur ein Hauch, wie eine vage Erinnerung, trotzdem schien er aus jeder Ritze der Tür und dem schlecht sitzenden Schloss zu strömen. Wahrscheinlich nur irgendeine Stulle, die ein fauler Mitarbeiter dort vergessen hatte, mutmaßte er. Deswegen die Ameisen. Vielleicht war es auch eine tote Ratte.

Abermals rüttelte die Frau an der Tür. Erfolglos.

»Wir sollten sie aufbrechen«, meinte Jan schließlich.

Fragend sahen sich die beiden an, unsicher, ob sie den Vorschlägen des LKA-Kommissars folgen sollten.

»Das ist nur eine Besenkammer. Da sind Schaufeln drin, Wischmopp, Eimer … So 'n Kram.«

»Wir können natürlich auch auf eine Anweisung von meinem Chef warten. Ganz offiziell«, wandte Jan ein. »Irgendwas verwest da drinnen. Und so wie's aussieht, hat jemand das Schloss ausgetauscht.«

Nachdem sich die Frau mit dem Mann der Straßenwacht leise besprochen hatte, verschwand der Mann hinter einer anderen Tür. Es dauerte kaum eine Minute, dann kam er mit einem Vorschlaghammer zurück.

»Mal beiseite.« Er hieb auf den Zylinder ein, und bei Schlag Nummer drei gab das Schloss nach. Jan zog den Zylinder heraus und öffnete die Tür.

Sofort nahm der süßliche Geruch deutlich zu.

Mit der Taschenlampe leuchtete er in den Abstellraum.

Ihr Strahl leckte über die Wand, auf der eine blutrote gemalte Sonne in alle Richtungen strahlte. Ihre zackigen Strahlen füllten die ganze Wand. Eine Kobra, größer als ein Mann, schlängelte sich um den Feuerball der Sonne und zeigte dem Betrachter ihre Zähne. Wild entschlossen sah sie Jan an, bereit, erbarmungslos zuzuschnappen.

Rote Totenlichter, sicher zwanzig, dreißig Stück, standen im Halbkreis auf dem Boden.

»Was zum ...« Entgeistert war die Frau in der Tür stehen geblieben.

Der blutrote Ball der Sonne glitzerte im Licht von Jans Taschenlampe, als wäre die Farbe noch frisch. Fasziniert vom seltsamen Anblick trat er näher. Sie sah aus wie ...

Blut, schoss es Jan durch den Kopf. Das war alles Blut ...

Die Ameisen schienen sich ebenfalls für die Sonne zu interessieren. Wie schwarze Sonnenflecken krochen sie überall darauf herum und nagten Stücke aus dem Wandbild.

Doch am bizarrsten war die Mitte der von der Schlange umwickelten Sonne. Hier bildeten die Ameisen einen Ball aus Leibern. Wie ein flirrendes schwarzes Loch inmitten der Sonnenscheibe.

Jan atmete durch. Sein verfluchtes Bauchgefühl.

Keine hundert Meter Luftlinie über dem Ort, an dem der Kirchenchor verunglückt war, hatte jemand einen bizarren Schrein errichtet.

Er zögerte kurz, sah über die Schulter zu seinen Begleitern, die blass im Türrahmen standen.

Dann schob er mit der Lampe ein paar Hundert Ameisen beiseite, die sofort seinen Arm hochkrabbelten.

Ihm stockte der Atem.

Im Zentrum der Sonne steckte ein Schädel.

Er war noch nicht gänzlich blank gefressen. Verwesendes Fleisch und eingetrocknete, von Tausenden Bisswerkzeugen beinahe komplett zerrissene Augen, Gewebereste …

Hörbar atmete Jan durch. »Fan också!«, raunte er.

Wer immer die Sonnen mit der Schlange gemalt hatte, er hatte einen Lammkopf an die Wand genagelt.

15

Die Feder glitt über das edle Papier, und er gab dem letzten Strich einen eleganten Schwung. Sorgsam blies er das Blut trocken.

Er war zufrieden mit seinem Werk.

Sein Blick wanderte zu den Zeichnungen der Tunnel, der Spiralen und Lichter. Für einen Moment ließ er sich von ihnen in Bann schlagen, doch dann drehte er sich weg. Er sah zur Bodenklappe, vergewisserte sich, dass er sie geschlossen hatte.

Sein Vorhängeschloss saß fest. Er war allein, niemand würde ihn stören – dennoch war es ihm lieber, sich hier oben in seinem allerheiligsten Refugium einzusperren.

Er hatte schon alles vorbereitet. Die dicke Teichfolie lag auf dem Boden, die zwei Eimer mit Wasser, die Lappen. Oft war es eine Sauerei. Der Körper, diese Materie klebte zu sehr an der Erde, musste sich entleeren und … Nein, er wollte an etwas Erhabeneres denken … Die Kerzen. Er hatte die Totenlichter bereits aufgestellt. Zwölf Stück. In einem Kreis um die Teichfolie. Auch den Eisendraht hatte er schon durch die Ösen am Boden geführt und an den Fesseln befestigt.

Er horchte …

Alles still. Er konnte beginnen. Endlich.

Ein bitzelnder Schauer der Vorfreude lief ihm den Rücken herauf, ein Kribbeln, das am Steiß begann, nach oben zog, sich hinter den Ohren und schließlich in seinem Mund sammelte. Ein elektrisierendes Gefühl. Früher hatte er mit seinen Freunden in der Hofeinfahrt oft Batterien, diese kleinen 9-V-Blöcke, an die Zunge gehalten. Das Bitzeln war dem nicht unähnlich. Damals hatte er den Strom nicht nur an seine Zunge gehalten, um zu prüfen, ob noch Saft drin war – nein, es war vor allem eine Mutprobe gewesen. Als schaute man dem Tod in die Augen …

Er musste lächeln.

Wie naiv er mit sechs doch gewesen war. Mittlerweile hatte er einen besseren Blick auf den Tod gefunden.

Sanft zog er die bemalte Holzkiste heran und öffnete sie.

Der *Erwecker*. Andächtig nahm er den Akkuschrauber mit der aufgeklebten Platine vom schwarzen Samt, griff sich den Lederriemen und den dunklen Plastikbeutel. Er ging über den Dachboden zur Plane, wo er den Akkuschrauber, die Tüte und den Riemen sorgsam auf ein silbernes Tablett legte, als wären es wertvolle Hostien oder ein Schmuck, der nicht beschmutzt, nicht entweiht werden durfte.

Dann streifte er die Hose ab, die Socken, das Hemd. Schließlich auch die Unterhose. Jedes Kleidungsstück faltete er ordentlich zusammen, stapelte es neben dem Tablett und setzte sich splitternackt auf die Teichfolie.

Das erste Sonnenlicht des Tages, das durch die Glasziegel fiel, ließ wie immer den Staub rot und golden glitzern. Geradezu sakral. Als wären er und dieser Raum heilig, als wäre dies seine heimliche Kirche und sein Ritual geweiht …

Er hob den präparierten Akkuschrauber auf, betrachtete ihn lächelnd mit glasigem Blick. Es kam ihm vor, als wäre er schon weit fort, an einem spirituellen Ort jenseits dieser Welt.

Bei den ersten Malen hatte er es mit einer Tüte versucht, die er von der Decke hatte baumeln lassen, in die er hineingeschlüpft und die er zugehalten hatte. Die Tüte hatte funktioniert – kaum bewusstlos, war er herausgerutscht. Aber die Tüte ermöglichte ihm nicht, bei jedem Mal einen Schritt weiterzugehen, ließ keinen Einfluss auf die Dauer der Reise zu.

Mit geübtem Griff fädelte er den Akkuschrauber durch zwei Klemmen am Boden, die ihn dort fixieren würden, und steckte eine Holzrolle ins Futter des Schraubers. Nun musste er nur noch das Drahtseil mit einem kleinen Karabiner an der Rolle einhaken …

Perfekt.

Er legte sich erst die linke Fessel am Handgelenk an, dann die rechte. Das Drahtseil war lang genug, führte von der Rolle durch die Ösen, über seinen Oberkörper und endete in einem handlichen Karabiner.

Behutsam platzierte er das Tablett neben sich. Nicht zu weit weg, nicht zu nah. So wie immer. Er war darauf bedacht, das Ritual immer gleich auszuführen. Inzwischen hatte er es perfektioniert. Nichts durfte mehr verändert werden.

Er nahm den Plastikbeutel und zog ihn sich über den Kopf.

Dunkelheit umfing ihn, und er spürte, wie sein Herz voller Spannung zu rasen begann.

Jetzt der Riemen. Er ertastete ihn blind, nahm ihn hoch, strich die Plastiktüte nach unten bis halb über die Brust, dann legte er sich den Riemen um den Hals.

Der Karabiner des Eisendrahts ließ sich auch ohne Hinsehen simpel an den Riemen einklicken.

Alles war vorbereitet.

Mit einer feierlichen Ruhe streckte er sich auf der schwarzen Teichfolie aus und sah in die Dunkelheit.

Einen Moment lag er nur da, spürte seine Nacktheit, atmete gleichmäßig, fühlte, wie auf seinen Körper die Last dieser Welt drückte. Seine Finger glitten zum Einschalt-knopf des *Erweckers*.

Er betätigte ihn und lauschte auf das beruhigende Surren des Motors. Ohne Eile faltete er die Hände auf der Brust, spürte, wie sich die Drahtseile langsam spannten, ihn auf den Holzboden und die Folie drückten, wie seine Arme fest angezurrt wurden. Und dann fühlte er den Riemen um seinen Hals, der sich geruhsam zuzog.

Ganz langsam. Eine weitere Umdrehung, und noch mehr Drahtseil wurde aufgewickelt. Der Riemen begann ihm die Luft abzuschnüren.

Noch ein bisschen.

So ist gut.

Das Atmen wurde schwer. Die Plastiktüte bot ihm keinen frischen Sauerstoff mehr.

Denk an den Übergang.

Mach dir keine Sorgen.

Du stirbst.

Du stirbst nur den kleinen Tod.

Der *Erwecker* zog weitere Zentimeter zu, nagelte ihn auf den Boden und quetschte seinen Hals, zog alles fest ...

Der Motor hörte auf zu zurren. Der Countdown begann ...

Die Zeit zählte abwärts, und er wusste, dass er nur drei Minuten und 47 Sekunden hatte ... Jedes Mal ein wenig mehr, jedes Mal ein paar Sekunden mehr ...

Er bekam keine Luft.

Es war so schwierig, er brauchte all seine Willenskraft, um gegen die Panik anzukämpfen. Sein Körper wollte sich nicht fügen, aber der Draht hielt ihn. Er wollte sich herumwerfen, sich die Tüte vom Kopf reißen ... Doch es war nicht möglich.

Keine Luft, keine Luft mehr, keine ...

Sein Körper bäumte sich auf, der Draht schnitt etwas in seine Haut. Und mit einem Schlag entspannten sich die Muskeln. Sein Körper hielt nichts mehr zurück. Alles Irdische, was noch in ihm gewesen war, floss aus ihm heraus.

Und dann verließ auch er seinen Leib.

Er sah sich. Dort unten auf der Teichfolie, nackt ... und er sah das Licht. Er sah die Sonne. Er stieg auf, glitt durch den Raum und ...

Der Tunnel. Vor ihm tat sich der Tunnel auf. Und dort war das Licht!

War da ein Engel? War da wirklich ein Lichtwesen? Die anderen Male hatte ihn niemand begleitet, aber dieses Mal kam das Wesen auf ihn zu ...

Alles um ihn war still und friedlich. Vollkommenheit.

Der Tunnel umschloss ihn, er stürzte auf den Ausgang zu, und dieses Wesen neben ihm ... es war im Begriff, sich gänzlich in Licht aufzulösen.

Warte. Ich will dir zusehen. Ich will dich etwas fragen.

Die Gestalt löste sich langsam auf. Dafür leuchtete das Ende des Tunnels, und er spürte die Wärme, er spürte Ruhe und Liebe. Er spürte es auf seiner Haut, obwohl er hier keine mehr besaß ...

Da ...

Da ist es.

Das Licht. In seiner ganzen Pracht.

Du bist so vollkommen. Du bist wir. Du bist uns alle. Du bist die Wärme, die wir alle brauchen ... Warte ... Geh nicht. Bleib ... Nur noch ein paar Sekunden ...

Warte doch ...

Das Licht pulsierte, aber es entfernte sich, als ahnte es, dass er noch nicht bereit war hineinzugehen.

WARTE!

Er lag auf dem Rücken, in seinen eigenen Exkrementen, während der Countdown langsam ablief ... Mit einem Klick aktivierte sich nach 227 Sekunden der Akkuschrauber und wickelte das Stahlseil wieder ab. Der Lederriemen um seinen Hals öffnete sich.

16

Es dämmerte bereits, als Jan zurück in das Hochhaus am Bruno-Georges-Platz kam. Die Spurensicherung war seit Stunden dabei, den gesamten Lüftungsturm Nord auseinanderzunehmen. Jan hatte sogar Beamte draußen auf dem Elbstrand gesehen, die bei über vierzig Grad Absperrungen zogen und die Terrassenanlage und die Zugangswege zum Lüftungsgebäude genauestens unter die Lupe nahmen.

Im Gegensatz zu Jan war Dieck für ein großes Aufgebot gewesen. Er selbst hätte lieber bloß zwei, drei Beamte postiert und abgewartet, ob der Verantwortliche für diesen *Sonnenaltar*, wie sie den grausigen Fund getauft hatten, zurückkehrte.

Dieck, der nur kurz vor Ort gewesen war, um sich einen Eindruck zu verschaffen, hatte sich laut Riya mit Staatsanwältin Roger in seinem Büro verschanzt und besprach das weitere Vorgehen.

Binnen weniger Stunden war der angebliche Suizid von Evelin Meyers zu einem der seltsamsten Fälle herangewachsen, die Jan jemals untersucht hatte.

Die Büroetage lag verlassen im schwülen Halbdunkel. Nur wenige Kollegen hielten die Stellung, die meisten waren entweder noch immer am Lüftungswerk oder aber zu Hause im Feierabend.

Feierabend. Was für ein schönes Wort. Seine Gedanken glitten zu Gunvald, seinem Vater. Taha hatte wahrscheinlich recht, dass er sich öfter bei ihm blicken lassen müsste, aber ihm fehlte schlicht die Kraft. Nicht nur wegen der Vergangenheit in Schweden und dem, was Gunvald ihm und seiner

Mutter angetan hatte. Jan hatte einfach keine Reserven mehr. Erst der gewaltsame Tod seiner Frau, dann Leonies Entführung und Misshandlung – die wenigen Momente, die er stillstand, diese kostbaren Sekunden, konnte er nicht auch noch mit seinem dickköpfigen Vater füllen.

Oder willst du sie nur nicht mit ihm füllen?, fragte er sich.

Gähnend ging Jan zur Kochnische am Rand des Büros. Er lehnte sich an die Küchenzeile und aß im Stehen endlich seinen Quark und das tägliche Ei. Dann setzte er sich die klobigen Kopfhörer auf, die er von Leonie geschenkt bekommen hatte, lauschte Brahms und machte sich einen Protein-Shake. Während die Chöre ansetzten und er an dem Shake nippte, dachte er über Diecks Einwand nach, dass Anna Urlaub guttun könnte.

Er war anderer Meinung. In seinen Augen war es für Anna besser, aktiv mitzuarbeiten und sich so mit dem Einbruch und dem seltsamen Basecap-Typen auseinanderzusetzen, der sie anscheinend beobachtete. Und er selbst hätte sie so meist in seiner Nähe und könnte eingreifen, falls der Typ sie angriff.

Einem Impuls folgend, zückte er sein Handy, um Leonie bei der Reha anzurufen, doch dann wurde ihm bewusst, dass es schon nach zehn war. Er steckte es wieder weg.

»Jan?« Riyas Stimme drang durch Brahms und ließ ihn herumfahren. Einen Stapel Akten vor der Brust, war sie zu ihm getreten.

Ihr besorgter Blick war nicht zu übersehen.

»Was ist los?«

»Brandt hat angerufen. Der Bluttest von Evelin Meyers ist da. Er sagt … warte …« Sie zupfte einen Notizzettel von der Mappe und las ab: »Rückstände von Lysergsäurediethylamid.«

»LSD. Hm. Kann sie das gegen ihre Schmerzen genommen haben?«

»Brandt meinte, ja. LSD wirkt wohl auch schmerzlindernd. Und auch bei Depressionen. Die Konzentration war jedenfalls wohl sehr gering. Also so richtig auf'm Trip war sie nicht.«

»Aber?«

»Dein Freund meinte, sie sei durch das LSD wahrscheinlich sehr empfänglich für Hypnose gewesen. Es soll wohl hochgradig suggestibel wirken. Und das kommt gut mit dem hin, was ich gefunden habe. Es kommt nämlich noch dicker.« Sie forderte ihn auf, mit ihr zu seinem Schreibtisch zu gehen, wo sie ein paar seiner Papierstapel zusammenschob und die oberste Mappe aufschlug. »Während du weg warst, haben Anna und ich rumtelefoniert und die Datenbank angezapft. Ich wollte, dass du es als Erster siehst. Ich denke, wir müssen 'ne Soko einrichten. Und zwar sofort.«

Sie fächerte die Papiere vor ihm auf. Es waren Lebensläufe, ausgedruckte Personalausweise und Porträtfotos.

»War ein ganzes Stück Arbeit, diesen Pfarrer zu 'ner Namensliste zu bewegen. Der hat doch glatt erst einen auf Schweigepflicht gemacht. Als wär's ein Geheimnis, wer in seinem Chor singt.«

»Der Typ kommt mir auch nicht sauber vor.« Er musterte die Gesichter. Ein bunter Haufen. Männer und Frauen, alt wie jung.

»Beim Pfarrer hab ich nichts in seiner Vita gefunden, das irgendwie auffällig ist. Aber es wäre gut, wenn wir uns morgen persönlich in seinem Umfeld umhören. Er ist seit sieben Jahren Pfarrer der Gemeinde.«

»Hm.« Jan nippte an seinem Protein-Shake. »Und was ist nun mit denen?« Er zählte die Papierbögen durch. »Das sind … elf, zwölf? Und die singen alle im Chor?«

Riya nickte. »Das sind alle, die im Bus saßen. Dann noch der Busfahrer und Ludwig. Bei dem Unfall im Elbtunnel sind zwei am Unfallort verstorben.« Sie schob zwei der Gesichter beiseite. »Sie sind verbrannt. Du hast ja Bilder gesehen.«

»Und wieso kommt es noch dicker?«

»Pass auf.« Sie zog ein anderes Blatt aus dem Stapel und legte es obenauf.

Fünf Gesichter sahen Jan an.

Drei Frauen, zwei Männer. Alle verschiedenen Alters. Evelin Meyers war auch darunter. »Was ist mit denen?«

»Die haben den Unfall überlebt. Aber jetzt sind sie alle tot.«

Eine Stunde später rollte Jan die Pinnwand im Besprechungsraum vor die Fensterfront. Hinter den zu Schlitzen heruntergelassenen Jalousien flimmerte Hamburg bei Nacht.

»Erklär uns, was ihr rausgefunden habt«, forderte Dieck Jan auf und sah zu Sadik und Ralf, die sich gähnend mit Roger einen Platz links der Tür teilten. Dieck hatte Sadik aus dem Bett und Ralf wahrscheinlich aus seiner Lieblingskneipe geholt. Staatsanwältin Roger, eine schlanke Persönlichkeit in teurem Hosenanzug, stützte sich auf ihre Krücken, die sie noch immer brauchte, nachdem der Puppenmacher sie beinahe ermordet hätte.

Dieck hatte die üblichen Verdächtigen zur Besprechung hinzugezogen. Neben der Staatsanwältin auch die beiden Kollegen aus dem Dezernat KT – Kriminaltechnik – und SO – schwere und organisierte Kriminalität.

Mit einem ernsten Blick nickte Jan Anna zu, die soeben eintrat und die anderen leise begrüßte.

In den letzten Minuten hatte er Riyas Recherchen in

zwei Gruppen an die Pinnwand geheftet. Die fünf Personen auf die eine und den Rest des Chores, der auch im Bus gewesen war, auf die andere Seite. »Riya hat etwas Eigenartiges festgestellt. Und wir glauben nicht, dass es Zufall ist ... Riya, möchtest du?«

Verlegen lächelnd trat Riya an die Pinnwand. »Okay. Also ... Also das hier, das sind die Mitglieder des Chors der St.-Thaddäus-Kirche, in dem auch Evelin Meyers gesungen hat. Ihr seid alle über ihren Tod gebrieft worden. Diese Menschen hier«, sie zeigte auf beide Gruppen, »saßen vor einem Jahr in dem Bus, der im Elbtunnel den Unfall hatte.« Sie tippte auf Meyers Porträt. »Das ist Meyers. Unsere Frau, die in der Kirche starb. Angeblich Suizid. Und diese anderen vier hier ...« Sie deutete auf die weiteren Gesichter, die Jan um Meyers herum festgepinnt hatte. »... die haben auch Suizid begangen.«

Ein Raunen ging durch die Menge. Jan bemerkte, wie die Staatsanwältin Dieck einen fragenden Blick zuwarf.

»Oder besser gesagt«, führte Riya aus. »Jemand will uns das glauben machen.«

Jan nahm sich eine Mappe vom Tisch, blätterte kurz und zeigte dann auf einen bärtigen Mann mit goldener Brille, der als älterer Physiklehrer durchging. »Gerd Becks. Versicherungsvertreter. Hat sich vor einem Monat vor den Zug geworfen.«

»R6? Prisdorf?«, warf Sadik ein und kratzte seinen Dreitagebart.

»Ja. Der Springer. Hatte eine Droge im Blut. LSD. So wie Evelin Meyers.«

»LSD«, warf Sadik grinsend ein. »Sunshine in your heart!«

»Es wirkt wohl gegen Depressionen und kann Schmerzen lindern.«

»Ja! Und man schwebt durch Farben und den Raum … Bis direkt vor den Zug. Puff!«, meinte Sadik.

Jan ging nicht darauf ein. »LSD wird wohl testhalber in der Psychotherapie genutzt. Wurde zumindest mal.« Er deutete auf das nächste Foto. »Das hier ist Hamza Kollzki. Überdosis Schlaftabletten … Sabine Rehnagel. Auch Tabletten. Saskia Barak. Sie hat sich in ihrer Garage erhängt.«

In der Runde war es still geworden. Alle hingen an seinen Lippen, als er noch einmal von seinem Fund im Lüftungsturm berichtete.

»Und wie sieht nun eure Theorie dazu aus?«, wollte Dieck wissen.

»Jemand tötet alle, die bei dem Busunfall dabei waren«, erklärte Riya.

»Ein Serientäter«, ergänzte Jan. »Wir haben es mit einem Serientäter zu tun.«

»Na, großartig«, wandte sich Staatsanwältin Roger an Dieck. »Wenn das stimmt, dann sollten wir das erst mal unter Verschluss halten. Keine Presse.«

»Sie hat recht.« Dieck warf einen mahnenden Blick in die Runde. »Ihr haltet die Klappe. Komplette Pressesperre. Wir wissen noch viel zu wenig. Und ich will dem Täter auf keinen Fall zu viele Informationen zuspielen. Wenn es wirklich ein Serientäter ist, dann weiß er noch nicht, dass wir an ihm dran sind.«

Einstimmiges Gemurmel folgte. Auch Jan nickte. Allerdings war die Geheimniskrämerei sinnlos, wenn der Brief, den Anna erhalten hatte, tatsächlich vom Täter stammte. Wenn der Basecap-Typ der Mörder war, dann verfolgte er jeden ihrer Schritte. Zumindest jeden, den Anna tat.

»Ich hab's!«, meldete sich plötzlich Sadik ganz eifrig. »Ey, is' doch klar! Die konnten alle nich' singen! Bei dem Gegröle hatte der Pfarrer die Schnauze voll!« Er knuffte seinem Kumpel Ralf in die Rippen, der wie die anderen nur mäßig lachte. »Ach, kommt schon. Da hat's wer auf den Chor abgesehen und tarnt die Morde als Suizide.«

Anna räusperte sich, aber niemand achtete auf sie. Sie schob sich zu Riya und Jan in die Mitte. »So einfach ist es wahrscheinlich nicht«, meinte sie laut. Endlich wurde es wieder ruhig.

»Ach. Und wieso nicht?«, wollte Ralf wissen. Der bierbäuchige Kommissar konnte Anna nicht leiden, weil sie ihm beim Puppenmacher die Show gestohlen hatte.

»Weil er Nachrichten in den Toten hinterlässt. Da mordet niemand, weil …«, sie setzte es mit den Fingern in Anführungszeichen, »einer *nicht singen kann. Das Motiv ist nicht Rache oder Hass.*«

»Erklären Sie uns das bitte, Frau Wasmuth«, bat Dieck.

»Er tarnt seine Morde als Selbstmorde, aber er lässt Nachrichten zurück. Zumindest haben wir in Evelin Meyers Magen ein Stück Büttenpapier mit dem Bildchen gefunden.« Sie pinnte eine Vergrößerung der Fratze an die Wand.

Trotzig verschränkte Ralf die Arme vor der Brust. »Also will er, dass wir Bescheid wissen? Was soll das sein? Der Teufel?«

Jan schätzte zwar Ralfs Ermittlungsarbeit, hielt den Mann aber für viel zu einfältig und zudem für ein Riesenarschloch.

»Nein«, führte Anna aus. »Ich gehe davon aus, dass die Nachrichten nicht an uns gerichtet sind. Und ich glaube, es handelt sich bei der Fratze um eine Schlange. Eine Kobra. Aber es ist nicht seine Visitenkarte, denn er hat sie in den Leichen versteckt.«

»Nicht?« Überrascht zog Dieck die Augenbrauen hoch.

»Sondern?«, wollte Roger wissen. »An wen geht die Nachricht?«

»Das weiß ich nicht. Aber diese Zeichnung scheint mir viele Ähnlichkeiten zu der Malerei am … Schrein …«

»Sonnenaltar«, warf Jan ein.

»Zu diesem Altar im Elbtunnel aufzuweisen. Der Täter könnte ihn dort aufgestellt haben …«

»Davon gehen wir aus«, warf Lyn Petermann von der Kriminaltechnik ein. »Es war ein Lammkopf, und die Sonne ist mit Lammblut gemalt. Genau wie die Fratze im Magen.«

»Wenn unser Täter auch den Altar gefertigt hat, dann kann es gut sein, dass die inszenierten Selbstmorde nicht den eigentlichen Mord überdecken sollen«, führte Anna weiter aus. »Ein Altar, ein Schrein, eine Gedenkstätte … und Suizide. Ich glaube eher, dass die Suizide zum Ritual des Mordens gehören.«

»*Ritual* des Mordens …« Ralf lachte auf, aber Anna ließ sich nicht aus der Fassung bringen.

»Ja. Ritual. Eine nach vorgegebenen Regeln ablaufende feierliche und festliche Handlung mit hohem Symbolgehalt. Hab ich aus Wiki. Und das trifft es gut. Haben wir bei Meyers Anhaltspunkte für eine Gewalttat gefunden?«

Jan schüttelte den Kopf.

»Ich glaube, er treibt seine Opfer zum Selbstmord. Er verabreicht ihnen ein wenig LSD und schafft es dann, dass sie sich umbringen wollen. Suggestion, Manipulation und ein paar Halluzinationen. Und das ist Teil seines Rituals, genau wie die gezeichnete Kobra. Es ist ihm wichtig, dass sie sich selbst töten.«

»Das heißt, wenn es wirklich einen Mörder gibt, der all diese Personen umgebracht hat«, Roger zeigte auf die separierten Bilder, »dann tötet er nicht aus niederen Motiven?«

»Davon gehe ich aus. Das sind keine Hassmorde oder

Tötungen aus Eifersucht. Nicht mal aus Mordlust. Da steckt mehr dahinter. Ein Plan.«

Ralf lachte. »Schauergeschichte. Uhhh ... Wir haben eine Tote. Eine. Eine einzige. Ohne Fremdgewalteinwirkung. Sie hat einen Zettel mit Dracula drauf im Magen. Und ein Graffiti in 'ner Besenkammer. Ach, und wir haben einen Verrückten, der dir 'ne Nachricht schickt und dich stalkt. Vielleicht war's ja der Typ! Und er will sehen, was du tust. Das kommt doch oft bei diesen Kranken vor, oder? Was ist, wenn es da um dich geht?«

Jan sah, wie Anna sauer schluckte, auch er hätte Ralf am liebsten eine reingehauen.

»Ja. Ist möglich«, sagte sie leise.

»Es gibt keine Verbindung zwischen Anna und dem Chor«, stellte Jan klar. »Aber möglich, dass der Typ, der ihr die Nachricht zugespielt hat, der Täter ist. Zumindest dürfte er den Täter kennen.« Er ignorierte die tiefe Falte, die sich in Diecks Stirn grub. »Anna, Riya und ich, wir gehen von einer Serientat aus. Und wir glauben, dass der Täter zu allem entschlossen ist. Er ist sich seiner Sache äußerst sicher, geht skrupellos vor und wird alles tun, sein Ritual zu schützen. Bis sein Plan sich erfüllt hat.«

Anna und Riya nickten.

»Deswegen müssen wir die anderen Opfer bergen.«

»*Möglichen* Opfer«, brummte Ralf.

»Wir müssen herausfinden, was er vorhat.«

»Exhumierung?« Roger warf Dieck wieder einen Blick zu. Ihr gefiel der Trubel ganz und gar nicht. »Das wird schwer sein, beim Richter durchzudrücken.«

Dieck seufzte. »Versuchen Sie es bitte.« Er wandte sich an alle. »Die bisherigen Opfer müssen obduziert werden, und wir werden die restlichen Mitglieder des Chors warnen. Alle, die im Bus saßen.«

»Und wenn der Täter einer von ihnen ist?«, wollte Roger wissen. »Jemand vom Chor?«

»Ja, das is'n verdammt guter Einwand«, gab Ralf ihr recht.

»Der Täter hat auf jeden Fall eine Verbindung zu den Chormitgliedern. Deswegen sollten wir sehr vorsichtig vorgehen«, mahnte Jan. »Wenn wir recht haben, hat er bereits fünf Menschen in den Tod getrieben, ohne dass wir etwas davon mitbekommen haben.«

17

Eine unbändige Unruhe hatte ihn die ganze Nacht umgetrieben und ihn kein Auge zutun lassen.

Er musste sich die Bänder noch einmal ansehen. Wie in den letzten Wochen zog es ihn in jeder freien Minute zu diesen unglaublichen Bildern. Es gab immer Neues zu entdecken.

Zuerst hatten ihn die Tonbandaufnahmen der Gruppe so ungeheuer fasziniert, dass er sie wieder und wieder angehört hatte. All die Berichte der beinahe Verstorbenen. Sie alle waren über eine Grenze in ein Land getreten, das so himmelsgleich faszinierend war und eines der größten Mysterien des Daseins. Wahrscheinlich DAS letzte Mysterium. Eines der unergründlichen Geheimnisse auch seines Glaubens.

Doch die Tapes, die er aufgezeichnet hatte, waren nichts im Vergleich zu den Videos, die er im Internet gekauft hatte.

Er hatte versucht, etwas Digitales zu bekommen. Zum Runterladen. Aber letztlich hatte er vier VHS-Kassetten aus Taiwan geschickt bekommen. Mit zitternden Händen schob er die erste in den Rekorder und spürte, wie die Vorfreude in ihm anstieg. Er kam sich wie ein kleiner Junge vor, der am Weihnachtsabend vor der verschlossenen Wohnzimmertür warten musste.

Er schaltete den winzigen analogen Fernseher ein, den er in sein Arbeitszimmer gestellt hatte.

Erwartungsvoll setzte er sich, starrte wie so oft zuvor auf die Bilder, den verwackelten Clip, der ruckelnd begann.

Es war sein Lieblingsfilm unter den vier Kassetten. Die Aufnahme war bloß siebzehn Minuten und siebenundzwanzig Sekunden lang.

Schwer zu sagen, wo er aufgenommen worden war. Für ein Hotelzimmer sah die Ecke zu schäbig aus. Vielleicht eine in die Jahre gekommene Wohnung? Fünfter, sechster Stock. Mit etwas Detektivsinn wäre das Zimmer sicher auszumachen, zumal man für gut anderthalb Sekunden das Meer und ein Stück vom Hafen sah. Er hatte an Taipeh gedacht, aber es war wahrscheinlich Taichung. Er hatte das im Netz nachgeschlagen und Bärbel gefragt, die Arme. Sie war auch bei den Sitzungen dabei und kannte sich mit Asien wegen ihres Studiums sehr gut aus.

Bärbel. Wie diese gute Seele wohl sterben würde?

Kein Vorspann, keine Namen – natürlich nicht –, nur ein harter Schnitt vom bildlosen Rauschen auf Schwarz und direkt hinein. In diese Szene.

Eine Asiatin, vielleicht fünfundzwanzig. Ihr Gesicht war zerschlagen. Sie blutete aus der Nase, tiefe Wunden zogen sich über ihre Wangen. Zwei Männer packten sie und stießen sie auf eine schäbige Matratze. Ihre Augen waren angstgeweitet, voller Panik – und das, obwohl sie aussah, als wäre sie schwer drogenabhängig. Er wusste, wovon er sprach. Er sah jeden Tag solche verlorenen Seelen.

Die Asiatin hatte bloß ein zerrissenes Shirt und einen Schlüpfer an. Das Shirt hatte Glitzersteinchen drauf, sah verwaschen aus. Kate Winslet und Leonardo DiCaprio küssten sich auf der Titanic. War das Video auch aus der Zeit? Ende neunzig? Schwer zu sagen.

Der eine Typ, ein Kerl in einem ärmellosen Muskelshirt, schlug ihr ins Gesicht. Dann zückte der zweite ein Messer. Die Kamera wackelte. Wahrscheinlich, weil sie von einem Dritten vom Stativ genommen wurde.

Die Frau wollte weg, aber die Männer hielten sie fest, und dann …

Dann stach der zweite Typ, ein Mann mit Elvistolle, zu.

Sie hustete, sie schluckte, sie wand sich – aber das Blut war überall, und sie kippte geschockt nach hinten, wurde von dem Muskelshirt-Typen gehalten. Ihr Mund stand offen, als wollte sie schreien, aber es kam nur Blut.

Das Band war so abgenudelt, dass ständig Drop-outs das Bild zerfetzten. Streifen, flimmernde Punkte, Schlieren in verzerrten Farben.

Er fieberte – wie jedes Mal, wenn er das Video sah – dem seltsamen Moment entgegen, der gleich eintreten würde. Begierig lehnte er sich vor, spürte, wie ihm das Blut vor Aufregung in den Ohren rauschte, wie seine Wangen rot wurden.

Sie starb *molto lento*. Wie bei Brahms. Der Chor erhebt sich, langsam, lento … dann immer mehr anschwellend … Crescendo-crescendo! Sie blutete aus wie ein geschächtetes Lamm. Allerdings langsamer. Sehr viel langsamer. Gehalten von den beiden Männern, gefilmt von einem dritten.

Selig sind, die da Leid tragen.

Und dann geschah es.

Das Schönste, was er je gesehen hatte.

Und was ihn in seinem Glauben so bestärkte.

Sie atmete ein letztes Mal, versuchte es, spuckte Blut, ein letztes Zucken, und dann …

Dann sah er das Licht auf ihrem Gesicht. Und er sah, wie es sich von ihr löste, davondriftete.

Es war da. Eindeutig. Ein Flirren, als fiele warmes Sonnenlicht auf einen Altar. Wundervoll zog dieses Licht einem Engel gleich durch den schrecklichen Raum.

In diesem Video war das Seelenleuchten besonders gut zu sehen, auf den anderen nicht wirklich. Aber hier, hier glitt das Licht durch das Zimmer, und als die Kamera näher an die Tote heranging, konnte er sehen, wie es von ihr wegschwebte. Es schien vor dem Fenster zu verharren. Unten der Hafen, das Meer, die Bucht … und das Licht glitt über die Scheibe, es tanzte kurz, bevor es hinausschlüpfte in den helllichten Tag und die Sonne es mit ihrem Strahlen überdeckte.

Es klopfte.

»Sekunde.« Panisch schaltete er das Snuff-Video aus. So schnell es ging, zog er die VHS-Kassette aus dem Apparat.

»Herr Pfarrer!«, rief Bärbel durch die Tür. »Ihr Termin.«

»Termin?« Endlich fiel es ihm ein. Verdammt, den hatte er ganz vergessen. »Ich … ich bin gleich unterwegs. Danke. Ach, Bärbel, können Sie anrufen und sagen, dass ich eine Stunde später komme?«

Der Pfarrer nahm die Videokassette und verstaute sie bei den anderen dreien im Tresor. Hier lagerten auch die über achtzig Mini-Tonbänder, die er mit seinem Diktiergerät bei den Sitzungen bis gestern aufgenommen hatte. Oft hatte er die Gruppe aufgezeichnet, manchmal Einzelgespräche geführt. Er nahm die Pappschachtel mit den Diktierkassetten heraus, die alle sorgfältig nach Datum und Mitglied seines kleinen Zirkels sortiert waren. Dann klappte er das Ölgemälde, auf dem Jesus als Auferstandener in strahlend weißem Umhang aus der Grabeshöhle trat, wieder vor den Tresor.

Eine Stunde später betrat Ludwig mit der Schachtel voller Diktierkassetten eine schicke Praxis am Rande von Altona.

»Herr Ludwig«, begrüßte ihn die Dame vom Empfang. »Herr Ghasemi hat gleich Zeit für Sie.«

»Danke.«

Ludwig setzte sich nicht ins Wartezimmer, sondern zwischen die mannshohen Grünpflanzen und sah – die Schachtel mit den Kassetten auf dem Schoß – auf den Zimmerspringbrunnen, der eine entspannende Atmosphäre vermittelte.

Es dauerte nicht lange, und die Dame führte ihn in Doktor Ghasemis Sprechzimmer, ein mit schlichten Massivholzmöbeln, stilvoll ausgesuchten Pflanzen und einigen wundervollen abstrakten Bildern ausgestattetes Büro. Eine Klimaanlage surrte auf Hochtouren und dämpfte die von Minute zu Minute intensiver werdende Hitze.

Ghasemi, ein hochgewachsener Mann mit Halbglatze und aschgrauen Koteletten, stand bereits neben seinem Schreibtisch, um Pfarrer Ludwig zu begrüßen.

»Nehmen Sie Platz«, forderte er ihn schließlich auf und setzte sich hinter den Tisch.

»Sie wollten mich sprechen?«, fragte Ludwig und stellte die Schachtel auf den Tisch.

»Ja. Wegen Frau Wanida Thongkham. Mit etwas Glück habe ich einen Therapieplatz für sie.«

Ludwig horchte auf. »Ach«, sagte er mehr konsterniert als begeistert. »Das ist gut, oder?«

»Das wäre in Anbetracht der Mangellage an Therapieplätzen in Hamburg fantastisch. Und ich musste einiges in Bewegung setzen, Herr Ludwig.«

Ludwig mochte nicht, wie begeistert Ghasemi klang. Er schämte sich für dieses Gefühl, aber er hatte jedes Mal unterschwellig Angst, der Mann nähme ihm eines seiner Schäfchen weg. Immerhin hatte Ludwig es sich seit dem Unfall auf die Fahne geschrieben, die Beteiligten regelmäßig zusammenzubringen, sie zu einen und mit ihnen über ihre Erfahrungen in Sachen Tod zu sprechen.

Faszinierende Erfahrungen.

Sie jemand anderem anzuvertrauen war ein wenig, als gäbe man seine Kinder aus der Hand.

»Verstehe«, entgegnete er, aber Ghasemi hörte seine unterschwellige Ablehnung als Psychologe offenbar sofort heraus.

»Herr Ludwig. Ich helfe Ihnen gerne – wo ich nur kann. Das habe ich Ihnen damals schon gesagt, als Sie mich kontaktiert haben. Ich komme auch gerne zu Ihren Treffen, aber Sie müssen die Patienten endlich ganzheitlich psychologisch betreuen lassen.«

»Viele von ihnen möchten das aber nicht. Deswegen habe ich Sie ja gebeten zu kommen.«

»Ja. Doch ich stoße an meine Grenzen, Herr Ludwig. So gerne ich Ihnen unter die Arme greife und zu Ihren Sitzungen komme.« Ghasemi seufzte. »Sie müssen darauf hinarbeiten, dass sich die Mitglieder öffnen und professionelle Hilfe annehmen.«

»Unser Kreis hilft allen Beteiligten.«

»Mag sein. Aber so kann es nicht weitergehen. Dieser Zirkel, die wöchentlichen Treffen, die ganzen Einzelsitzungen, die Sie abhalten … Das alles in Ehren. Aber Ihre Gruppe braucht qualifizierten Rückhalt.« Sein Blick fiel auf die Schachtel mit den Kassetten. »Manchmal glaube ich, Sie sind fasziniert von diesen … diesen *Sitzungen*, die Sie mit Ihren Gemeindemitgliedern abhalten.«

Ludwig sah ihn fragend an. »Wollen Sie mir etwas unterstellen?«

»Nein. Ich höre mir nur die Kassetten an und stelle Tendenzen fest.« Ghasemi stand auf. »Verstehen Sie mich richtig. Dass Sie sich die Zeit nehmen und mit Ihren … *Schäfchen*? … reden, das ist wunderbar. Aber die Gespräche drehen sich immer öfter um die individuellen Nahtoderfahrungen.«

Ludwig biss die Zähne zusammen. Fieberhaft überlegte er, was er antworten könnte, entschied sich dann aber fürs Schweigen.

»Vielleicht bürden Sie sich mit diesen Gesprächen selbst zu viel auf, Herr Ludwig. Wie soll ich sagen? Wir sind hier im Bereich der Traumabewältigung, und Seelsorge ist nur ein kleiner Aspekt.«

Ludwig zog die Schachtel mit den Kassetten wieder zu sich heran. »Ich versuche nur, den Schmerz zu mildern«, brummte er. »Und ich war bisher davon ausgegangen, dass ich auf Ihre Hilfe zählen kann.« Er stand auf.

»Herr Ludwig. Warten Sie. Sie können auf mich zählen. Das ist doch klar.«

»Also hören Sie sich die Sitzungen an?«

Ghasemi nickte.

»Das sind achtundzwanzig Stunden. Achtundzwanzig Stunden Tonmaterial«, rutschte es ihm voller Begeisterung heraus, und er versuchte, sich sofort zu zügeln.

»Das nenne ich ausführlich.« Mit einem verlegenen Lächeln nahm Ghasemi die Schachtel entgegen. »Ich höre mir alles an, und Sie sprechen über Therapien und psychologische Betreuung.«

18

»Nette Durchschnittsfamilie im netten Durchschnitts-familienhäuschen«, murmelte Jan, als sie den kurzen Pflasterweg durch das Vorgärtchen zur Eingangstür mit dem selbst getöpferten Namensschild gingen. Er hatte sich über Dieck hinweggesetzt und Anna weiter zum Fall hinzugezogen. Ein bisschen Donnerwetter, und das würde es sicher geben, war bei all der Hitze vielleicht nicht das Schlechteste. Zumindest hatte er in den letzten Jahren Diecks Zurechtweisungen und Allüren immer gut abgewehrt.

»Der Unfall hat das sicher verändert.« Sie klingelte.

Mit Blick auf die Pflanzen im Vorgarten bezweifelte Jan das. Hier war nichts welk und kein Blatt gelb. Nicht mal die extreme Hitze der letzten Wochen hatte Spuren hinterlassen. Entfernt konnte Jan ein paar Kinder hören, die irgendwelche Schlachtrufe schrien. Wahrscheinlich waren sie auf dem Weg zur Schule.

»Die Tochter ist siebzehn. Es muss schrecklich sein.« Anna warf ihm einen kontrollierenden Blick zu. Ihm war klar, dass Anna fürchtete, er könnte Parallelen zu Leonie ziehen.

Eine Frau Ende vierzig öffnete ihnen. Sie war schlank und trug Make-up. Keines mit lauten Farben, sondern die Art, die vorgab, keine Schminke zu sein. Natürliche Schönheit. Vermutlich war sie gerade auf dem Weg zu ihrer Arbeit – irgendwas mit wichtigen Meetings, denn sie trug einen Hosenanzug.

»Kann ich Ihnen helfen?«, fragte sie höflich, und Jan klappte seinen Ausweis auf.

»Könnten wir Sie und Ihre Tochter einen Moment sprechen?«, fragte er, nachdem auch Anna sich vorgestellt hatte.

Unsicher sah Frau Mühlenberg in die Runde. »Ähm, ja. Natürlich.« Sie forderte die beiden auf, ihr zu folgen. Im Haus war es nur ein wenig kühler. Der Schweiß rann Jan mal wieder in den Kragen. Sonne war ja was Feines, aber er als Schwede mochte es gern kühl, kalt, verschneit.

»Sophia ist in ihrem Zimmer. Sie hat ihr Reich im Keller. Worum geht es denn?«

»Es sind nur ein paar Routinefragen, Frau Mühlenberg«, meinte Anna. »Es gab einen Vorfall im Umkreis Ihrer Tochter, und wir müssen einfach jeden kurz befragen.«

Während Jan hinter Frau Mühlenberg die Stufen hinunterstieg, betrachtete er die Familienfotos an der Wand. Adrette Aufnahmen in Studios vor Fototapeten. Palmenmotive, blauer Himmel, ein Sommerwald. Und vor der Kulisse die lächelnde Familie – mal mit einem Kleinkind, dann einer Grundschülerin und schließlich einer Teenagerin. Das Mädchen war hübsch, recht sportlich und wirkte auf den Bildern aufgeweckt und neugierig.

»Einen Vorfall? Doch nicht etwa in der Schule?« Die Miene der Frau verdüsterte sich. »Die Kids sind so grausam. Sie glauben das nicht. Das ist wirklich abartig.«

Ohne anzuklopfen, öffnete sie die Tür zum Zimmer ihrer Tochter. Die lag auf dem Bett, kritzelte etwas in ein Notizbuch und hörte laut mit Ohrstöpseln Musik. Aufgeschreckt sprang sie auf, zerrte hastig die Kapuze ihres Hoodies über den Kopf.

»Scheiße, Mama! Was soll das denn?! Wer sind die? Wieso kommt ihr in mein Zimmer?«

»Die Leute sind von der Polizei.« Frau Mühlenberg verschränkte die Arme und sah Jan abwartend an.

»Von …? Was?« Offensichtlich behagte Sophia die Tatsache nicht, dass Anna und er Polizeibeamte waren.

»Keine Sorge«, kam Anna Jan zuvor. »Du hast nichts angestellt.«

Um Gottes willen, schoss es Jan bei ihrem Anblick durch den Kopf. Wie viel Prozent ihrer Haut war bei dem Unfall verbrannt?

Hinter den schweren Plastikbahnen baumelt Leonie. Der Karabiner in ihrem Kopf.

Mit einem Mal wurde ihm bewusst, wie dumm er sich gerade verhielt, weil er das Mädchen anstarrte. Er riss sich zusammen.

Misstrauisch lugte Sophia zwischen ihrem schützenden Haarvorhang hervor und musterte Anna und Jan.

»Es geht um den Chor, in dem du singst«, sagte Anna freundlich.

»Gesungen hast«, gab Sophia sofort zurück.

»Was? Nein«, mischte sich ihre Mutter entschieden ein. »Sophia ist noch immer im Chor. Und sie trifft sich mit den anderen jede Woche. Richtig?«

Der giftige Blick, den Sophia ihrer Mutter zuwarf, entging Jan nicht. Ebenso wenig, dass Frau Mühlenberg ihre Tochter gar nicht ansah, sondern den unaufgeräumten Berg Wäsche auf dem Boden neben dem Kleiderschrank betrachtete.

»Ich singe nicht mehr«, stellte Sophia noch einmal klar. Sie griff sich eines der großen Plüschtiere, die auf ihrem Bett lagen, und presste es sich vor die Brust, als könnte sie sich dahinter verstecken. Prüfend sah sie Jan an.

Durch ihr Haar konnte er ein wenig von ihrem vernarbten Gesicht sehen.

Er schluckte und schämte sich sofort dafür.

Was musste dieses Mädchen gelitten haben?

»Sie können ruhig schauen. Die schauen ja alle so«, machte sie ihn an. »Die große Attraktion in der Freakshow!«

»Sophia!«, mischte sich ihre Mutter ein.

»'tschuldigung«, meinte Jan kleinlaut.

»Wer alle? Aus der Schule alle?«, wollte Anna wissen.

Sophia presste den Teddy noch fester an sich. »Deshalb sind Sie nicht hier, oder? Es geht nicht darum, wie scheiße Leute sein können, oder?«

Ihre Mutter lächelte Anna entschuldigend an. »Sie ist sonst nicht so.«

»Sagen Sie«, meinte Jan mit seinem besten Lächeln. »Könnte ich ein Glas Wasser haben?« Um seiner Bitte Nachdruck zu verleihen, wischte er sich den Schweiß von der Stirn.

»Oh. Natürlich. Wie unhöflich. Für Sie auch?«

»Das wäre nett«, bedankte sich Anna. Kaum dass Frau Mühlenberg das Zimmer verlassen hatte, wandte sie sich an Sophia. »Darf ich?«, fragte sie und deutete auf die Bettkante.

Sophia zuckte nur mit den Schultern.

Anna setzte sich und warf einen kurzen Blick in das noch aufgeschlagene Notizbuch.

Jan konnte nicht genau erkennen, was sie gezeichnet hatte, aber es sah düster aus. Schwarze Figuren mit langen, skelettartigen Fingern. Und Gräber. Er sah sich weiter um. Es war ein typisches Teeniezimmer. Helle Farben, pastellig, Poster irgendeiner Boyband an der Wand. Aber auch Flyer und Postkarten mit Naturmotiven. Und ein Bild von Sophia und ihren Freunden. Es stand etwas versteckt, als ob sie es nicht sehen wollte, jedoch auch nicht übers Herz brachte, es wegzuräumen.

»Wir machen uns Sorgen, dass jemand aus dem Chor …«

Anna suchte nach den richtigen Worten. »Von jemandem verfolgt worden ist.«

»Wer? Wer ist verfolgt worden?«

»Das darf ich dir leider nicht sagen. Aber – ist dir etwas aufgefallen? Hat dich jemand in den letzten Wochen angesprochen?«

»Wie meinen Sie das? Wie – angesprochen? Angemacht?«

Anna schüttelte sofort den Kopf. »Nein.«

»Ey, du Monster! Du Freak! So was?«

»Das – sagt das jemand?«

Sophia zog das Buch zu sich und klappte es zu. »Also was soll das hier, seit wann kümmert sich die Polizei darum, wenn jemand gemobbt wird?«

»Es kann sein, dass jemand eine Grenze überschreitet. Dass er handgreiflich wird«, schaltete sich Jan ein. Offenbar schien dieser Gedanke Sophia nicht zu beunruhigen. »Ist dir ein Typ aufgefallen, der dir nachschleicht?«

Ihre Hand wanderte zum Kragen ihres Hoodies, und ihre Finger begannen mit einem kleinen Kettenanhänger zu spielen.

»Was für ein Typ?«, fragte sie vorsichtig.

»Schlank, so groß wie mein Kollege hier«, meinte Anna. »Trägt möglicherweise eine Basecap.«

Sophia sah auf. Jan fing ihren Blick auf. Wie lebendig und wach ihre Augen leuchteten. Warum war sie so überrascht?

»Nein. Nein. Ist mir nicht aufgefallen.« Fast klang sie erleichtert.

»Und die anderen aus dem Chor. Du triffst dich noch mit ihnen?«

Etwas in ihrer Haltung veränderte sich. »Was hat meine Mutter gesagt?«

»Sie ist nicht da«, meinte Anna. »Und wir sagen ihr nichts von dem, was du uns erzählst.«

Noch immer knetete Sophia den Kettenanhänger. Sie schien abzuwägen. Schließlich schüttelte sie langsam den Kopf.

Jan lehnte sich an den Türrahmen und beobachtete Sophia genau.

Du weißt etwas. Du willst es nicht verraten. Du hast ein Geheimnis.

»Nur weil wir in einem Chor sind und alle in diesem Scheißbus waren, sind wir nicht beste Freunde. Die sind echt alt. Die haben ganz andere Probleme als ich.«

»Ziemlich massive Probleme«, meinte Anna. »Du weißt, dass Evelin sich das Leben genommen hat?«

In diesem Moment kam Sophias Mutter mit einem Tablett zurück, auf dem zwei Gläser und ein Krug mit Wasser standen.

»Evelin Meyers hat sich umgebracht?«, fragte sie hörbar erschüttert.

Jan nahm ihr das Tablett ab, bevor sie es noch fallen ließ, und schob es neben Anna auf das Bett. Dabei behielt er Sophia im Blick. Im Gegensatz zu ihrer Mutter schien sie ganz gefasst. Entweder sie hatte bereits von Evelins Tod erfahren, oder …

Hast du gewusst, dass es passiert?

Endlich erkannte er auch den Kettenanhänger, mit dem sie die ganze Zeit spielte. Es war eine Sonne mit langen, spitzen Strahlen.

Er hatte so einen schon gesehen. Auf einem Foto … Wo war das gewesen? … Bei Brandt. In der Rechtsmedizin. Bei den katalogisierten Dingen, die Evelin Meyers an ihrem Todestag bei sich gehabt hatte.

Der Altar, schoss es ihm durch den Kopf.

Der Sonnenaltar mit der Kobra. Das ist die gleiche Sonne.

»Sophia«, sagte er streng. »Wer ist es?«

Ertappt ließ sie den Anhänger los und zog den Teddy wieder vor sich. »Ich weiß nicht, was Sie von mir wollen.«

»Sophia, bitte«, sagte Jan und nickte zu ihrem Anhänger. »Du musst keine Angst haben, wenn du uns verrätst, von wem du das hast.«

Trotzig blitzten ihre blauen Augen ihn an, doch er wich ihrem Blick nicht aus. Sie wusste es. Die Sonne! Sie hatte eine Bedeutung – jemand war hinter den Chormitgliedern her, und Sophia wusste es nur zu gut. Wollte sie sich etwa auch das Leben nehmen?

Bilder von Leonie blitzten vor ihm auf. Wie hoffnungslos sie gewesen war, wie zerstört. Sie hatte in ihrem Zimmer gehockt, wochenlang, war nicht aufgestanden, hatte dagelegen und geweint. Sie hatte kaum gesprochen …

Doch sie war jetzt sicher. Sie hatte es zurück ins Leben geschafft. Auch wenn sie fortan jeden Tag gegen ihre Albträume kämpfen musste.

Sein Blick glitt über Sophias Haare und erhaschte ein wenig von ihren Narben, aus denen ihre linke Wange zu bestehen schien. Ihre Finger krallten sich in das plüschige Bärenfell.

»Wir können dir helfen, wenn dir jemand Angst macht. Wirklich. Das ist unser Job.«

»Angst?«, meldete sich Frau Mühlenberg. »In der Schule! Da ist doch die Clique, die …«

»Mama!«

»Sophia, bitte. Es ist wichtig. Hast du einen Brief erhalten? Auf schönem Papier? Oder … oder einen gefalteten Zettel? Verfolgt dich jemand?«

Schweigen.

»Wenn dich jemand bedroht, hilf uns, dir zu helfen.«

»Helfen? Sie mir?« Sie lachte bitter. »Das glaub ich nich'. Ich kenn keinen Basecap-Typen. Is' doch scheiße.«

»Sophia«, zischte ihre Mutter.

»Ja. Ist scheiße! Ist doch so! Ich hab gesagt, was ich weiß.« Sie stand auf, mied den Blick zu Jan und setzte sich auf den Drehstuhl vor ihrem Schreibtisch. »Können Sie jetzt bitte gehen.«

»Sophia«, versuchte es Jan noch einmal. »Ich hab ne Tochter in deinem Alter, die …«

»Gehen SIE!«, schrie Sophia plötzlich. »Hauen Sie einfach ab. HAUEN SIE AB!«

Jan spürte, wie zornig und verloren Sophia war. Sie mussten ausführlich mit ihrer Mutter reden. Anna musste das tun und ihr noch einmal anbieten, psychologische Unterstützung zu bekommen. Beide. Wahrscheinlich die ganze Familie.

»Okay«, lenkte Jan ein. »Danke, Sophia. Wenn du noch was weißt, dann ruf uns an.«

»Pass auf dich auf«, meinte Anna, und als hätte sie Jans Gedanken gelesen, forderte sie Frau Mühlenberg auf, doch mitzukommen und noch einmal mit ihr zu sprechen.

19

»Was hat ihre Mutter gesagt?«, fragte Jan Anna leise, als sie zum Auto trat. Die Sonne stand mittlerweile hoch am Himmel und briet alles, was ihr in die Quere kam.

»Das Gespräch war sehr gut. Sie will die Augen offen halten, aber sie gibt zu, wenig Zeit für Sophia zu haben. Ihr Mann ist wohl viel unterwegs, und sie arbeitet als Bürokraft bei einem Immobilienmakler.«

»Und noch mal eine Therapie?«

»Ich hab ihr eine für die ganze Familie nahegelegt.«

»Sehr gut.«

»Sie schien da ganz aufgeschlossen.« Gott sei Dank, dachte Anna, die schon ganz anderen Müttern gegenübergesessen hatte. Das Angebot zur Hilfe wurde oft als Angriff verstanden und das Annehmen als eigene Schwäche. Sie seufzte.

»Na, dann hoffen wir mal, dass sie einen Therapieplatz finden«, meinte Jan.

»Ja. Vielleicht haben sie Glück.« Trotz Leonies extremer Misshandlung hatte es viel zu lange gedauert, einen Platz für Jans Tochter zu ergattern.

»Sophias verbrannte Wange, das ist eine Sache. Aber was in ihr vorgeht … Ich will mir ihre Schmerzen gar nicht ausmalen – und zwar nicht nur die unmittelbaren beim Unfall.«

»In einem Bus zu stecken … in einem Tunnel … Ich will nicht wissen, was sie alles gesehen hat in den Flammen da unten.«

»Ja. Sie ist immer noch traumatisiert.« Anna ging zur Fahrertür und ließ sich von Jan die Schlüssel zuwerfen.

»Ich hab das jeden Tag an Leonie bemerkt, ich meine, wie schwer das ist, zurückzufinden.«

»Aber das hat sie doch gut gemeistert.« Anna stieg ein.

»Gott sei Dank. Ja. Wenn sie wieder da ist, will sie ihre Tischlerausbildung zu Ende machen.«

In seiner Stimme schwang jede Menge Stolz mit, wie Anna bemerkte. »Evelin Meyers war sicher auch stark traumatisiert.« Sie fuhr los, während es sich Jan auf dem Beifahrersitz bequem machte. »Können wir nicht jemand abstellen, der Sophia im Auge behält?« Sie machte sich Sorgen um das Mädchen. Nicht nur, weil sie womöglich auf der Liste des Täters stand. Sie hatte keinen sehr stabilen Eindruck gemacht.

»Dazu haben wir nicht genug Leute.«

»Es muss immer erst was passieren, oder?«

Jan seufzte. »Wir haben so verflucht wenig Anhaltspunkte. Meyers war Mitte dreißig, Becks beinahe sechzig, und Barak und Rehnagel waren Anfang vierzig. Frauen und Männer. Zwischen dreißig und sechzig. Das Einzige, was sie gemeinsam haben, sind der Chor und der Unfall. Haben sie alle einen Lammblutzettel im Magen?« Er lehnte sich zurück und starrte in den wolkenlosen Himmel über Hamburg. »Wir wissen nicht mal, ob unsere Theorie stimmt. Was, wenn Evelin ohne diesen ominösen Mörder die Kapsel mit dem Zettelchen geschluckt hat und gesprungen ist? Vielleicht war sie es selbst, die diesen Sonnenaltar errichtet hat. Sie kommt nicht mit ihrem Schicksal klar und bringt sich um.«

Es gab zu viele Unbekannte in ihrer Gleichung. Jan hatte recht. Und wieso hatte ausgerechnet sie, Anna, die Nachricht mit dem Hinweis auf die Morde erhalten? Was hatte sie damit zu tun? Diese Frage ließ sie nicht los. Sie setzte den Blinker und bog ab. Ihr Blick fiel in den Rückspiegel, wo ein brauner Passat Kombi zu sehen war. Der Wagen war seit einiger Zeit hinter ihnen.

Ein Mann mit Sonnenbrille fuhr ihn, schwer zu erkennen.

»Du glaubst doch selbst nicht, dass Evelin den Altar beim Elbtunnel aufgestellt hat.« Anna setzte abermals den Blinker, um sich auf die Krausestraße einzufädeln. Ihr Blick glitt noch einmal zum Spiegel. Für einen Moment dachte sie, der Wagen wäre anderweitig abgebogen, doch dann tauchte er wieder auf und folgte ihnen.

Annas Herz tat einen Sprung. Sie spürte, wie sie schlagartig nervös wurde. Ihre Handflächen fühlten sich am Lenkrad rutschig an.

»Was ist los?«, fragte Jan, der bemerkt hatte, dass sie nun so verkrampft dasaß.

»Der Wagen da. Hinter uns. Siehst du den?«

Jan kontrollierte seinen Seitenspiegel. »Der braune Passat?«

»Ja. Ich … ich weiß nicht, aber der fährt uns nach, glaub ich.«

Scheu beobachtete sie, wie Jan sich umdrehte und den Wagen fixierte, dann wieder in seinen Außenspiegel blickte. »Okay«, meinte er. »Fahr mal die nächste Straße links rein und dann im Zickzack durchs Wohngebiet. Mal sehen …«

Anna atmete tief durch. Wenn das wieder der Schatten war, dieser Typ, der sie im Haus ihrer Eltern angestarrt hatte, der ihren Namen gesagt hatte, als sie …

»Scheiße«, raunte sie, als sie bemerkte, wie der Wagen zwar in gehörigem Abstand, aber ohne Zweifel ihnen folgte und ebenfalls abbog.

Jan nahm das Funkgerät, gab ihre Kennung durch und bat um eine Überprüfung eines Wagens. Während Anna ein weiteres Mal abbog, diesmal in eine schmale Wohnstraße und betete, der Wagen möge abdrehen, gab Jan routiniert das Kennzeichen durch.

»Was ... was soll ich denn jetzt machen?« Ihre Hände waren rutschig, und ihr Herzschlag wummerte so laut, dass sie fürchtete, gar nichts anderes mehr wahrnehmen zu können. Ihre Augen sprangen vom Rückspiegel zum Seitenspiegel zu Jan und zurück.

»Achte auf den Verkehr. Ganz ruhig.« Er legte eine Hand auf ihre, die sich ans Lenkrad krallte. »Gleich wissen wir mehr. Pass auf, da vorne fährst du rechts. Da is'n Autohändler, mein ich.«

»Und dann?«

»Einfach auf den Parkplatz fahren. Der hat nur eine Zufahrt. Und wenn er einbiegt, dann setzt du dich vor den Ausgang.«

»Scheiße«, fluchte sie abermals. »Ich bin verdammt noch mal Psychologin und nicht ...« Sie verstummte, weil Jan seine Dienstwaffe zog und sie durchcheckte.

Er nahm noch mal das Funkgerät und rief die Zentrale.

»Sekunde. Kommt ...«, lautete die Antwort.

Ein zwei Meter hoher Gitterzaun sperrte das Gelände des Autohändlers ab. Es war ein kleiner Gebrauchtwagenmarkt mit übersichtlichem Angebot. Bunte Fahnen hingen schlaff herab, und niemand war in dem barackenartigen Gebäude am Ende des Parkplatzes zu sehen. Anna bog ein, fuhr auf dem Schotterplatz an den parkenden Wagen vorbei und zog eine Schleife. Lauernd hielt sie zwischen zwei Wagen, die Einfahrt in Sicht, bereit, Gas zu geben, um sich zwischen den Passat und den Ausgang zu stellen.

Da. Der braune Kombi kam angefahren. Sie hielt den Atem an, konnte ihn hinter dem Gitterzaun sehen. Er wurde langsamer ... Gleich würde er einbiegen und ...

Der Wagen gab Gas.

Wer immer drinsaß, hatte die Finte gerochen.

Jan fluchte. »Gib Gas. Los! Los!«

Anna drückte das Gaspedal durch. Der Wagen schoss auf dem Schotter vor, Staub wirbelte auf, dann fegte sie aus der Zufahrt und riss das Steuer rum.

Vor ihnen. Der Passat. Keine fünfzig Meter.

»Drück drauf!« Jan pflanzte das Blaulicht aufs Dach.

Der Kombi bremste scharf ab. Ein Möbelwagen, der in eine zu enge Parklücke wollte, versperrte den Weg.

»Jetzt ist er dran!«, frohlockte Jan, und Anna bremste hinter dem Wagen scharf ab.

Er zögerte nicht, stürzte aus der Tür, riss die Waffe hoch. »Raus! Raus aus dem Wagen!«, hörte sie Jan brüllen, sah zu, wie er auf die Fahrerseite zielte und, die Waffe im Anschlag, professionell auf den Wagen zuging. Sie schnallte sich ab und stieg ebenfalls aus.

Die Zentrale meldete sich, gab irgendwas durch, aber Anna achtete nicht darauf. Mit angehaltenem Atem starrte sie auf die Fahrertür, der sich Jan Schritt um Schritt näherte.

Er hatte ihn. Diesen Kerl, der ihr nachgestiegen war – der von den Morden wusste. Sie hatten ihn.

Endlich löste sie sich aus der Starre und zog ebenfalls ihre Waffe. Bisher hatte sie sie noch nie im Einsatz gebraucht, geschweige denn gezückt. Tausend Szenarien wirbelten in ihrem Kopf herum. Wie war das? Wo stehen? Wie zielen? Wie Deckung geben … Ruhig bleiben, ganz ruhig …

Jan. Geh bloß nicht zu nah ran …

Die Sonne spiegelte sich in den Scheiben. Sie konnte im Innern des Wagens niemanden mehr erkennen. Anna fasste die Waffe fester. Sie fühlte sich so schwer an. Ihr lief der Schweiß in die Augen und brannte.

Da zog Jan abrupt die Fahrertür auf. Ein Typ streckte die Arme hoch.

»Polizei! Aussteigen.«

»Gott! Nehmen Sie die Waffe weg.«

»'n Scheiß tu ich!«, zischte Jan. »Kommen Sie raus. Schön langsam.«

Anna trat näher, konnte von schräg hinten sehen, wie ein sportlicher Typ – Jeans, T-Shirt, Basecap – sich aus dem Passat schob.

Er war es.

Ihr Herz trommelte wie wild.

»Hände, dass ich sie sehen kann! Gesicht zum Wagen.«

»Komm schon! Ich hab nichts getan, ey!«, maulte der Mann, hielt die Arme erhoben.

Sein Gesicht hatte sie noch nicht gesehen – trotzdem, es gab keinen Zweifel. Die Statur passte …

»Arme aufs Wagendach!« Jan trat die Füße des Typen ein bisschen zur Seite, sodass er breitbeinig dastand und seine Hände auf den Passat presste. Während Jan die Waffe wegsteckte und den Mann abklopfte, trat Anna näher …

… und erstarrte.

Denn der Mann sah sie an, schien sie mit seinen braunen Augen zu durchbohren. Und er lächelte schief.

Anna stutzte. »Das … Kian? Kian Kruger?«

20

Jan blätterte noch einmal durch die dünne Akte, die Anna ihm hingeschoben hatte. Es waren bloß ein paar Seiten, die sie aus dem Polizeicomputer gezogen hatte. »Kian Kruger«, stellte er fest. »Wohnhaft in Hamburg, Iserbrook. Ledig. Keine Kinder. Dreiunddreißig. Arbeitet als Rettungssanitäter. Zweimal vorbestraft.«

»Ja. Und die eine Vorstrafe hätte aus der Akte getilgt werden müssen.«

Da musste Jan ihr recht geben. Wie es aussah, lag eine Jugendstrafe, die er für Körperverletzung bekommen hatte, schon mehr als fünfzehn Jahre zurück. »Trotzdem nicht uninteressant, wie er an den Job gekommen ist. Mit zarten siebzehn wegen Körperverletzung an seiner Freundin verurteilt, dann mit neunundzwanzig wegen schwerem Diebstahl und Drogenbesitz. LSD. Sieh an ...«

»Vor vier Jahren«, ergänzte Anna. »Er wurde verurteilt, weil er aus einer Kirche zwei Heiligenbilder und einen liturgischen Krug geklaut hatte.«

»Hm. Aus einer Kirche ...?«

»Ja. Ziemlich verrückt. Schwerer Diebstahl. Deswegen saß er ein, als ich ihn kennengelernt habe. Um ehrlich zu sein, ich glaube, er hat mehr geklaut, als sie ihm nachweisen konnten. Und er war nicht gerade zimperlich, was Mitinsassen anbelangte.«

»Du hattest im Studium mit ihm zu tun?«

»Im Praktikum. Ja. Er war mein ... Abschlussbericht, sozusagen.«

»Na, das klingt ja schmeichelhaft.«

»Ich hab ein Praktikum im psychologischen Dienst gemacht. JVA Glasmoor. Da gings vor allem um die Bewertung des offenen Vollzugs und die psychologische Einschätzung der Täter. Und da bekam ich Kian Kruger zugeteilt. Wir hatten einige Sitzungen, und ich sollte beurteilen, ob er Freigang bekommen kann.«

»Und? Wie war der Befund?«

»Meiner?«

Jan nickte und schlug die Akte zu.

»Der hat nicht zum Gutachten beigetragen, ich war ja nur Praktikantin und …«

»Sag's trotzdem. Dein Befund. Wie schätzt du diesen Mann ein?« Er stand auf, ging zur halb verspiegelten Scheibe hinüber, sah ins Verhörzimmer 3, wo Kruger an einem nackten Tisch saß. Der Mann harrte der Dinge, die da kommen mochten. Er war auf seinem Stuhl vorgerückt, lehnte lässig da und wirkte eher gelangweilt als ertappt oder ängstlich.

Seine Statur war schlank, dennoch muskulös, und sein Erscheinungsbild wirkte gepflegt. Wenn man sein verschwitztes Shirt und die rote, durchgeweichte Basecap übersah.

»Damals hat der Psychologe der JVA untersucht, ob Kruger eine Schizophrenie ausbilden könnte«, erklärte Anna. »Kruger hat bei seiner Festnahme behauptet, er brauche die Heiligenbilder, um seine Mutter vor der Hölle zu bewahren. Sein Nachbar würde ständig den Kamin anmachen, weil er Leichen verbrenne, und der hätte es auch auf seine geliebte Mutter abgesehen … So Zeug.«

»Vielleicht lag's am LSD? Klingt ziemlich verschroben.«

»Drogen hin oder her. Es waren durchaus erste Zeichen eines Beziehungswahns. Allerdings hat er seine Aussage bei den Sitzungen in der JVA immer abgestritten und behauptet, er habe die Bilder irgendwie cool gefunden und für sich und seine kranke Mutter klauen wollen. Und die Drogen waren auch für sie.«

»Vielleicht war's 'ne Taktik.«

»Vielleicht. Ich habe jedenfalls keine weiteren Anzeichen für eine Schizophrenie feststellen können. Verfolgungswahn, ja. Hat er gezeigt. Milde. Aber das würde ich im Knast wahrscheinlich auch. Halluzinationen? Nein ... Seine Mutter hatte Krebs im Endstadium damals. Er hatte mit ihr zusammengewohnt, bevor er inhaftiert wurde. Muss eine ziemlich schmerzvolle Phase in seinem Leben gewesen sein. Schließlich hat er Freigang bekommen.«

»Und seine Strafe abgesessen. Er ist vor zwei Jahren raus und hat anscheinend eine Schulung als Rettungssanitäter begonnen.«

Anna stellte sich ebenfalls an die Scheibe und sah sich Kruger an. »Bei ihm war es immer schwer einzuschätzen, ob er die Wahrheit sagt oder genau weiß, was wir hören wollen. Der Typ ist ziemlich intelligent und auf Zack.«

Da schwang eine gewisse Faszination mit, wie Jan feststellte. Anna musste seine Skepsis bemerkt haben, denn sie führte aus: »Ich hatte das Studium angefangen, war noch recht frisch. Und er war mein allererster wirklicher Fall. Meine ersten richtigen Sitzungen hatte ich mit ihm. Das war schon faszinierend, ja.«

»Warum bricht er bei dir ein und droht dir?«

»Ich weiß es nicht, Jan. Ich ... wir hatten die drei Monate in der JVA immer ein gutes Verhältnis. Ich hab damals für den Freigang gestimmt. Auch damit er seine Mutter noch sehen konnte. Wir waren im selben Alter, und er hat mich als Vertrauensperson gesehen ... Glaube ich.«

»Wahrscheinlich war er verknallt.«

Anna bedachte Jan mit einem abschätzigen Blick.

»Weißt du, was mir Sorge bereitet? Wenn es wirklich er

war, der mit dem Lammblut und der Todesanzeige … Dann hat er dich irgendwie aufgespürt oder …«

»… oder die ganzen letzten Jahre meinen Werdegang verfolgt. Das wäre krass.«

Jan nickte reichlich besorgt und klopfte schließlich mit der Akte auf den Tisch. »Na gut. Dann wollen wir mal. Ich geh rein und bin keine Vertrauensperson. Mal sehen, was er zu sagen hat.«

Anna nickte.

21

Das Verhörzimmer lag am Ende eines schmucklosen Flurs im zweiten Stock des sternenförmigen LKA-Gebäudes. Jan mochte den Raum. Es hatte eine Zeit gegeben – die Wochen nach dem Tod seiner Frau Hannah –, da war er öfter in der Mittagspause hierher statt in die Kantine gegangen, hatte sich an den antiseptisch-cleanen Tisch gesetzt und seinen Quark und sein Ei gegessen. Weit weg von allem.

Anna hatte mal gemutmaßt, dass ihn das Zimmer an den Boxkeller erinnere. Mann gegen Mann. Allerdings lag Anna falsch. Jan mochte den Raum, weil er so extrem still war. Die Beleuchtung war angenehm, der schlichte Tisch, die einfachen Stühle. Es gab keine Fenster. Keine Geräusche von draußen, kein Straßenlärm, keine Stimmen aus den Büros. Es war ein wenig so wie an seinem Lieblingsplatz an der Elbe, an dem er oft stand, Klassik hörte und auf den Fluss sah – in Zimmer 3 konnte man fern der Welt sein.

Es sei denn, man musste jemanden verhören.

»Herr Kruger.« Mit einem Lächeln zog Jan den zweiten Stuhl vom Tisch und setzte sich. »Ich frage Sie jetzt mal ganz direkt: Sind Sie bei Frau Wasmuth eingebrochen? Haben Sie die Drohung hingelegt?«

»Drohung?«, fragte Kruger missbilligend und schüttelte den Kopf. »Genau das hab ich erwartet.«

»Was? Dass wir Sie vorläufig festnehmen?«

»Dass ihr Bullen mir sofort was unterstellt.«

»Ach, tun wir das? Ich glaube kaum, dass es eine Unterstellung ist, wenn ich sage: Sie haben bei Frau Wasmuth eingebrochen. Und Sie wollten ihr Angst machen. Warum

Frau Wasmuth? Sie kennen Sie aus dem Knast, richtig? Ist da noch was offen zwischen ihnen?«

»Was? Blödsinn.« Krugers Blick streifte erst Jan, wanderte dann zum Spiegel. Er wusste ganz genau, dass Anna dahinter jedes Wort des Verhörs verfolgte.

Die Klimaanlage surrte monoton vor sich hin. Nervös leckte Kruger sich über die Lippen. Er schwieg.

»Sie wussten, dass Frau Wasmuth gerade dorthin gezogen war. Sie sind ihr schon länger gefolgt. Richtig? Sie haben sie beobachtet. Dann haben Sie den Brief hingelegt und ihr weiter nachgestellt. In der Kirche, bei ihren Eltern …«

Jan konnte spüren, wie es in dem Mann arbeitete. Seine Haut war fahl, beinahe weiß. Viel an die frische Luft schien Kruger nicht zu kommen.

»Ich … ich wollte Anna keine Angst machen.«

»Anna?«, fragte Jan überrascht.

»Frau Wasmuth«, berichtigte sich Kruger. »Ich dachte, sie ist nicht da. Es war ja alles noch voll von den Kartons und so. Die Tür stand offen …« Er seufzte. »Ja. Ich bin rein.«

»Sie sind in ihre Wohnung eingedrungen und haben den Brief in die Küche gelegt?«

Er nickte.

»Sagen«, forderte Jan ihn knapp auf und deutete auf den Sprachrekorder, der zwischen ihnen auf dem Tisch lag und alles aufzeichnete.

»Ich hab den Brief auf den Küchentisch gelegt«, gab Kruger zu. »Jetzt zufrieden?«

Jan antwortete nicht, sondern sah auf seinem Handy etwas nach. »*Auch du wirst das Licht sehen!* Das haben Sie, Herr Kruger, geschrieben. Für mich klingt das wie eine Drohung.«

»Ich …« Er richtete sich auf. »Das habe ich nicht geschrieben! Das hat ER geschrieben. Er.«

Na endlich kommt mal Leben in dich. Sehr gut. Komm! Lass mal was hören …

»Er? Aha.«

Kruger biss die Zähne zusammen. Anscheinend hatte er schon mehr preisgegeben, als er eigentlich sagen wollte.

»Dann lassen Sie mal hören. Wer ist denn dieser ›er‹?«

Kruger schwieg. Es dauerte eine Weile, bis er erneut begann: »Ich will mit Anna reden! Die ist doch jetzt in eurem Verein. Sie soll nachforschen.«

»Wegen Evelin Meyers Tod? Sie wissen, dass Frau Wasmuth keine Ermittlerin ist. Sie ist Psychologin. Das ist Ihnen klar?« Jan warf einen kurzen Blick über die Schulter zum Raum hinter dem Spiegel, doch von hier aus sah er nur sich und Kruger.

Kruger begann, nervös mit seiner Basecap zu spielen, drehte sie in den Händen.

»Warum rufen Sie nicht bei uns an? Schicken eine E-Mail an die Zentrale? Oder kommen hierher? Wenn jemand den Tod von Evelin Meyers untersuchen soll …«

»Weil dann genau das passiert wär', was jetzt passiert is'.«

»Und das wäre?«

»Dass Sie mich für einen Mörder halten! Euch Bullen is' doch nicht zu trauen.« Unruhig rutschte Kruger auf seinem Stuhl hin und her. Sein Blick flog Hilfe suchend zum Spiegel, als wollte er Anna anflehen einzugreifen. Jan fiel auf, wie sehr er sich an die Basecap klammerte, sie zwischen den Händen zerdrückte, als könnte sie ihn vor dem Ertrinken retten. »Kann ich … kann ich ein Glas Wasser …?«

»Nein«, meinte Jan streng, um Kruger weiter aus der

Reserve zu locken. Es war ganz offensichtlich, dass er nicht alles sagte, was er wusste.

»Woher kannten Sie Evelin Meyers, und in welcher Beziehung standen Sie zu ihr?«

»Ich war ihr Freund. Nich' ihr Mörder. Ihr Freund!«

»Sie hatten eine Beziehung?«

»Ja! Ich hab sie nach ihrem Unfall kennengelernt.«

»Gut. Und beim Unfall selbst? Hatten Sie da Schicht?«

»Nein. Nein. Ich … ich war gar nicht in der Stadt.«

»Und letzte Woche? Am Freitag in der Kirche?«

»Ich hab auf Evelin gewartet. Zu Hause. Aber … er …«

Kruger verstummte.

»Also kein Alibi. Wer ist ›er‹?«

Kruger sah sich um, als stünde plötzlich jemand hinter ihm. Sein Blick scannte den Raum. »Kann ich mit Anna sprechen?«

»Nein. Können Sie nicht … Wer ist ›er‹? Wir sollen doch helfen, also. Was wissen Sie?«

Kruger schloss die Augen. Wieder rang er mit sich, doch schließlich schüttelte er den Kopf, als fightete er einen innerlichen Kampf aus. »Nein. Ich … Nein, ich kann das nicht sagen. Er weiß das alles. Er sieht alles. Er ist doch überall. Wenn ich das sage, dann …«

»Was dann?«

»Sie sollten alle sterben. Sie sollten alle bei dem Unfall sterben, aber sie sind es nicht … Sie sollten alle tot sein!«

»Und jetzt bringen Sie sie um? Gerd Becks. Hamza Kollzki. Sabine Rehnagel. Evelin!«

»Nein!«, schrie Kruger. »Ich bringe keinen um. Ich nicht! *Er!* Er bringt sie um.«

»Wer?!« Auch Jan wurde lauter.

Kruger hielt seinem Blick keine Sekunde stand. Aus dem coolen Typen, der auf dem Stuhl fläzte, war binnen Minuten ein ängstliches Reh geworden. Jan wusste nicht, was er davon halten sollte. Es war beinahe, als verwandelte sich Kian Kruger vor seinen Augen.

Als wäre er nicht sicher, wer er wirklich ist ...

»Anna. Ich ... ich will mit Anna reden.«

Seufzend richtete sich Jan auf. Es hatte keinen Sinn, Kruger war zu verstört.

Oder spielt er nur gut?

Vielleicht half es, den Druck vom Kessel zu nehmen.

»Mit Anna. Okay. Wenn Sie dann mit der Wahrheit rausrücken. Das wäre ja schön«, meinte er versöhnlich und winkte zum Spiegel.

Anna hatte sich nah an den Tisch gesetzt und sah zufrieden, wie er sich das Glas Wasser nahm, das sie ihm mitgebracht hatte. »Ich glaube Ihnen, Herr Kruger«, meinte sie. »Ich glaube, dass Sie wirklich dachten, ich wäre gar nicht da. In meiner neuen Wohnung.« Sie musste sich anstrengen, ruhig und besonnen zu klingen. Eigentlich wusste sie im Moment überhaupt nicht, was sie glauben sollte.

»Waren wir nicht mal beim Du?«

»Du hast recht.« Sie erwiderte sein Lächeln so offen, wie sie konnte. Ein Trick, um Klienten zu beruhigen und ihnen Halt anzubieten.

Er wischte sich den Schweiß von der Stirn. »Wir haben uns lang nicht gesehen, Anna.«

»Ja. Das stimmt.« Sie rückte etwas näher. »Du hast dich an mich gewandt, weil du mir vertraust, ja?«

Er nickte. »Du hast dich für mich eingesetzt, damals. Die dachten alle, ich bin verrückt. Aber du hast dich für mich eingesetzt.«

Das stimmte nicht wirklich, zumindest war es reichlich zugespitzt, doch Anna nickte stumm.

Seine dunklen Augen fixierten sie. »Ich hab sie im Krankenhaus kennengelernt. Evelin. Nach dem Unfall. Bin ihr zufällig über den Weg gelaufen. In der Pause mal und als ich einen Patienten ... Wir sind uns nähergekommen. Ich dachte, ihr geht es gut. Aber da war so eine Sehnsucht in ihr ...« Kruger schluckte. »Sie hat immer vom ... Licht gesprochen. Von der Wärme, der Ruhe dieses Lichts ...«

Anna horchte auf. »Was für ein Licht?«

»Das Licht des Todes.«

Anna sah sich zu Jan um, der ihr stirnrunzelnd zu verstehen gab, dass sie weitermachen solle.

»Wurde sie wiederbelebt?«

Kruger nickte. »Sie hatte solche Schmerzen. Aber sie hat sich zurückgekämpft. Ins Leben ... Aber dieses Licht ... Es hat sie nicht mehr losgelassen.«

»Hat das Licht sie geholt? Ist *er* das Licht?«

Wieder sah sich Kruger um, diesmal gehetzt. Er blickte hinter sich, horchte. Als wäre jemand im Raum. »Er ... er holt sie alle«, brach es flüsternd aus ihm heraus. »Alle. Alle, die bei dem Busunfall dabei waren. Anna, er bringt sie alle ins Licht.«

»Du weißt, wer es ist. Sag es uns.«

Nervös drehte er die Basecap, die das Logo irgendeines Sportvereins trug, zwischen den Fingern. »Nein. Nein. Er tötet sie alle. Und mich auch. Er weiß alles. Er weiß, wo ich bin. Er weiß alles ... Er sieht es ... Er sieht mich. Er beobachtet mich! Er ist immer da, weißt du ... Du ... du musst ihn stoppen.«

»Das werde ich.« Um ihn zu beruhigen, nahm sie seine Hand. Sie fühlte sich verschwitzt an, ganz kühl. »Ich versprech's dir«, sagte sie mit ruhiger Stimme. »Wir werden ihn aufhalten. Okay. Kian, kennst du ihn?«

Kruger holte Luft. Sein Blick hielt sich an Annas fest, sie

sah, wie er Mut fasste, wie er sich zwang, seine Angst zu überwinden. »Ich …«

Dieck stieß die Tür auf. »Nygård?«

Kruger zuckte erschrocken zurück, riss dabei das Glas um, das mit einem lauten Knirschen zersprang. Wasser lief über die Tischplatte, schwappte auf seine Hose.

»Kein Problem.« Vorsichtig stellte Anna das Glas hin und klaubte die Scherben auf. Ihr entging nicht, wie verstört Kruger Dieck und Jan musterte, als wäre er aus einem Traum erwacht. Oder einem Panikschub entkommen. Was immer er wusste – der Moment war dahin.

»Ich … ich will 'n Anwalt«, meinte Kruger trocken.

»Jan?«, forderte Dieck ihn auf, mit ihm kurz rauszukommen.

»Du kannst ihn nicht einfach in Gewahrsam nehmen!«, fuhr Dieck Jan an, kaum dass sie den Verhörraum verlassen hatten.

»Er hat zugegeben, den Brief bei Anna deponiert zu haben. Also wusste er vom Mord an Evelin Meyers. Und er weiß noch 'ne Menge mehr.«

»Dann bleibt er ein Zeuge. Wenn du ihn wegen Einbruchs verhaften willst, dann nur zu.«

Jan knurrte. »Der Typ benimmt sich ziemlich auffällig, wenn du mich fragst. Der Einbruch ist doch nur 'ne Bagatelle.«

»Da hast du recht. Aber wenn du ihn als Zeugen vernehmen willst, dann lad ihn nächstes Mal ordnungsgemäß vor. Kannst von Glück sagen, dass er nicht sofort mit einem Anwalt gekommen ist.«

»Michael …«

»Nichts da, *Michael.*« Dieck zeigte mit seiner Aktenmappe Richtung Verhörraum. »Setz ihn auf die Liste, und lad ihn vor, wenn ihr was Handfestes habt. Aber nicht so.«

»Micha …«

Doch Dieck wollte keine Einwände mehr hören. »Was ist überhaupt mit Anna Wasmuth? Da hattest du auch eine klare Ansage. Richtig?«

»Ich brauche sie bei dem Fall. Es geht hier um seelisch verletzte Menschen. Ich brauche wen, der sich mit so was auskennt.«

Dieck seufzte. »Das machst du doch mit Absicht. Bloß nicht auf meine Weisungen eingehen! Deine Freundin, Staatsanwältin Roger, hängt mir wegen eurer nächtlichen Sektion im Nacken! Und wenn die auch noch von der Aktion hier Wind kriegt … Du kannst doch nicht die Staatsanwaltschaft übergehen. Zweimal! Und mich auch nicht!« Er winkte ab und zog die Tür zum Verhörraum auf. »Herr Kruger? Sie können jetzt gehen. Wir danken Ihnen für Ihre Unterstützung. Kommen Sie bitte, Herr Kruger, ich bringe Sie raus.«

Irritiert sah Anna zu, wie Kruger seine Basecap nahm, ihr noch einen Blick zuwarf und schließlich zu Dieck trat.

Jan und Kruger musterten sich, als Kruger sich an ihm vorbeischob. Und für einen Lidschlag war es Jan, als lächelte dieser Kruger ihn an.

Jan lief es kalt den Rücken runter. Spielte dieser Typ mit ihnen?

Dieck führte Kruger den Flur runter, ohne Jan noch einen Blick zu schenken.

»Was meinst du?«, fragte Jan Anna, die zu ihm in den Flur trat. »Ich hab bei dem ein echt schlechtes Gefühl.«

»Er hat Angst. So viel steht fest.«

»*Er wird sie alle töten* … Klingt für mich, als hätte er zu viele Horrorfilme gesehen. Der will uns verarschen. Hast du bemerkt, wie er sich immer umgesehen hat?«

»Ja. Hab ich.«

»Was, wenn er selbst dieser ›er‹ ist. Kann doch sein, oder?«

»Kruger? Du meinst, er hat eine gespaltene Persönlichkeit?« Anna lachte, aber es klang eher ratlos. »Also, wenn so was wirklich möglich ist, dann ...« Am Ende des Flurs öffnete sich der Fahrstuhl. Sie sahen zu, wie Kruger mit Dieck einstieg. Er drehte sich noch mal um und lächelte Anna zu, bevor sich die Türen schlossen.

»... dann müsste ihm etwas äußerst Extremes zugestoßen sein«, fuhr sie fort. »Etwas so Traumatisches, dass sich ein Teil von ihm abspaltet und eine neue Identität bildet.«

»War nur 'ne Überlegung ... Du hast doch gesagt, dass ihr damals schon spekuliert habt, ob er schizophren veranlagt ist.«

»Schizophren zu sein heißt noch lange nicht, dass er eine gespaltene Persönlichkeit hat. Letzteres ist, wie gesagt, auch fachlich sehr umstritten.«

»Also glaubst du ihm? Dass er dir nicht drohen, sondern dich nur auf den Fall ansetzen wollte?« Jans Telefon begann zu klingeln, aber er ließ es in der Tasche stecken.

»Anscheinend betrachtet er mich als seine Vertrauensperson. Ich meine, ich habe immerhin drei Monate lang jeden Tag mit ihm gesprochen. Intensiv. Da war niemand in der JVA, der sich so lange seine Nöte angehört hat. Über seine kranke Mutter ...«

»Du hast die Frage nicht beantwortet.«

Anna überlegte. Lange. »Um ehrlich zu sein: Ich weiß es nicht. Ich kann's dir nicht sagen. Trau ich ihm? Hm. Keine Ahnung – aber ich weiß, dass er mehr weiß. Und ich glaube, er würde mir mehr verraten, wenn ...«

»Vergiss es.«

»Ich habe doch noch gar nichts gesagt, ich ...«

»Doch. Du willst dich mit ihm treffen und ihm auf den Zahn fühlen.«

»Wenn jemand was aus ihm rauskitzeln kann, dann vielleicht ich.«

Jan musste schlucken.

Es riecht nach Rattenscheiße in der Dunkelheit. Der Schuppen ist eisig kalt. Er kann seinen Atem sehen, als wäre er sein Geist, seine Seele, die durch die Ritzen nach draußen strömt und für immer verschwindet ...

Hannahs Blut vermischt sich mit der ausgelaufenen Limonade. Seine Frau sieht ihn an, so mahnend, so überrascht ...

Die Kette um Leonies Hals raubt seiner Tochter den Atem. Der Killer hat sie geschminkt und ...

Erst seine Frau, dann beinahe seine Tochter ... Auch Anna war dem Serienkiller beim letzten Mal nahegekommen. Viel zu nahe. Er würde es nicht ertragen, wenn noch jemandem etwas zustieße. Wenn Anna verletzt würde.

»Selbst wenn«, meinte er. »Das ist keine Option. Er hinterlässt blutige Briefe und stellt dir nach. Es wäre schön, du hältst Abstand«, meinte er schroffer, als er beabsichtigte.

»Meinst du nicht, ich kann das selbst einschätzen?«

»Weiß nicht. Du hast gerade gesagt, dass du es selbst nicht weißt. Also belassen wir es dabei. Einverstanden?«

Anna antwortete nicht. »Willst du nicht endlich rangehen?«

Jan zückte das klingelnde Handy. Es war Leonie, die sich vom Chiemsee meldete. Froh, die Stimme seiner Tochter zu hören, entfernte er sich ein paar Schritte und spürte Annas Blicke im Nacken. Sollte sie doch denken, er sei ein Macho oder wie auch immer man das neuerdings nannte. Er wollte nicht auch noch sie verlieren.

22

Jan war mit den Gedanken noch immer bei Leonie und ihren lebhaften Erzählungen, als er das Altenheim betrat. Im Gegensatz zu Sophia hatte Leonie anscheinend einen Großteil ihres Traumas überwunden. Und auch wenn sie das Geschehene niemals aus dem Kopf verbannen konnte, so hatte sie vielleicht durch die Therapiesitzungen und die Rehas gelernt, mit dem unvorstellbaren Schrecken zu leben.

Während er den Fahrstuhl rief, glitten seine Gedanken zu Anna. Wie konnte sie nur auf die bescheuerte Idee kommen, einem Ex-Knacki wie Kian Kruger auf den Zahn fühlen zu wollen. Der Gedanke daran stellte ihm die Nackenhaare auf.

Er öffnete seine Motorradjacke. Das T-Shirt drunter war nass von Schweiß und klebte an seinem Rücken.

Alle. Alle, die bei dem Busunfall dabei waren. Anna, er bringt sie alle ins Licht.

Am liebsten hätte er Krugers Haus durchsuchen lassen. Aber Roger hatte noch nicht einmal vom Richter alles Nötige erhalten, um endlich einen oder mehrere der sechs restlichen Toten auszugraben, und die Faktenlage bei Kruger war verflucht dünn. Dieck hatte Jan sehr deutlich zu verstehen gegeben, dass sie noch nicht mal eine Grundlage dafür hatten, ihn überhaupt im LKA zu verhören.

Immerhin hatte Kruger seine Verbindung zu Evelin Meyers zugegeben und dass er für die Nachricht verantwortlich war. Jetzt brauchten sie endlich einen Beweis, dass die anderen ebenfalls Mordopfer waren. Sobald der vorlag, würde er sich diesen Kerl ordentlich zur Brust nehmen.

Jan wusch sich auf der Toilette Hände und Gesicht, dann

schlenderte er durch den mit Klimt-Kunstdrucken verzierten Flur zum Zimmer seines Vaters.

Die Tür stand ein Stück offen, und Jan zögerte, sie aufzustoßen. Heimlich sah er durch den Türspalt.

Gunvald saß reglos auf seinem Bett. Er hielt die Augen geschlossen und schien zu beten. Sein Gemurmel glich einem Singsang. Ein monotones Zwiegespräch.

Jan konnte nur Bruchstücke verstehen. »Bitte hilf mir, Vater … ich nicht verrückt … Hilf mir, dass ich nicht … dämlichen Scheiß sage. Manchmal weiß ich nicht, wo ich bin.«

Er wirkte dünn und alt, wie er mit gefalteten Händen dasaß. So seltsam zerbrechlich.

Jan überlief ein Schauer. Seinen Vater derart entrückt zu sehen, widerte ihn an.

Was für ein Recht hatte Gunvald, sich an Gott zu wenden? Ausgerechnet an Gott.

Bei all seinen Taten hätte der Alte lieber die Klappe halten sollen und …

Die Gedanken beschämten ihn. Er sollte nicht mehr wütend auf seinen Vater sein. Er war nicht hier, um mit ihm Streit zu suchen. Dennoch war es ein so befremdlicher Anblick, ihn, seinen Vater, Gunvald, derart in sich gekehrt und fast demütig zu sehen.

»Ist das nicht bescheuert«, murmelte Gunvald vor sich hin. »Ich meine, ich bin doch nicht blöd. Ich bin doch kein Idiot, wie die Kinder, diese Geisteskranken in der Klinik da in Stockholm, damals.«

Jan drückte die Tür auf und räusperte sich.

»Jan?« Überrumpelt sah sein Vater auf, löste die gefalteten Hände.

»Stör ich?«

»Was? Nein. Wieso?« Gunvald sah sich um, suchte wohl

eine Ausrede, warum er am Kopfende seines Bettes saß, wusste nicht recht, wohin mit seinen Händen. »Das Mittagessen war scheiße. Ist mir voll auf den Magen geschlagen.«

»Verstehe.« Mit einem gezwungenen Lächeln trat Jan näher und roch die Ausdünstungen seines Vaters. Von Jahr zu Jahr roch er mehr nach Alter und … Verwesung.

Sei nicht so fies. Er riecht, wie ein alter Mann eben riecht.

»Ich dachte, ich besuche dich mal.«

»Einfach so?« Gunvalds Blick war mehr als skeptisch.

»Ich kann auch wieder gehen.«

»Nein. Ist schon gut. Ist gut.«

»Wir könnten ja runter in den Park, den hinterm Haus.«

»Das is' kein Park, das is 'n Scheißrasen.«

»Na, dann eben auf den Scheißrasen.« Verflucht. Er war Ende vierzig, und sein Vater schaffte es noch immer, dass er sich wie ein blöder Schuljunge vorkam.

Wieso mach ich das überhaupt?

Du brauchst wen im Ring. Und wenn es der dunkle Schatten deines Vaters ist … Das hatte Anna mal gesagt. Aber was zum Henker wusste sie schon von Gunvald und Jans Familie? Was wusste sie vom Schuppen und der Dunkelheit und dem Weinen seiner Mutter?

Wieso musste er sich auch auf den Mist hier einlassen?

Weil du ein verlorener Mensch bist.

Auch das hatte Anna gesagt. Und damit wohl ins Schwarze getroffen. Ein echter Knock-out.

Jan atmete durch und fixierte das Fenster, hinter dem der strahlend helle Tag mit seiner Hitze lauerte. »Gehen wir nun?«

»Jaja. Hilf mir mal hoch.«

Zehn Minuten später schlenderten sie aus dem Haus in den angrenzenden Park. Er war tatsächlich kaum mehr als ein Rasen mit einem Weg drumherum und vier Sitzbänken. Immerhin gab es einen winzigen Teich, auch wenn er etwas vernachlässigt und durch die Hitze halb ausgetrocknet dalag. Der Engel, der in der Mitte auf einem Stein saß, stellte wohl Rafael dar. Zumindest prangte der Name unter den nackten Engelsfüßen auf einem Bronzeschild.

Schweigend saßen sie einen Moment zusammen. Die Sonne ließ Jan wieder den Schweiß runterrinnen. Jan starrte auf den blöden Teich und wusste nicht, was er zu seinem Vater sagen sollte. Und als er sich zu ihm drehte, bemerkte er, dass der Alte die ganze Zeit bloß stumpf auf zwei Frauen gestarrt hatte, die am Ausgang des Altenheims standen und tratschten.

Wahrscheinlich, dachte Jan, überlegt er, wie es ist, eine von ihnen flachzulegen. Kaum gedacht, schämte sich Jan für den Gedanken.

»Ist es irgendwie besser? Wenn man betet, meine ich?«, fragte er, weil er nicht wusste, was er sonst hätte fragen sollen, und auf Small Talk absolut keine Lust hatte.

»Ich war früher oft in der Kirche«, lautete die Antwort.

So ein Quatsch, dachte Jan. Er fantasiert sich was zusammen. »Wann?«

»Die alte Fotze klaut mir meine Sachen. Und ihr haltet mich alle für verrückt. Ist doch scheiße. Was machen wir überhaupt hier?«, schimpfte Gunvald laut vor sich hin.

»Ich dachte, es gefällt dir.«

»Auf dem Rasen?«, fragte Gunvald.

»Ja.«

Und mit mir Zeit zu verbringen, dachte Jan, sagte es aber nicht.

»Kann mir was Besseres vorstellen«, knurrte Gunvald.

»Ich dachte, du brauchst mal jemanden zum Quatschen. Du kannst ja nicht den ganzen Tag alleine im Zimmer rumsitzen.«

»Doch. Kann ich. Muss ich wohl. Du kommst ja so selten.«

»Herrgott. Jetzt bin ich aber da.«

Gunvald winkte ab. »Mir scheißegal.«

»Gottverdammt«, schnaufte Jan. »Dann eben nicht. Dann gehen wir wieder rein.«

»Ja. Gehen wir wieder rein«, sagte Gunvald bestimmt, machte aber keine Anstalten aufzustehen. Jan ebenso wenig.

Stur saßen sie nebeneinander und starrten auf den ausgetrockneten Teich und den Engel.

Und starrten und starrten …

Da fiel ein Schatten auf ihn, und er blickte sich um. Hinter ihm stand die Frau, die er bei seinem letzten Besuch schon gesehen hatte. Sie war mit ihrer Mutter ebenfalls in den Garten gekommen.

»Dürfen wir uns setzen?«, fragte sie und deutete auf den freien Platz auf ihrer Bank.

»Ja«, meinte Jan.

»Nein«, sagte Gunvald.

»Hören Sie einfach nicht auf ihn.« Jan warf der Frau einen entschuldigenden Blick zu.

»Ich dachte, vielleicht sollten die beiden das unter sich klären und irgendwie in Ordnung bringen«, erklärte die Frau.

»Das wäre eigentlich das Vernünftigste. Aber mit ihm …« Jan nickte zu seinem Vater und schüttelte den Kopf.

»Was is' mit mir?«

»Nichts, schon gut.«

Die Frau räusperte sich. »Nun denn. Alles klar. Ich verstehe schon.«

Sie wollte gehen, als Jan meinte: »Warten Sie. Wie heißen Sie?«

»Liz.«

»Das hört sich jetzt vielleicht ... also, ein bisschen komisch an ... Aber ... hätten Sie vielleicht Lust ... Vielleicht, wenn ... Also ...« Er hatte seit Hannahs Tod niemanden mehr angesprochen, und außerdem kam er sich ein bisschen schäbig vor, weil er eigentlich viel lieber Anna gefragt hätte.

»Er will mit Ihnen essen gehen«, brummte Gunvald. »Und dann vögeln.«

Die Frau starrte erst Jans Vater an, dann ihn. Jan versuchte die Peinlichkeit mit einem schiefen Lächeln zu kaschieren.

»Also ich ...«, begann er tastend, woraufhin sie lachen musste.

Immerhin. Das tat gut. Er entspannte sich ein wenig und wollte noch einmal den Faden aufnehmen, aber sie kam ihm zuvor: »Wir sehen uns nächstes Mal hier. Da können Sie mich in den Speisesaal ausführen. Und dann sehen wir weiter.«

Bevor er antworten konnte, hatte sie bereits kehrtgemacht und war zu ihrer Mutter hinübergegangen.

»Geiler Arsch.« Gunvald musste husten. »Freitag gibt's Fisch. Rest kannste vergessen. Komm Freitag wieder ... So! Können wir jetzt endlich rein?«

23

Sophia hatte sich auf ihrem Bett ausgestreckt, Bluetooth-Kopfhörer eingesteckt und die Musik voll aufgedreht. Eigentlich war es gar keine Musik, sondern Naturgeräusche. Wellen am Strand, das Plätschern eines Baches, Wind in Baumwipfeln, das Zwitschern von Vögeln. Vor dem Unfall im Elbtunnel war sie viel mit dem Fahrrad unterwegs gewesen, am liebsten die Elbe entlang. Es hatte nichts Besseres gegeben, als die Sonne zu spüren und den Wind im Gesicht.

Jetzt spürte sie nichts mehr.

Wie immer trug sie ihren Hoodie und die Jeans. Natürlich sah sie hier niemand. Nur sie selbst. Aber schon das war ihr an den meisten Tagen zu viel. Eigentlich an allen.

»Sophia?« Ihre Mutter war ins Zimmer gekommen.

»Mensch, Mama! Kannst du nicht anklopfen!«

»Kannst du deine Musik nicht leiser drehen? Ich hab drei Mal gerufen.«

Stinkig nahm Sophia die Stöpsel aus den Ohren und blitzte ihre Mutter an. »Und? Was willst du?«

»Boah. Du hast ja wieder eine Laune … Wie wäre es, wenn du mich zum Bootshaus bringst?«

Ihre Mutter arbeitete ehrenamtlich für den NABU und hatte es sich zur Aufgabe gemacht, ein Auge auf ein paar Vogelfamilien zu werfen. Dabei ließ sie keine Gelegenheit aus, Sophia zu ein paar Fahrstunden zu bewegen. Sie hatte pünktlich mit siebzehn Jahren ihren Führerschein gemacht, doch dann war der Unfall passiert.

»Vergiss es!«

Die Brauen ihrer Mutter verzogen sich zu diesem

dümmlichen Gesichtsausdruck. Sie setzte wieder ihren Blick auf, Mister Drecksmitleid.

Ja, Sophia hatte überlebt, und dennoch hatte ihre Mutter jeden Tag Angst um sie. Dabei war doch jetzt alles gut. Sie lebte. Oder zumindest tat sie so etwas Ähnliches.

Eigentlich hatte das Leben sie schon verlassen. Letzte Woche erst hatte sie mit Pfarrer Ludwig darüber gesprochen.

Sie war geschwebt. Daran konnte sie sich noch erinnern. Sie hatte sich selbst auf dem Intensivbett liegen gesehen und war ganz frei und ungezwungen umhergeglitten, war durch die Räume der Klinik geflogen und hatte sich gut gefühlt. So aufgehoben, so umarmt und geliebt. Dann war der Tunnel erschienen und das Licht am Ende. So hell und warm und …

Die Ärzte hatten sie brutal in die Kälte zurückgezogen, ins Hier und jetzt, hatten sie in ihren verbrannten Körper gezwungen. Hatten sie festgenagelt in diesem Monster.

»Was?«, fragte Sophia. Hatte ihre Mutter etwas gesagt?

»Gab es heute Probleme? In der Schule?«

Sie war schon wieder im Sorgenmodus. Wie immer. Egal, was Sophia tat, ihre Mutter war im Sorgenmodus.

»Nee. War wie immer.«

Wie immer scheiße, dachte Sophia.

Aber was wirklich los ist, das willst du doch nicht hören. Richtig? Mama?

Die nickte wie sonst auch, das war alles. Ein nettes Nicken, als ob sie verstünde.

Aber ihre Mutter verstand gar nichts. Sie verstand nicht, wie es war, überlebt zu haben und nun wie ein Zombie herumlaufen zu müssen! Wie es war, wenn die Menschen, die zuvor mit einem gelacht und getanzt hatten, nun erschrocken vor ihr zurückwichen! Und sie verstand nicht, wie es war, jede Nacht von der Geborgenheit und Wärme des Lichts zu träumen, von jenem Licht, von dem diese Scheißärzte sie fortgerissen hatten. Sie hatten sie zurückgeholt in diese Welt, damit sie hier gequält werden konnte und einsam mit sich und ihren Gedanken war. Und den ewigen Albträumen vom Feuer im Tunnel, von den Schreien und von ihren eigenen Schmerzen.

Fuck!

Sophia biss sich auf die Lippe und versuchte wie immer, sich nichts anmerken zu lassen.

»Komm mit, Schatz. Gib dir 'n Ruck. Das wird schön.«

Sophia warf einen Blick aus dem Souterrainfenster und unterdrückte ihre Tränen.

Makellos blauer Himmel. Sie konnte den Sommer allein beim Anblick dieser Farbe in all seinen Facetten riechen. Tatsächlich wunderbar.

Ihre Freunde – ihre Ex-Freunde – fläzten sicher bereits am Elbstrand. Und sie schmorte hier in ihrem Zimmer. Bei Regen und Sonne. Vielleicht sollte sie es endlich wagen und rausgehen?

Ohne zu müssen. Einfach so. Vielleicht mal den Hoodie ausziehen und sich in die Sonne legen, vielleicht mal genießen, wie früher … Immerhin, am Bootshaus würde kein anderer Mensch sein. Nur ein paar Wasservögel.

Seufzend rollte sie sich vom Bett. »Na gut«, meinte sie schließlich, auch um ihre Mom glücklich zu machen. »Ich fahr.«

Mit hochgezogenen Schultern folgte sie ihrer Mutter die Treppe hinauf und schließlich raus in den Sommer zum Wagen, der vor der Garage parkte.

Ihre Mutter gab ihr den Schlüssel, den sie mit ungutem Bauchgefühl an sich nahm.

»Du musst dich dran gewöhnen. Das wird schon. Ich bin ja da.«

Das sagte er auch immer: Ich bin ja da …

»Nein, nein… Nee, vergiss es!«

»Schatz, wir machen das ganz langsam. Wir nehmen ein paar Nebenstraßen, und dann sind wir ja auch schon raus.«

Sophia sah den Schlüssel und den Wagen ängstlich an.

»Gib dir einen Ruck. Du schaffst das!«

Sophia atmete durch und unterdrückte die Bilder des Unfalls, die drohten aufzupoppen. »Ich … Aber nur ein paar Meter. Dann bist du dran.«

»Ja. Gut.«

Sie fasste sich ein Herz und zog die Tür auf. Sie ruckelte den Sitz und die Spiegel in Position, dann startete sie nervös den Wagen. Unsicher sah sie in den Rückspiegel, als sie von der Einfahrt ganz langsam und tastend in die Straße stach.

Tatsächlich wuchs ihr Mut mit jedem Meter, und als sie erst aus dem Hamburger Verkehr heraus waren, war Sophia zwar komplett durchgeschwitzt, aber glücklich. Sie hatte all ihren Mut zusammengenommen und es geschafft.

Du bist nicht nur nach draußen gegangen! Sophia! Du bist wieder Auto gefahren. Und das gar nicht schlecht!

Zufrieden steuerte sie den Wagen eine Landstraße entlang und bog auf einen Feldweg ein. Am Bootshaus ließ sie den Wagen ausrollen, und ihre Mutter stieg aus. Sie nahm ihre Fototasche mit dem Notizheft von der Rückbank und sah Sophia auffordernd an.

»Ich hab gesagt, ich fahre zum Bootshaus. Nicht, dass ich aussteige.«

»Musst du ja auch nicht«, antwortete ihre Mutter schlicht und ging zum Ufer hinunter, an dem das Häuschen stand.

Sophia starrte hinaus auf das gleichmäßig dahintreibende Wasser. Die Sonne glitzerte darauf, und eine Entenfamilie badete am gegenüberliegenden Ufer.

So idyllisch. Und einfach nur schön.

Sie drückte die Fahrertür auf und schnupperte in die Luft. Es roch wundervoll. Und für einen Moment ließ sie los. Sie legte den Kopf in den Nacken, ließ die Kapuze nach hinten rutschen und wandte ihr vernarbtes Gesicht der Sonne zu.

Und lächelte.

Ihre Gedanken folgten dem sanften Sommerwind, drifteten ab, zu ihrem Traum, Biologie zu studieren. Die Unterlagen ihrer Wunschuni lagen in der Schublade ihres Schreibtischs. Obwohl sie über ein halbes Jahr nicht am Schulunterricht teilgenommen hatte, war es für sie kein Problem gewesen, den Anschluss zu halten.

Als sie noch im Krankenhaus gelegen hatte, hatte Isabel ihr jeden Tag die Unterlagen über Teams geschickt. Sie hatten gechattet und Pläne geschmiedet.

Bis Isabel sie zu Hause besucht hatte, als sie noch im Krankenbett lag, direkt im Wohnzimmer.

Ein kalter Schmerz durchfuhr Sophia, und sie stülpte hastig die Kapuze über.

Das war nicht mehr ihre Welt. Sie zog sich wieder ins Wageninnere zurück.

Sie sollte nicht mehr hier sein. Sie war tot gewesen. Sie hatte ihren Körper bereits verlassen, dieses nutzlose, vernarbte, kaputte Stück Fleisch.

Sie hätte beim Licht bleiben sollen.

24

Er glitt aus seiner körperlichen Hülle heraus, löste sich von sich selbst.

Unbeschreiblich.

Völlig fasziniert spürte er, wie er aufstieg und sich selbst sah. Dort unten, zwei Meter unter sich. Auf dem Boden ausgestreckt. Doch zu seiner Überraschung lag er nicht auf der Plane, sondern auf einem braunen, ausgetretenen Teppich.

Die Auslegeware fühlte sich kühl an. Seltsam. Er nahm alles wahr, was sein Körper dort unten auf dem Boden spürte, sah jedoch mit den Augen seiner Seele ...

Wo war er?

In aller Ruhe blickte er sich um. Der Flur, die Treppe, die schreckliche Tapete ... Sein Blick fiel durch die offene Tür ins Wohnzimmer. Da war der Garten ... die Hängematte ... Er kannte das Haus nur zu gut.

Sein Ich stieg weiter auf. Er bemerkte, wie ihn langsam etwas hinauszog. Eine unsichtbare Hand wollte ihn aus dem Haus, aus der Welt reißen. Er schwebte nach oben, gegen die Zimmerdecke, doch die zeigte keinen Widerstand ...

Ein letzter Blick auf seinen Körper, bevor er durch den ersten Stock und dann hinaus aus dem Einfamilienhäuschen in Iserbrook gleiten würde ...

Sein Körper lag ausgestreckt auf dem Rücken. Sterbend. Die Augen starr geöffnet, ohne Atem. Ohne Herzschlag.

Er sah so friedlich aus.

Ein Licht strömte auf ihn zu. Er konnte die Wärme spüren ... Er sah auf und erkannte, dass die Zimmerdecke einem Tunnel gewichen war. Ein gigantischer Tunnel aus flirrender Dunkelheit, an dessen Ende sich das Licht befand. Millionen Kilometer entfernt, aber dennoch erreichbar und voll erlösender Umarmung. So golden-warm glänzend … Er wollte hineintauchen und für immer alle Schmerzen hinter sich lassen …

Ein Schatten schob sich plötzlich über ihn. Versperrte ihm den Weg ins Licht. Schlagartig hatte er wieder Gewicht, spürte einen Druck um seinen Arm. Es war keine liebliche Umarmung, sondern …

Wurde er zurückgezogen? Das Licht! …

Bleib!

Er griff danach, doch das Licht verglomm zu einem roten Ball, einer roten Sonne. Und er sah, wie sich eine Kontur aus diesem Feuerball wand, wie etwas aus der roten Sonne durch den Rest des einstürzenden Tunnels auf ihn zuschoss.

Es flog aus dem Tod auf ihn zu … Schwarz. Riesig.

Die Schlange …

… schoss es ihm durch den Kopf.

Die schwarze Schlange.

Die Kobra. Sie hatte ihren Nackenschild drohend gespreizt, richtete sich vor dem glühend roten Ball der Sonne auf, in die sich das Licht verwandelt hatte.

Sie entblößte ihre Giftzähne und sprach: »Wach auf. Du musst anderen helfen. Du darfst noch nicht gehen. WACH AUF!«

Schweißgebadet schlug er die Augen auf.

Er lag weder auf der braunen Auslegeware noch auf der Plane in seinem Dachboden.

Für einen Lidschlag wusste er nicht, wo er war, benommen sah er sich um. Das Schlafzimmer. Er lag im Bett. Noch immer pochten die Bilder des Traums nach, von dem er wusste, dass es keiner war.

Es war die Erinnerung daran, wie er vor einem Dreivierteljahr erweckt wurde. Er war gestorben, aber die Schlange war zu ihm gekommen.

Die Kobra hatte mit ihm gesprochen.

Sie hatte ihn zurückgeholt ins Leben. Damit er anderen das Licht zeigen – damit er andere von allen Schmerzen und dem irdischen Joch erlösen konnte. Das war ihr Auftrag an ihn.

Er hasste die Kobra, denn sie hatte ihn nicht ins Licht gehen lassen.

Und dennoch war er der schwarzen Schlange unendlich dankbar, denn sie würde ihn belohnen, wenn er seinen Auftrag erfüllt hatte.

Erschöpft schloss er die Augen.

25

Gähnend nahm Anna einen Schluck aus ihrer Wasserflasche. Sie hatte sich ein paar Meter vom Grab entfernt postiert, denn sie wollte nicht zu viele Details mitbekommen. Dennoch war sie neugierig. Deshalb hatte sie sich auch freiwillig gemeldet, hierherzukommen, während Jan mit Riya weitere, noch lebende Chormitglieder befragte.

Auch diese Nacht hatte Anna Jans Couch belegt, aber sie beide hatten tunlichst vermieden, über Kruger zu sprechen.

Die Erinnerung an Jans harsche Worte ließ ein seltsames Gefühlsgemisch in ihr hochkochen. Auf der einen Seite war sie sauer, weil er sie wie ein kleines Mädchen behandelte – und dazu hatte er nun wirklich kein Recht. Auf der anderen Seite gefiel ihr der Gedanke, dass er sich so sehr um sie sorgte.

Hatte er sich in sie verknallt? Oder war es nur sein Vaterinstinkt? Schwer zu sagen.

Genauso schwer zu beantworten, ob sie diesem Gefühlsgemisch auf den Grund gehen sollte. Er war eigentlich viel zu alt für sie und außerdem viel zu düster. Zu düster, zu schweigsam, zu verkorkst, zu launisch und verschlossen, viel zu … Sie machte sich einen Spaß daraus, noch ein paar abwertende Worte für seine misanthropische Art zu finden. Letztlich landete sie allerdings bei einem antiquierten Ausdruck.

Melancholisch … Das war recht treffend.

Melancholie ist das Vergnügen, traurig zu sein.

Das hatte Victor Hugo angeblich mal gesagt.

Anna kaute ihren Kaugummi und ließ den Blick über den Friedhof Wandsbek streifen.

Passt ja gut, dachte sie, als sie die Mietskasernen betrachtete, die sich dicht an dicht an die Friedhofsanlage herandrängten. Auch wenn sie gelb oder lachsrot gestrichen waren – sie wirkten irgendwie ebenfalls wie Grabsteine.

Anna zog die Ohrstöpsel raus und ließ Amy Winehouse verstummen. Wahrscheinlich war sie nur ihretwegen auf *melancholisch* gekommen.

Eigentlich war melancholisch auch nicht das richtige Wort für Jan, aber sie würde es schon finden.

Sie bemerkte einen älteren Herrn, der zwischen den Gräbern hindurch direkt auf sie zueilte. Erst als er halb bei ihr war, erkannte Anna den Rechtsmediziner Brandt.

»Morgen«, begrüßte er Anna knapp. »Wo ist denn der Leichenwagen?«

»Guten Morgen. Kommt wohl gleich.«

»Und Jan?« Suchend blickte er über die Grabreihen. So früh am Morgen waren sie die einzigen Besucher.

»Der checkt mit Riya mögliche weitere Opfer ab.«

»Verstehe … Wollen Sie auch?« Brandt zog aus seiner abgegriffenen Arbeitstasche, in der Anna medizinische Instrumente sah, eine Thermoskanne.

»Gern.«

Er drehte die Kappe ab und füllte sie mit Kaffee, hielt sie ihr hin. »Ich hol mir 'n Becher. Nehmen Sie ruhig.«

Sie nippte und schmeckte sofort den Alkohol. Überrascht warf sie Brandt einen Blick zu.

Er zwinkerte ihr zu. »Whisky. Von Jan. Nur ein kleiner Schuss. Hilft ein bisschen, wenn man die Toten nicht sehen will.«

Anna lächelte dankbar. Sie hatte eine Heidenangst vor Toten. Da half selbst ihre psychologische Ausbildung wenig. Aber nachdem Jan sie wie ein Kind behandelt hatte, wollte sie es sich beweisen. Eigentlich ihm beweisen. Sie ließ sich nicht von ihm bevormunden. Das hätte er wohl gern.

Vor allem hatte sie sich hierfür gemeldet, weil sie selbst Gewissheit haben wollte, ob Kian Kruger verantwortlich sein konnte oder nicht. Sie wusste noch immer nicht, ob sie ihm trauen konnte – oder er ein perfides Spiel spielte.

Entschlossen nahm sie einen großen Schluck Kaffee, spürte dem Whisky nach und sah zu, wie Brandt zu Dieck und Roger hinüberging, die nun ebenfalls eingetroffen waren. Nippend musterte sie die Staatsanwältin Roger, die auf ihre Krücken gestützt am Grab stand, in dem Gerd Becks ruhte. Sie schien wie immer mit Dieck über etwas zu diskutieren. Während Brandt mit ihnen sprach, nickte er mehrfach zu Anna hinüber.

Worum es wohl ging? Um die kleine Psychologin, die ausnahmsweise aus ihrem Kellerbüro gekrochen war?

Das Rumpeln eines Dieselmotors riss sie aus den Gedanken. Der gelbe Bagger wirkte zwischen den Gräbern extrem fehl am Platz. Er stieß eine pechschwarze Wolke aus, die sich über den grauen Grabsteinen in die klare Morgenluft erhob. Geschickt manövrierte er zu Becks Grab und hob schnaufend die Erde aus, jedoch war sie so trocken, dass sie wie Wasser zwischen den Zähnen der Schaufel hindurchfloss. Nachdem der Baggerfahrer sie neben der Grabstelle auf eine bereitgelegte Folie gekippt hatte, wehte erdiger Staub wie eine dampfende Wolke über die Gräber. Einige Meter weiter verfing sie sich in den Büschen und Bäumen, deren Blätter schon den Herbst begrüßten. Roger hielt sich ein Taschentuch vor Mund und Nase, während Dieck der staubigen Erde den Rücken zuwandte.

Ein junger Mann, den Anna nicht älter als ihren Bruder schätzte, sprang mit einer Schaufel ins Loch und begann, die letzte Schicht zusammenzukratzen. Er fluchte, weil es so staubte. Hustend rief er seinem Kumpel zu, die Seile runterzureichen.

Neugierig wagte sich Anna näher heran. Scheu warf sie einen Blick auf den Sarg, um den der Mann die Seile gelegt hatte. Der Lack war bereits stumpf geworden, ansonsten schien das Holz noch völlig in Ordnung. Becks war auch erst vor gut einem Monat gestorben.

Irgendein Tier flüchtete aus der Grube, als sie den Sarg hinaushoben. Eine Ratte? Eine Maus? Sie war zu schnell zwischen den anderen Gräbern verschwunden.

Behutsam setzte der Baggerfahrer den Sarg auf die beiden Böcke neben der Grabstelle ab.

Anna und Brandt traten heran. »Keine Sorge«, sagte er. »Wir fahren ihn ins Institut. Sonst hätten wir alles mitbringen müssen. Sieht noch gut aus, die Kiste.«

»Wenn Sie das sagen.«

»Besser als Herr Becks dadrin. So ein Aufprall auf einen Zug … Kein schöner Anblick.«

»Danke«, brummelte sie. Das regte jetzt so richtig ihre Fantasie an – Alkohol hin oder her … Ein Mann vom Zug überrollt und vier Wochen im Sarg. »Darf man ins Grab kotzen?«

»Sicher.« Lachend machte Brandt ihr den Weg frei. »Hat er mit Ihnen gesprochen?«, fragte er sie unvermittelt.

»Der Tote? Ist das so ein Pathologen-Gag?« Sie hatte keine Ahnung, wen er meinte.

Zwei Bestatter fuhren mit einem schwarzen Mercedes vor.

»Jan.«

»Nein …?«, tastete sie sich vor. »Worüber?«

»Wegen seines Vaters.«

Brandt überraschte sie erneut. Jan hatte seinen Vater mehrfach in ihren Therapiegesprächen erwähnt und auch, dass seine Beziehung zu ihm gestört war und er ihn dafür verantwortlich machte, dass seine Mutter so früh gestorben war.

»Hätte er?«

Brandts Blick suchte ihren. »Erinnern Sie mich dran, dass ich für Jan spreche. Er hat's ja nicht so mit reden«, erklärte er noch knapp, nur um dann routiniert die beiden Bestatter zu begrüßen.

»Wie viele sind noch auf der Liste, Riya?« Jan atmete den letzten Zug seiner Zigarette ein und sah sich um, wo er die Kippe lassen sollte. Kurzerhand stippte er sie an einer Laterne aus und musterte den vietnamesischen Gemüseladen gegenüber. Die Auslagen waren noch nicht aufgebaut worden, das Schaufenster starrte dunkel wie ein Loch in den Morgen.

»Nur Thongkham. Wanida Thongkham. Sadik hat gestern den ganzen Tag versucht, sie telefonisch zu erreichen.« Riya steckte ihr Handy ein und sah sich wie Jan das Gebäude an. Die beiden waren seit Schichtbeginn durch Hamburg gefahren und hatten bereits drei Mitglieder vom Chor abgeklappert. Niemand hatte einen Mann mit Basecap in seiner Nähe bemerkt, und Jan glaubte ihnen. Nur bei Sophia blieb er skeptisch und hatte bei Dieck beantragt, sie vorzuladen. In Anbetracht ihrer psychischen Verfassung würde dies allerdings ein Eiertanz werden.

Thongkham Obst und Gemüse – der Leuchtkasten an der Front lag blind im Sonnenlicht da. Der Laden war eine Mischung aus Nachtkauf, Kaufmannsladen und Kiosk. Die Rollläden waren zur Hälfte runtergefahren, und das Geschlossen-Schild, ein vergilbtes Plastikteil mit aufgeklebten Marienkäfern, das innen in der Tür hing, sprach ebenfalls Bände.

Jan probierte die Klinke, aber wie vermutet, war die Ladentür verschlossen. Er legte die Hände ans Glas und spähte hinein. Die Regale lagen im Schatten, nur die Kühlschränke glommen dumpf vor sich hin. Ein Ventilator drehte an der Decke seine Kreise.

Ansonsten war alles ruhig. Niemand zu sehen.

»Und er hat gesagt, sie ist hier?«

»Ja. Ihr Neffe«, antwortete Riya und nahm erneut ihr Handy zur Hand. »Der meinte zu Sadik, sie is' um die Uhrzeit heute im Laden.«

Noch einmal warf Jan einen Blick hinein, ließ ihn durch die Dunkelheit streifen. Die Regale und Aufsteller versperrten die Sicht zum hinteren Teil des Ladens. Jedoch war kein Lichtschimmer zu erkennen, der auf jemanden im Büro oder sonst wo hingedeutet hätte.

»Lass es uns hintenrum versuchen.« Einem seltsamen Impuls folgend, unterließ er es, an der Tür zu rappeln oder gar zu klopfen. Stattdessen huschte er mit Riya am Schaufenster entlang in den Hinterhof.

Die beiden kleinen Fenster an der Rückseite des Ladens waren vergittert und lagen ebenso dunkel da wie die Schaufensterseite. Hier im Hinterhof war es stickig, obwohl alles im Schatten lag. Die Gebäude standen allerdings so eng, dass die Hitze sich in der Nacht nicht verflüchtigt hatte. Sobald die Sonne aufging, dauerte es dieser Tage bloß Minuten, bis ihr warmes Licht alles zu versengen drohte. Jan wischte sich über die Stirn. Doch ihn ließ nicht nur die Hitze schwitzen.

Eine Handvoll Spatzen hüpfte im Schatten bei ein paar Gemüsekisten herum und flatterte auf, als er sich mit Riya einer Eisentür näherte, die mit Aufklebern bepflastert war.

»Frau …«, setzte Riya an, nach der Besitzerin zu rufen, aber Jan stoppte sie mit einer Geste.

Er bedeutete ihr, einen Schritt zurückzutreten, und öffnete den Knopf an seinem Holster. Sicher war sicher.

Der Griff der Eisentür war vom tausendmaligen Anfassen blank gerieben. Die Gemüsekisten waren voll mit frischem Kopfsalat. Zwei Säcke Zwiebeln sowie ein Stapel Zeitschriften warteten ebenfalls darauf, in den Laden gebracht zu werden. Jan sah zu Riya und legte den Finger an die Lippen.

Behutsam drückte er die Klinke herunter. Die schwere Tür war nicht verschlossen, langsam zog er sie auf.

Ein abgestandener, moderiger Geruch schwappte Jan entgegen. Ganz fein, kaum wahrnehmbar. Trotzdem erinnerte er ihn sofort an den Schuppen im Wald. An das dunkle Loch, dieses Gefängnis. Fünfzig Meter vom Haus entfernt.

Unwillkürlich musste er schlucken, zog seine Dienstwaffe. Er nickte Riya zu, sie solle ihm die Tür aufhalten, damit er vorausgehen konnte.

Er spürte sein Herz heftig schlagen. Obwohl er dagegen ankämpfte, begann es schneller zu pochen, als wären alle Trainingseinheiten, die er mit Riya und den Kollegen regelmäßig am Schießstand absolvierte, für die Katz.

Lag es an diesem unterschwelligen Geruch, der sein Herz flattern ließ? Weil er ihn an den Schuppen erinnerte?

Das ungute Gefühl breitete sich weiter in seinem Bauch aus. Wenn er etwas nicht leiden konnte, dann war es diese Art von Stille. Eine Stille, die lauerte. Eine Stille, die ihm entgegentrat, als wäre sie fest entschlossen, ihm Schmerzen zuzufügen.

Jan atmete durch. Er suchte nach einem sicheren Stand, behielt den Flur, die Lautlosigkeit fest im Visier und wartete auf Riya.

Sie ließ die Metalltür beinahe geräuschlos ins Schloss

gleiten und trat mit gezogener Waffe hinter ihn. Ihr besorgter Blick fragte, ob alles okay sei.

Er bejahte stumm, schob sich ein paar Meter weiter vor.

Sie befanden sich in einem gemauerten Vorraum, von dem lediglich ein einziger Durchgang zum Laden führte. Rechts und links stapelten sich Säcke voller Kartoffeln und Zwiebeln sowie Kartons mit Paprika, Zucchini und Blumenkohl. Abgepackte Nudeln, vietnamesische Fertiggerichte, Wasserpistolen und Kram für den Pool. Das alles wartete darauf, in die Regale sortiert zu werden. Wachsam ging er auf den Durchgang zu. Am liebsten hätte er nach Frau Thongkham gerufen, aber er wollte sich nicht verraten. Noch nicht.

Er schwitzte stärker als draußen – und das, obwohl es hier im Laden relativ kühl war.

Das Surren der Kühlregale erfüllte die Luft. Zwei Fliegen setzten sich auf seinen verschwitzten Arm. Er konzentrierte sich auf den Durchgang, auf die Eisenregale, die sich dahinter im Schatten abzeichneten. Die Sonne schickte nur Streifen durch die heruntergelassenen Rollläden. Staub tanzte im zerschnittenen Licht.

Angespannt lauschte Jan. Unter dem Summen der Kühlregale und dem beinahe lautlosen Flappen des Ventilators meinte er schließlich, ein Radio zu hören. In einem Nebenraum. Ganz leise. Nein. Es war kein Radiosender, zumindest glaubte Jan nicht, dass jemand im Radio traditionelle asiatische Musik spielte. Es kam wohl eher von einem CD-Spieler.

Schritt um Schritt schob er sich zwischen den Regalen weiter vor. Das Hemd klebte ihm am Rücken, und er spürte, wie ihm der Schweiß in die Hose rann, die Suppe über die Stirn und über die Wangen lief, während sein Herz hämmerte.

Sein Blick glitt noch einmal zurück, an Riya vorbei. Da waren die Kühlregale. Ihr Licht glomm schwach durch ihre beschlagenen Scheiben …

… Und ihr Blut vermengt sich mit der Limonade.

Hannah blickt zu ihm hinauf, fleht ihn an, etwas zu tun, und presst ihre Hand auf ihren aufgeschnittenen Hals. Und das Blut …

Jan schloss die Augen. Er hörte seinen Herzschlag in den Ohren. Es fiel ihm schwer, sich zu konzentrieren. Dieser Geruch …

Die Regale standen im Zickzack, er meinte, den Tresen zu sehen – zumindest ein Stück davon. Und neben einem Aufsteller für Apfelsaft hockte jemand! Ein Schatten. Da war jemand beim Tresen und …

Er umfasste seine Dienstwaffe fester, trat näher.

Nein … bloß Krimskrams … Da war niemand …

»Frau Thongkham!«, rief er jetzt doch. »Sind Sie da?« Sein lautes Rufen wurde von den Regalen geschluckt.

Riya war stehen geblieben und horchte in die Stille. Sie warfen sich einen Blick zu. Nur die beruhigende Musik, dieser Klangteppich aus vietnamesischen Tönen.

Der Geruch von Räucherstäbchen drang zu ihm. Sandelholz, Zimt, Weihrauch.

Jan ging weiter. Da meinte er, ein Rascheln zu hören. Als stünde jemand auf, bewegte sich leise.

Da. Noch einmal. Im Nebenraum. Wo die Musik dudelte. Wo auch immer dieser verfluchte Raum war. Es hörte sich an, als huschte dort jemand herum.

»Polizei!«, rief er. »Wir sind bewaffnet. Wanida Thongkham, sagen Sie was!«

Nichts.

Da. Wieder diese Geräusche. War da ein Stöhnen zu hören? Thongkham? War sie es, die stöhnte?

»Skit«, fluchte Jan gedämpft und sprintete los.

Ein Regal voller Klopapier, Konservendosen, Säcke mit Reis … Apfelsaftaufsteller … Der Tresen. Dahinter eine Tür, zum Nebenraum.

Jan hörte Riya keuchen, die hinter ihm war. Da war er schon um die Theke herum, riss einen Ständer mit Lollis herunter, weil er zu schwungvoll in den Nebenraum sprang.

Die Waffe schussbereit.

Doch er musste den Kopf abwenden, die Augen schließen, weil grelles Licht ihn blendete. Er konnte nichts sehen.

»Skit!« Er versuchte, die Augen zu schützen, wollte die Pistole aber nicht senken. Ein Strahler leuchtete ihn an, er stand auf dem Boden und …

Ein Schatten. Hinter dem Licht. Diesmal wirklich. Ein Mann? Schwer zu sagen.

»Stehen bleiben!« Jan sprang vor. Das Licht war wie ein Vorhang, verbarg alles, das dahinter lag. Er musste seine Augen schützen. »Keine Bewegung!«

Er zielte … Dieses verdammte Licht … Er konnte nicht einfach schießen. Auf wen denn? Was, wenn Wanida Thongkham dort stand? Aber warum sagte sie nichts? Seine Augen tränten, er bekam sie kaum auf, tastete sich weiter in den Raum vor. Der Schatten verschwand. Mit einem Mal war niemand mehr auszumachen. Zu hell blendete das verfluchte Licht.

Entschlossen trat er gegen den Strahler. Der kippte um, und die Halogenröhre zerplatzte.

»Jan?« Riya klang besorgt. War sie auch geblendet worden?

»Alles okay.« Nichts war okay, denn er konnte noch immer nicht richtig sehen. Da wischten bloß Flecken auf seiner Netzhaut herum, der Raum verschwamm in diffusem Weiß und Orange … »Und bei dir?«

»Jan! …« Wieso klang Riya so panisch? Was war los? »Jan … Hilf mir!«

»Was …? Was ist …« Er rieb sich die Augen, hielt sie geschlossen, zählte bis fünf. Als er sie wieder öffnete, zeichneten sich ein paar Konturen ab … Da war ein Fenster, das Gitter weggeklappt. Wer immer der Schatten gewesen war, er war geflohen.

»Scheiße! Hilf mir!« Ihre Verzweiflung war markerschütternd. Als er sich zu Riya umwandte, entdeckte er ihre Silhouette im diffusen Nebel aus Lichtflecken. Doch Riyas Umriss erstreckte sich nach oben, ging in eine andere Silhouette über.

Thongkham.

»Skit!« Jan stürzte zu ihr, packte die Frau ebenfalls an den Beinen und hielt sie hoch.

Wanida Thongkham baumelte von der Decke. »Ruf den Notarzt!«

Er konnte sie leise stöhnen hören.

Während Räucherstäbchen ihren süßen Duft verbreiteten und die Musik einen skurrilen Klangteppich verbreitete, stemmte Jan den schweren Körper so weit nach oben, wie er konnte. Hoffentlich reichte es aus, um die Schlinge um ihren Hals zu lockern. Er hörte Riya mit der Zentrale sprechen, versuchte weiter, die Frau hochzudrücken. Ständig drohte sie, ihm wegzurutschen. Verdammte Hitze. Alles an ihm war Schweiß.

»Schneid sie ab!«, rief Jan. »Schneid sie irgendwie los!«

»Kommen Sie«, forderte Brandt Anna höflich auf, näher an die Edelstahltische des Seziersaals zu treten. Sie hatten Becks Sarg in die Rechtsmedizin am Rande des UKE-Geländes gebracht, wo Brandt bereits die sterblichen Überreste zweier weiterer potenzieller Opfer aufgebahrt hatte.

Wie Gespenster unter Tüchern lagen die Körper aufgereiht in dem kleinen Saal der Rechtsmedizin.

Brandt schlug das Tuch von Becks' Leiche zurück, und Anna atmete hörbar aus. Der Zugunfall hatte seinen Leib förmlich zerrissen, obwohl der Leichenbestatter vermutlich sein Bestes gegeben hatte, um den Körper angemessen herzurichten.

Extrem zögerlich traute sich Anna näher. Ihre Fingerspitzen waren eiskalt, und der Anblick schnürte ihr die Kehle zu.

»Wenn Sie beim LKA sind, sollten Sie Ihre Angst vor dem Tod überwinden lernen«, meinte Brandt und schob den Beistelltisch ein Stück zur Seite, sodass sie an die Leiche treten konnte.

Anna sah jedoch über den Toten hinweg, konzentrierte sich lieber auf die Instrumente, die dahinter auf einem anderen Rollwagen bereitlagen. »Es geht gleich«, stöhnte sie. »Alles in Ordnung.«

»Hier.« Er reichte ihr ein Döschen mit Creme. »Reiben Sie sich das unter die Nase.«

»Hilft das?« Prüfend sah sie sich die Paste an, tippte mit einem Finger hinein.

Er zuckte mit den Schultern. »Nein. Der Tod riecht dann nur nach Pfefferminz.«

»Mahlzeit.« Behutsam strich sie sich etwas auf. »Es ist nicht der Tod, es ist die Vergänglichkeit.«

»Wie bitte?«

»Die Vergänglichkeit. Das ist … Tot ist tot, aber wenn ich Leichen sehe, dann … Es ist unsere Vergänglichkeit. Und ich, ich krieg Panik.«

»Was alles nicht hatte sein sollen? Gedanken an all die verpasste Zeit? An unerfüllte Träume?«

»Ja. So was in der Art.«

»Das kann ich gut verstehen.«

Endlich riskierte Anna einen Blick, bereute es aber sofort.

Auf dem Torso war nur noch ein halber Kopf zu sehen. Ein Bein und ein Arm waren abgerissen oder zermalmt worden. Die restlichen Gliedmaßen lagen neben dem Torso auf dem Tisch, wie ein groteskes Puzzle.

Es mochte ja sein, dass sie psychologisch gesehen mehr Angst vor der Vergänglichkeit als vor dem Tod selbst hatte, aber sie hatte auch einen Heidenrespekt vor Eindrücken und Erfahrungen, die sie ihr Lebtag lang nicht mehr aus dem Kopf bekommen würde.

Dieser war so einer.

Obwohl sie bloß eine Laiin war, war ihr bewusst, dass sowohl der Torso als auch der Rest des Kopfs noch nicht verwest, sondern eher verfault waren.

»Die Bakterien, die jeder in sich hat, die leisten gute Arbeit, wenn kein Immunsystem sie mehr im Zaum hält«, erklärte Brandt. »Kann man hier wunderbar sehen.«

»Schön. Nehmen Sie sich doch ein Stück mit nach Hause.«

Ein Großteil des weichen Gewebes war verflüssigt, und unter der Haut zeichneten sich Fäulnisblasen ab. Schwer atmend sah Anna lieber wieder weg. Pfefferminz machte den Anblick nicht besser.

Brandt zückte sein Diktiergerät und begann die Obduktion. »Es liegt eine starke Mykose der linken Thoraxseite vor – Punkt. Ein verstärkter Abbau des Leichnams scheint durch die erhöhte Erdtemperatur und den Zustand der Leiche vor Grablegung eingeleitet worden zu sein – Punkt.« Gewissenhaft verglich er das Protokoll der ersten Leichenschau mit dem jetzigen Befund und setzte schließlich die Knochenschere an, um den bereits reichlich deformierten Bauchraum zu öffnen.

Ein und aus ... Ein und aus ... Atmen, schön ruhig ...

Anna atmete leise und gedehnt, während sie stocksteif am Edelstahltisch verharrte und aus den Augenwinkeln beobachtete, was Brandt trieb.

»Ah. Na, geht doch.« Tief fuhr er mit einer Pinzette in den geöffneten Magen, den er mit Klammern gespreizt hatte, und fischte schließlich eine Kapsel heraus. Sie war bereits etwas zersetzt. »Wie bei Evelin Meyers – Aktenzeichen bitte – befindet sich im Magen eine Kapsel – Punkt. Sie ist deformiert und gerissen – Punkt. Ich öffne sie – Punkt. Es befindet sich ein Zettel darin – Punkt.« Eigentlich war es nur noch ein Klumpen aus nasser, mit Körperflüssigkeiten getränkter Zellulose.

»Und da haben Sie Ihren Beweis«, wandte er sich an Anna.

Kreidebleich stand die da, wollte sich am liebsten am Leichentisch festhalten, traute sich aber nicht, irgendetwas zu berühren. Eigentlich hätte sie jetzt zufrieden sein sollen. Irgendwie glücklich, dass ihr Verdacht richtig gewesen war. Aber ihr war einfach nur übel. »Ein Serientäter also«, meinte sie und schluckte. »Sehr wahrscheinlich ein Serientäter.«

Behutsam legte Brandt den Klumpen auf sein Abstelltischchen und schob die Lampe darüber. »Hier sind noch einige letzte Spuren des Fadens zu sehen. Das Papier selbst ist in einem deutlich deteriorierten Zustand, die Fasern sind nahezu vollständig aufgelöst. Die schwarzen Ränder rühren vermutlich von Pigmenten her.«

»Lammblut, wie bei Evelin Meyers?«

»Gut möglich.«

»Öffnen Sie es. Ich hab mir das hier nicht angetan, um noch Stunden zu warten.«

Brandt gab sich einen Ruck. »Nun gut. Reichen Sie mir mal die zweite Pinzette da. Und das Skalpell.« Umsichtig begann er, die verklebten Fasern auseinanderzuziehen. Anna zückte ihr Handy und schoss ein paar Fotos. Sie zoomte an die verlaufene Farbe heran ...

Sie hatte damit gerechnet, wieder eine Fratze zu sehen. Dieses Gesicht mit den Zähnen, das sie mittlerweile wegen des Sonnenaltars für eine Kobra hielten. Aber was hier zum Vorschein kam, war etwas anderes.

Waren das ineinandergeschobene Kreise?

Anna trat zurück und öffnete auf ihrem Handy die Fotos, erhöhte den Kontrast und invertierte ein Bild. »Was soll das sein? Ein Wirbel?«

»Oder ein Tunnel.« Kleiner werdende Kreise bildeten einen Schacht. Brandt musterte das Foto genauer. »Seltsam. Erinnert mich an dieses Licht. Sie wissen schon, das man angeblich sieht, wenn man stirbt. Interessant.«

»Wenn man stirbt?«

»Ja. Ein Tunnel, der zum Licht führt. Patienten malen so was manchmal. Es ist so«, holte Brandt aus. »Wir sterben ja quasi etappenweise und nicht mit einem Schlag.«

»Ich dachte, tot ist tot?«

»Einzelne Organe sterben mit unterschiedlicher Geschwindigkeit und stellen zu verschiedenen Zeitpunkten ihre Tätigkeit ein. Leber, Niere, Lunge ... Tja, und am Ende hört das Herz auf zu schlagen, und die Atmung stoppt.« Er lächelte sie an, als würden sie gemütlich bei einem Tässchen Tee übers Wetter plauschen. »Kollegen haben untersucht, dass, wenn das Herz aufhört zu schlagen und keinen Sauerstoff mehr ins Gehirn pumpt, die Nervenzellen nicht sofort sterben, sondern noch einmal aktiv werden. Das ist das letzte Aufbäumen des sterbenden Gehirns, bei dem es noch mal ein Feuerwerk abfackelt und die Nervenzellen enorme Mengen an Noradrenalin und Serotonin ausschütten.«

Anna sah ihn fragend an.

»Neurotransmitter. Das sorgt für Trugbilder und mystische Wahrnehmungen. Letztendlich wird das Gehirn auch von Dopamin geflutet, was ein ungeheures Gefühl von Wärme und Glück auslöst. Es muss überwältigend sein. Eine wahrhafte Verbindung zu Gott.«

»Glücksgefühle beim Sterben …«, wiederholte Anna. Hatte nicht Kruger etwas Ähnliches über Evelin Meyers gesagt?

Sie hat immer vom … Licht gesprochen. Von der Wärme, der Ruhe dieses Lichts …

»Die drei Toten … Können wir anhand der Krankenakten herausfinden, ob sie zurückgeholt wurden?«

»Sie meinen, ob sie eine Nahtoderfahrung gemacht haben und wiederbelebt wurden?« Brandt ging zu einem Edelstahlboard und griff nach den Akten.

Jan setzte sich auf den Rinnstein und bekam von Riya eine Flasche Wasser gereicht, aus der er gierig trank. Dann benetzte er die verschorften Wunden in seinem Gesicht ein wenig. Die Kühle tat gut und stoppte das Brennen. Er hatte langsam den Eindruck, dass sie durch die ganze Schwitzerei überhaupt nicht abheilten.

Er nahm seine Zigarette vom Rinnstein und zog dran.

Zusammen mit Riya sah er zu, wie Wanida Thongkham in einen Rettungswagen verladen wurde. Während der Fahrer um den Wagen eilte, stieg der Sanitäter hinten bei ihr ein. Ein weiterer Mann wartete bereits auf ihn und schloss die Frau an einen Überwachungsmonitor an.

»Sanitäter …« Jan dachte an Kian Kruger. »Hoffentlich macht sie keinen Scheiß.«

»Wer?«

»Anna.« Er rauchte noch einen Zug und erklärte Riya, dass Anna ihn unbedingt allein befragen wollte.

»Soll ich überprüfen, ob er was mit der Thaddäus-Kirche am Hut hat?«

»Hab ich schon«, meinte Jan. »Da gibt's nur die Verbindung über Evelin Meyers. Und sie gekannt zu haben, gibt er zu.«

»Und der Unfall im Tunnel ...?«

»Bei welchem Dienst war er? FALCK?«

Riya nickte.

Nachdenklich sah Jan dem Rettungswagen nach, zückte sein Handy und rief bei FALCK an. Nach einer Weile hatte er endlich jemanden dran, der ihm Auskunft über alte Schichtpläne der Rettungssanitäter geben konnte. Jan zückte sein abgegriffenes Notizbüchlein und notierte sich den Namen. »Entschuldigung, mit wem getauscht? Piotr Kuczera ... Verstehe. Und heute? Ja, danke.« Er schrieb sich alles auf, wandte sich dann an Riya. »Kruger hatte keine Schicht am Tag des Unfalls. Er war da nicht im Einsatz, sondern sein Kollege. Ein gewisser Piotr Kuczera.«

»Okay. Ich check den ab. Und heute?« Sie nahm ihm die Flasche Wasser ab und trank selbst.

»Kruger hatte das letzte Mal vor drei Tagen Schicht. Kein Alibi. Absolut keins. Genauso wie für die Tatzeit bei Evelin Meyers. Er hätte das hier locker sein können.«

Riya musste schmunzeln. »Du traust Kruger kein Stück. Ist süß, wie du dich um Anna kümmerst. Ich glaube, ihr passt gut zusammen.«

Er stippte seine Zigarette aus und tat den Stummel zurück in die Schachtel. »Bisschen großer Altersunterschied, hm?«

»Die Liebe ist ein Spiel, das zwei spielen und beide gewinnen können«, meinte sie und zwinkerte ihm zu. Liebevoll tätschelte sie sein Knie. Bevor Riya ihren Computerexperten geheiratet hatte, hatte es eine Zeit gegeben, in der er sich eine Beziehung mit ihr gut hätte vorstellen können.

»Du bist so entzückend romantisch, Riya … Tust du mir noch 'n Gefallen? Ich möchte, dass du an der Thongkham dranbleibst. Egal, was Dieck sagt.«

»Okay.«

»Wenn sie zu sich kommt, rufst du mich sofort an. Sie kennt den Täter. Sie wird uns sagen können, ob's Kruger war. Wir müssen sie dringend vernehmen.«

Als er aufsah, bemerkte er Dieck im Eingang des Ladens. »Jan«, rief er. »Ist freigegeben.«

Das ließ sich Jan nicht zweimal sagen.

Als er den von der Spurensicherung abgesperrten Laden betrat, hatte er wie so oft bei Tatortbegehungen das Gefühl, bei jemandem einzubrechen. Es kam ihm immer so vor, als durchwühlte er fremde Schubladen und trampelte in intimen Bereichen herum.

Dieck führte Riya und ihn zum hinteren Raum. »Als sie sich erhängte, hat sie sich anscheinend nicht das Genick gebrochen. Es hat also ein bisschen gedauert. Zwei Minuten später, und sie wäre definitiv erstickt.«

Jan sah sich um. In der Hektik, bevor die Rettungskräfte eingetroffen waren, hatte er sich nur um Wanida Thongkham gekümmert, versucht, sie irgendwie am Leben zu halten. Jetzt ging er zu dem Altar, an dem jemand die Kerzen gelöscht hatte.

Es war eine eigensinnige Mischung aus einem asiatischen Schrein und einem christlichen Altar. Neben reichlich Räucherkerzen, einer Schale frischer Früchte sowie einigen Blumen reihten sich zahlreiche halb abgebrannte Totenlichter und Kerzen ein. Sie hatten heute Morgen das Antlitz

Jesu erleuchtet. Nun übernahmen das die kalten LED-Strahler der Kriminaltechnik.

Jan beugte sich vor und musterte das Bild im Zentrum all der Opfergaben prüfend. Der Sohn Gottes sah streng und dennoch gütig zu ihm. Das kitschige Bild war in einem überbordenden Goldrahmen gefasst. Jesus hielt ein Lamm im Arm und streckte die andere Hand mit erhobenem Daumen, Zeige- und Ringfinger nach vorne, als wollte er den Betrachter segnen.

»Weißt du, was das für 'ne Geste ist?«, fragte er Riya.

»Ein Segensgruß? Er segnet dich. Wer ist denn hier Christ?«, fragte sie belustigt.

Jan ging nicht darauf ein. Ihm fielen die Abdrücke vor dem Altar im Teppich auf, neben die die Spurensicherung Nummerntäfelchen gestellt hatte. Er konnte deutlich die Vertiefungen von Knien erkennen. Vier Abdrücke. Demnach hatten zwei Menschen hier gekniet und wahrscheinlich gemeinsam gebetet. Wanida Thongkham und ihr Mörder.

Er blickte sich zum Fenster um, durch das der Schatten entkommen war. Die Spurensicherung hatte es mit Pulver eingestrichen, sämtliche noch so winzige Fasern mittels Klebeband abgenommen, und Lyn Petermann war sicher schon dabei, alles im LKA zu analysieren und zu erfassen.

»Wie lange war er hier? Dieser Mann, den wir gesehen haben.«

»Schwer zu sagen.« Dieck kam zu ihm. »Es gibt zwei Überwachungskameras, aber die sind heute Morgen um sechs abgeschaltet worden.«

»Sie hat die Kameras ausgemacht?«, fragte Riya erstaunt.

»Ja. Sie oder der Täter.« Dieck löste seine Krawatte und öffnete den ersten Knopf seines Hemds. »Normalerweise laufen die Aufzeichnungen hier Tag und Nacht durch. Es sind noch die letzten Tage drauf.«

»Sie kannte ihn. Sie hat die Kamera abgeschaltet, damit man ihn nicht sieht. Sie hat ihn eingeladen, und sie haben zusammen gebetet«, stellte Jan fest und ging zum umgekippten Stuhl hinüber, der wie das Fenster mit Pulver paniert war. Er blickte zur Decke hinauf. Die Spurensicherung hatte den Strick entfernt. »Ich denke, die Kerzen waren neu. Sie wurden sicher entzündet, als er herkam. Irgendwann nach sechs Uhr. Jetzt sind sie halb runtergebrannt.«

»Er ist also immer dabei, wenn sie in den Tod gehen?«, fragte Dieck.

Jan nickte. »Sieht ganz so aus.« Er sah sich weiter um. Da fiel sein Blick auf einige der beschrifteten Plastiktüten der Spurensicherung, die auf ihre Abholung warteten. In einer der Tüten steckte ein Papierstückchen. Kaum größer als ein Ein-Cent-Stück. Es war ein Andy-Warhol-Gesicht draufgedruckt, aber das bunte Gesicht war zur Hälfte weggerissen.

»LSD. Wie bei Evelin Meyers«, stellte er fest.

Riya sah sie sich genauer an. »Sie hat die eine Hälfte wohl genommen.«

Als Jan noch einmal zum Altar blickte, bemerkte er einen Schatten auf der Zeichnung von Jesus. Da war etwas hinter das Papier geklemmt worden. Er ging hin und nahm das Foto hoch, drehte den Rahmen um. Von hinten war nur die Pappe zu sehen, aber als er das Bild schüttelte, klackerte etwas.

Sein Handy begann zu klingeln, doch er ignorierte es. Vorsichtig öffnete er die Verschlüsse des Rahmens und entfernte die Pappe unter Diecks und Riyas fragenden Blicken.

Ein Amulett kam zum Vorschein.

Es war das kleine Metallschmuckstück mit der Sonne.

Das gleiche, das Sophia besaß und das er auf den Kriminalfotos von Evelin Meyers gesehen hatte.

»Ein Ausweis«, stellte er fest. »Das ist so was wie ein Erkennungszeichen.« Er nahm das Amulett in die Finger. Es war schwerer, als er vermutet hatte, und sah bei näherer Betrachtung wie selbst gemacht aus. Sein Handy bimmelte noch immer.

»Hm … Sie hat es hinter Jesus versteckt. Als gehörte es ihm. Als gehörten sie zusammen.«

»Vielleicht sollte die Sonne ihr wie Jesus Kraft geben«, schlug Riya vor.

Jan nickte. Das verdammte Klingeln des Handys nervte. Er ging ran.

»Anna?«

»Es ist ein Serientäter«, hörte er sie sagen. »Und wenn du mich fragst, haben wir endlich ein Muster.«

Jan stellte auf Lautsprecher.

»Er tötet alle, die eine Nahtoderfahrung gemacht haben. Alle Opfer wurden von den Ärzten zurückgeholt, nach dem Unfall im Tunnel. Zurück ins Leben.«

»Was?« Jan betrachtete die Sonne stirnrunzelnd.

»Wir haben die Akten hier. Brandt und ich sind alle durchgegangen. Der Mörder sucht sich genau die Chormitglieder aus, die beim Unfall beinahe gestorben sind. Also tatsächlich für eine kurze Zeit tot waren und reanimiert wurden.«

Jan sah sich zum Altar um, der so friedlich aussah, so wunderschön. Und keine zwei Meter daneben hatte Wanida Thongkham Suizid begehen wollen.

»Es soll Menschen geben, die dem wundervollen, warmen Gefühl des Nahtods nachtrauern, die sich danach sehnen, wieder dieses Glück zu spüren …«, hörte er Anna durch das Handy.

»Becks hatte ebenfalls eine mit Paraffin präparierte Zeichnung im Magen. Eine Art Tunnel«, meldete sich

Brandt. »Sieht aus wie das Bild, das viele beim Sterben beschreiben. Das Licht am Ende eines dunklen Tunnels.«

Die Zeichnung eines Tunnels.

Jan hörte gar nicht mehr zu. Er sah die Zeichnungen vor
sich. In einer Schublade, die Pfarrer Ludwig hektisch zuge-
schoben hatte. Es war ein ganzer Stapel gewesen …

*Seltsame Bilder mit Ringen und Kreisen, Buntstift und
grauen Bleistiftskizzen.*

26

Jan machte sich nicht die Mühe, den Wagen ordentlich zu parken. Ruppig hielt er vor dem Eingang zum Friedhof, versperrte damit vermutlich allen Besuchern den Zugang.

Natürlich war es ein Fehler, allein herzukommen. Dieck würde ihn wieder rundmachen, aber er hatte nicht auf Roger warten können. Es würde Tage dauern, bis die Staatsanwältin bei einem Richter eine Vorladung für Ludwig bekäme. Den Pfarrer einer angesehenen Gemeinde mitten aus Hamburg zum Verhör zu laden war keine ganz einfache Sache. Das konnte schnell Wellen schlagen und zu einem Politikum werden. Von einer Hausdurchsuchung oder delikateren Maßnahmen ganz zu schweigen.

Von Anfang an hätte er zu diesem Pfarrer härter sein müssen.

Jan riss die Kirchentür auf und eilte an der Frau mit ihren Broschüren und Flyern vorbei hinein in die Kirche.

Es roch nach Weihrauch, und nur das Flüstern eines Ehepaars hallte zwischen den Säulen wider. Sie waren offenbar Touristen, schossen Handyfotos und wanderten von einer Grabplatte zur nächsten. Er ging an den Beichtstühlen aus edlem Holz und an der Orgel vorbei, steuerte schnurstracks die Sakristei an, aber die war verschlossen.

Sofort drehte Jan um und eilte zur Flyer-Frau zurück. Sie saß im Vorraum hinter einem Stand mit den Heften und Broschüren und musterte ihn tadelnd.

»Bitte nicht im Haus Gottes rennen«, ermahnte sie ihn.

»Können Sie für mich die Sakristei aufschließen?«, wollte er ohne Umschweife wissen.

»Was? Wieso?«

Er zeigte seinen Dienstausweis. »Ich muss etwas überprüfen. Sie würden mir sehr helfen. Uns helfen, der Polizei.«

»Aber …«

»Wegen Evelin Meyers«, appellierte er an ihr Gewissen. Dieser Name zog.

Sie ging zur Sakristei voraus. »Aber bringen Sie nichts durcheinander.«

»Natürlich nicht.«

Die Frau schloss ihm auf. Das harte Sonnenlicht schnitt durch den bunten Glasjesus, der sein Lamm trug, und warf sein farbiges Abbild auf den Holzboden. Sie blieb in der Tür stehen, beobachtete ihn, während er zielstrebig zum schmalen Tischchen ging, das unter dem Regal mit den Kelchen stand. Jan zog die Schublade auf.

Darin lagen weiße Samthandschuhe und eine Lupe. Und unter der Lupe stapelten sich Din-A4-Blätter. Er zog sie heraus und breitete sie auf dem Tisch aus. Es waren fünfzehn, sechzehn Stück.

Sie alle zeigten dasselbe Motiv.

Einen Tunnel.

Manchmal schwebten Engel im Tunnel, aber immer gab es ein Licht am Ende. Eine warme Sonne, ein gigantisches Totenlicht.

Jan schoss Fotos mit seinem Handy und schickte sie Anna, dann scrollte er zur Aufnahme des Papierfetzens aus Becks' Magen und verglich die Zeichnungen.

Eindeutig dasselbe Motiv.

»Wo ist er?«, fuhr er zu der Frau herum, die ihn skeptisch beobachtet hatte. »Pfarrer Ludwig. Wo steckt der?«

Das Backsteinhaus sah äußerst gepflegt aus, Knöterich schlängelte sich an der Front bis zu den weiß getünchten

Fensterrahmen der ersten Etage empor. Hinter den mit Spitzengardinchen gesäumten Fenstern standen Engel-figürchen, und an der Eingangstür klebten Kinderzeich-nungen. Wahrscheinlich aus dem Kindergottesdienst.

Jan wollte klingeln, aber die Tür war bloß angelehnt, also drückte er sie auf.

»Herr Ludwig«, rief er, erhielt jedoch keine Antwort. Es roch nach kaltem Terrazzo und Holz. Eine geschwungene Treppe führte vom Eingangsflur hinauf zum ersten Stock. Eine wuchtige Standuhr tickte laut vor sich hin.

»Ludwig?«, versuchte Jan es ein zweites Mal und lauschte.

Doch im Haus blieb es still.

Er ging zum ersten Raum und spähte hinein. Es war ein geräumiges Arbeitszimmer mit etlichen dunklen Bücherre-galen an den Wänden. Über einem inaktiven Kamin hing ein großes Jesusbild, auf dem dieser aus einer Höhle kam und seltsam leuchtend strahlte.

Davor stand ein massiver Schreibtisch, dessen Platte mit Unterlagen überfüllt war. Aktenordner und Papierstapel, Bücher. Ein uralter Röhrenfernseher thronte auf einer Ecke. Unter jeder Menge Rechnungen und anderen Papieren lugte ein VHS-Rekorder hervor.

Ludwig ist offensichtlich nicht ganz in unserer Zeit an-gekommen, dachte Jan und wandte sich wieder der Tür zu, als sich eine Hand auf seine Schulter legte. Ertappt fuhr er herum. »Herr Ludwig.«

»Entschuldigen Sie, ich wollte Sie nicht erschrecken.«

Jans Blick huschte durch den Raum. Wo zum Henker war Ludwig hergekommen? Er konnte keine zweite Tür entdecken.

»Das Regal da links. Sehr leise.« Der Pfarrer deutete mit einem fast spitzbübischen Lächeln auf ein Buchregal an der

Seite. Er trug weder Albe noch Rauchmantel, sondern einen schnittigen schwarzen Anzug. »Beerdigung«, erklärte er auf Jans fragenden Blick hin. »Womit kann ich Ihnen dienen?«

»Mit einer ganzen Menge.« Jan trat einen Schritt zurück, um Abstand zu gewinnen. »Wieso haben Sie uns nicht gesagt, dass Ihr Chor einen Busunfall hatte? Mit mehreren Toten und zahlreichen Schwerstverletzten. Und dass nicht nur Evelin Suizid begangen hat.«

Ludwig setzte wieder sein Lächeln auf, dieselbe Überheblichkeit, die Jan auch diesmal auf die Palme brachte.

»Sie haben nicht gefragt. Und mir war nicht bewusst, dass das irgendwie in Zusammenhang steht.«

»Ach! Nicht bewusst. Und die Zeichnungen?« Er zeigte dem Mann die Fotos, die er eben geschossen hatte. »So wie es aussieht, haben sich fünf – ich sag's noch mal: fünf! – Ihrer Chormitglieder umgebracht. Und Frau Thongkham hat es heute Morgen versucht.«

»Wanida? Mein Gott ...« Für einen Wimpernschlag sah Ludwig tatsächlich überrascht und betroffen aus. Aber vielleicht spielte er auch nur gut.

Er ließ sich auf den Schreibtischstuhl fallen und blickte orientierungslos auf sein Chaos. »Ich hatte keine Ahnung, dass die Selbstmorde irgendwie zusammenhängen, ich meine ...«

»Ich glaube Ihnen kein Wort.« Jan warf ihm den Sonnenanhänger von Frau Thongkham hin. »Nicht ein einziges.« Drohend baute er sich vor dem Pfarrer auf. »Das haben Sie Ihren Schäfchen gegeben, hab ich recht? Das haben Sie den Chormitgliedern geschenkt, die im Bus saßen.«

Andächtig nahm Ludwig das Amulett hoch und betrachtete die Sonne. »Es soll unsere Gemeinschaft stärken, Herr Nygård. Gemeinschaft. Wissen Sie, was das ist?«

»Welche Gemeinschaft? Die, die sich nach dem Licht sehnt?«

Ludwig schreckte hoch und sah ihn ein wenig überfahren an. »Sie … Sie wissen vom Licht?« Das erste Mal schien es, als wankte seine Selbstsicherheit.

»Hören Sie zu. Sie können mir das hier und jetzt erzählen, oder ich werde Sie in U-Haft nehmen lassen. Das wird unschön. Die Presse wird sich drauf stürzen: Katholischer Pfarrer festgenommen. Wollen Sie das? Wollen Sie, dass ich Sie in Handschellen hier rausführe?«

»Ich hab nichts getan … Ich war auch im Bus, wissen Sie?«, entgegnete der Pfarrer mit seiner ruhigen Stimme und griff in seinen Kragen. Unter dem Hemd zog er eine Kette mit Sonnenamulett hervor. »Ich wäre ebenfalls beinahe gestorben, Herr Nygård. Und Sie haben recht. Die Kettchen sind von mir. Ich habe sie allen geschenkt, die in unserer Selbsthilfegruppe ein neues Zuhause gefunden haben. Nach dem Schrecken des Unfalls.«

»Selbsthilfegruppe?« Das hörte Jan zum ersten Mal. »Wofür Hilfe? Sich das Leben zu nehmen?«

»Ihr Sarkasmus in allen Ehren.« Entrüstet ließ Ludwig das Kettchen wieder unter seinem Hemd verschwinden. »Ich bin ein Mann Gottes. Und unsere Selbsthilfegruppe wird von einem Therapeuten betreut. Ehrenamtlich. Jeder erhält das Maß an Hilfe, das er braucht.« Er erhob sich aus seinem Stuhl und schlenderte zu einem der Buchregale hinüber. »Wir sind ja kein Geheimbund, wissen Sie? Wir treffen uns einmal die Woche. Und unser Licht ist kein Freimaurerabzeichen. Dieser Unfall, dieser Schlag Gottes, er hat meine Gemeinde erschüttert, Herr Nygård. Und meinen Chor. Und als ich gemerkt habe, dass sie seelischen Beistand brauchen, habe ich allen aus dem Bus angeboten, herzukommen. Zu reden. Daran ist ja nichts Schlimmes.«

»Kommt drauf an.« Misstrauisch beobachtete Jan den Pfarrer, dessen Finger über die Bücher glitten.

Schließlich kippte Ludwig einen alten Folianten zu sich heraus, und das Regal sprang ein Stückchen von der Wand. »Worauf?«, fragte er und zog die Geheimtür auf.

»Auf die Art des Beistands«, sagte Jan und sah in den Raum, der sich dahinter anschloss. Zu seiner Überraschung war es bloß ein Durchgang zum Nachbarzimmer, zu einem einfachen Raum mit abgetretenem Teppich, einem simplen Tisch mit Kaffeemaschine und mehreren Dutzend Tassen. Klappstühle lehnten an der Wand. Ein Beamer, eine Leinwand, ein Whiteboard. Das ganze Zimmer wirkte so trostlos wie eine Bushaltestelle irgendwo in der Pampa.

»Wir nutzen den Raum als Seminarraum. Montags kommt der Häkelkreis, und die Plattdeutschgruppe ist Freitag dran. Und dienstags nun unser Kreis.«

»Ich will eine Liste. Wer ist alles in diesem exklusiven Kreis? Wie heißt der Psychologe?«

»Ghasemi. Ein Experte für Traumatherapie. Evelin Meyers hat ihn mir empfohlen. Wohl ein Nachbar. Ansonsten, Herr Nygård, sind alle willkommen, die kommen möchten. Wir sind zwölf. Alles Chormitglieder, ach ja. Und der Busfahrer.«

»Waren zwölf«, berichtigte Jan.

»Ja, wir waren zwölf. Die anderen haben ihren Weg gefunden und sind erlöst worden.«

Jans Miene verdüsterte sich. »Ich dachte, es ist eine Todsünde, sich umzubringen?« Hatte sich Ludwig gerade verplappert? Was sollte das heißen? Und wieso blickte der Pfarrer dabei so selig drein?

»Wer hat sie *erlöst*? Sie? Waren Sie das?«

»*Er* holt sie zu sich, Herr Jansen. Er holt sie und erlöst

sie von allem Leiden.« Von Ludwigs Lächeln bekam Jan schlagartig eine Gänsehaut.

»Wer ist *er*?«, fragte er eindringlicher.

Hatte Kruger nicht auch von einem »er« gefaselt? Er tötete sie alle?

Ludwig lächelte. Er lächelte einfach sein seliges, verfluchtes Lächeln. Jan konnte nicht mehr an sich halten und packte den Mann am Kragen.

»WER IST ER?«

Dieses Lächeln. Sophia schwieg, Kruger schwieg, und dieser Kerl hier … Als könnte die Antwort aus Ludwig herausfallen, schüttelte er ihn.

»Er wird uns alle erlösen, Herr Nygård. Er wird kommen und uns alle endlich erlösen.« Sanft legte Ludwig die Hände auf Jans Fäuste.

»Ein' Scheiß wird er!« Jan wollte ausholen, wollte diesen lächelnden Pfarrer mit seiner gütigen Stimme durch Schläge zur Vernunft bringen.

Komm her, Bürschchen, ich bring dich zur Vernunft! Das hatte Gunvald immer gesagt. *Muss ich euch zur Vernunft bringen!?*

»Lassen Sie mich bitte los«, meinte Ludwig ruhig. »Sie werden ihn nicht aufhalten. Sie dürfen ihn nicht aufhalten!«

»WEN? Sagen Sie's!«

»Er führt alle ins Licht.«

Fluchend ließ Jan los, stieß Ludwig gegen den Türrahmen.

»Es werden Kinder sterben, Ludwig!«

Der Pastor schwieg, hatte den Blick gen Himmel gerichtet und lächelte.

»Fuck! Verflucht noch mal! Ich hab den Altar gesehen. Im Lüfterbauwerk Mitte. Ich hab den ganzen Scheiß gesehen.«

»Nein … Nein, Herr Nygård. Sie haben nichts gesehen. Gar nichts. Sie haben nicht das gnadenvolle Licht gesehen und es gespürt. Wir waren alle tot …«

Ich habe nicht das Licht gesehen. Stimmt. Aber ich war auch tot. Ich war drei Mal tot. Aber da war kein Licht.

Manchmal hört er die Spinnen im Dunkeln singen, während Gunvald Mutter schlägt und die Kälte des Waldes durch jede Ritze des Schuppens kriecht.

Hinein in die Dunkelheit.

Manchmal setzt er sich zu Hannah in die Limonade, in die Glassplitter und ihr schwarzes Blut. Dann nimmt er ihre Hand, lehnt sich mit ihr an den Gefrierschrank und sieht in ihre Augen.

Hinein in die Dunkelheit.

Manchmal – und viel zu oft – hört er die Kettenglieder rasseln und spürt Leonie an seiner Brust. Wie sie weint, während sie unter der Hallendecke hängt. Er nimmt seine Tochter in den Arm und drückt sie fest an sich. Bis sie nur noch ein Schatten ist, und er sieht sie an.

Hinein in die Dunkelheit.

Jan schluckte. Als hätte Ludwig ihm einen Schlag verpasst, taumelte er zwei Schritte zurück.

»Sie haben das Licht nicht gespürt, Nygård«, wiederholte der Pfarrer mit seiner einschmeichelnden Stimme.

Nein. Weil ich immer die Dunkelheit sehe.

»Aber wir – wir, die wir die Sonne auf unserem Herzen tragen, wir werden eins mit dem Licht Gottes. Unser Licht wird zu seinem Licht. Sein Licht wird unser Licht.«

»Das ist Beihilfe zum Suizid. Wenn nicht Mord. Ich nehm Sie fest.« Entschlossen griff Jan nach den Handschellen an seinem Gürtel.

Ihm war klar, dass Beihilfe zum Suizid nicht strafbar war. Aber das Decken einer Straftat sehr wohl. Und der

Täter hatte sehr viel mehr getan, als nur einem Sterbenden beizustehen. Es war nicht Jans Aufgabe, zu entscheiden, ob das alles Morde waren. Dafür gab es Roger und die Gerichte. Er hatte seine Entscheidung allerdings getroffen.

»Hände auf den Rücken«, befahl er und legte Ludwig die Handschellen um.

Der Pfarrer leistete keinen Widerstand. Es kam Jan eher so vor, als hätte Ludwig damit gerechnet und wäre bestens vorbereitet.

Als er ihn hinaus in den Flur schob, betrat die Flyer-Frau aus der Kirche das Haus. Perplex blieb sie stehen. »Herr Ludwig! Was ist denn los?«

»Stellen Sie mir eine Liste dieser Selbsthilfegruppe zusammen. Und vergessen Sie diesen Therapeuten nicht«, brummte Jan. »Die Kirche der Sonne ist vorerst geschlossen.«

27

Jan nahm zwei Stufen auf einmal, in die zweite Etage des Ärztehauses, wo Dr. Ghasemis Praxis lag. Es hatte ihm zu lange gedauert, auf den winzigen Aufzug zu warten, vor dem bereits eine Frau mit ihrem hibbeligen Kind stand.

Der Flur im zweiten Stock, der auch zu den Praxen einer Ergotherapeutin und eines Diabetik-Facharztes führte, war in beruhigendem Hellgelb gestrichen.

Ghasemis Praxis lag ganz am Ende, die Tür stand einen Spalt offen, und Jan trat ein.

Die Tür hinter einer ausladenden Zimmerpalme öffnete sich, und ein großgewachsener Mann musterte Jan über seine Brille hinweg. Im Gegensatz zu den Psychologen und Psychiatern, die er im letzten halben Jahr wegen Leonie kennengelernt und die in lässigen Jeans, mal mit Hemd, mal Kapuzenpulli oder Shirt therapiert hatten, schien Ghasemi sich im Klischee zu gefallen. Er entsprach ziemlich genau der Vorstellung, die Jan vor Leonies Albtraum von Psychologen gehabt hatte: Stoffhose, dunkler Rollkragenpullover. Fehlte nur noch das Tweedjackett mit Ellbogenschonern. Die leicht ergrauten Haare hatte er nach hinten gekämmt, sodass sein klassisches Profil betont wurde.

»Herr Nygård?«

»Ja, Sie sind Dr. Ghasemi?«

Der Mann nickte und machte eine einladende Geste.

»Keine Patienten?«, fragte Jan.

»Es ist noch Mittagspause. Er sah auf seine Smartwatch. In zwanzig Minuten steht die nächste Sitzung an. Wie kann ich Ihnen helfen?«

Jan folgte dem Therapeuten in das Sprechzimmer. Auch

hier sah es mehr nach einem gemütlichen Wohnzimmer aus als einem Untersuchungsraum. Allerdings gab es einen Computer, der auf einem zu kleinen Tischchen in einer Ecke des Raums stand. Tabellen flimmerten auf dem Monitor, und auf der Tastatur lag ein Stapel Papier, der sicher gleich ins Rutschen kommen würde.

»Büroarbeit. Computerkram. Rechnungen, Mahnungen. Definitiv nicht der Lieblingsteil meines Berufs.« Lächelnd bot Ghasemi Jan einen der Sessel an.

»Ich will Sie gar nicht lange aufhalten«, meinte Jan, als er sich setzte. Er fühlte sich nicht wohl. Therapeuten schwafelten so gerne über Gefühle und bohrten in Erinnerungen. Alles Dinge, die Jan lieber vergrub oder mit sich selbst ausmachen wollte. »Es ist so. Sie betreuen ehrenamtlich eine Selbsthilfegruppe in der St.-Thaddäus-Kirche?«

Ghasemi nahm ihm gegenüber Platz. »Das ist richtig. Pfarrer Ludwig bat mich um Hilfe.« Er seufzte. »Ich habe mich auf Traumabewältigung spezialisiert. Ganz ehrenamtlich ist es allerdings nicht, bevor Sie bohren: Die Kirche zahlt mir ein bisschen was.«

»Und was für einen Eindruck hatten Sie von den Teilnehmern?«

»Das sind teilweise extrem traumatisierte Personen. Kein Wunder nach dem schweren Unfall. Viele von ihnen haben ihre Therapie abgebrochen, aber Pfarrer Ludwig hat sie zusammengebracht, um ihnen beizustehen. Später bin ich dazugekommen.«

»Haben Evelin Meyers oder Wanida Thongkham jemals etwas über einen Mann mit einer Basecap erzählt?«

Ghasemi musterte Jan, als schätzte er ab, wie viel er ihm anvertrauen durfte. Schließlich meinte er: »Nein. Haben Sie nicht. Aber um ehrlich zu sein, fällt alles, was ich mit meinen Patienten bespreche, unter die Schweigepflicht.«

Innerlich stöhnte Jan auf. Das Schlimmste an diesem Fall war, dass er allen Zeugen die Informationen aus der Nase ziehen musste.

»Aber ich denke mal, wenn Ihr Patient tot ist, dann können Sie schon über ihn reden?«

Kurz schloss Ghasemi die Augen, als müsste er sich konzentrieren, nicht die Fassung zu verlieren. »Wer ist gestorben. Evelin?«

»Evelin Meyers. Gerd Bercks. Ja. Und heute hat Frau Thongkham versucht, sich zu erhängen.«

»Sie hat …« Ghasemi nahm die Brille ab und kniff sich in die Nasenwurzel. »Wie geht es ihr?«, fragte er dann besorgt.

»Intensivstation. Ich denke, sie wird in den nächsten Stunden ansprechbar sein, aber ich bin kein Arzt. Und psychisch? Das wissen Sie wohl besser als ich.«

Nachdenklich nickte Ghasemi und ging in sich. Schließlich gab er sich einen Ruck, doch mehr preiszugeben: »Herr Ludwig war so nett und hat mir Tonbandaufnahmen zukommen lassen – mit dem Einverständnis jedes Einzelnen natürlich. Da hat er die Gespräche mit seinen … er nennt sie immer *Schäfchen* … also mit den Patienten aufgezeichnet. Und ich denke, so viel kann ich Ihnen verraten: Wanida Thongkham und auch Evelin Meyers waren extrem instabil und äußerst traumatisiert. Das hat sich bei den Sitzungen, bei denen ich anwesend war, auch bestätigt. Bei beiden habe ich eine stationäre Behandlung empfohlen, die die Betroffenen leider ablehnten. Sie litten beide unter einer äußerst starken Psychose, einer tiefgehenden psychischen Störung.«

»Was war denn gestört? Depressionen, Manien?«

»Sie haben sich damit schon beschäftigt?«

»Zwangsläufig, ja«, gab Jan brummelnd zu.

»Also, ihre Psychosen waren gekennzeichnet durch einen stark beeinträchtigten Selbst- und Realitätsbezug. Die beiden haben ihre Umwelt nicht mehr realistisch wahrgenommen.«

»Stimmen? Halluzinationen?«

Ghasemi nickte. »Irrationale Gedanken. Zwangsgedanken. Sie haben immer an ein Licht denken müssen, ein warmes Irgendwas, das sie holen will ... Und sie hatten ein starkes Interesse an Religion und Mystik.«

»Religion und Mystik? Das dürfte Ludwig gefallen haben.«

Ghasemi lächelte milde, verbat sich aber jeden Kommentar.

»Apropos Ludwig? Ist er ebenfalls ein Patient aus der Gruppe? Ich meine, bei Ihnen? Er saß doch auch im Bus.«

»Nein.« Ghasemi stand auf und griff nach einer Sprühflasche, mit der er eine der Palmen benetzte. »Ich unterstütze ihn ja nur, das ist seine Seelsorge. Die Treffen, meine ich.«

»Ist er psychisch stabil?«

»Ludwig? Soweit ich das ohne Sitzungen einschätzen kann, ja.«

»Hat er mal darüber gesprochen, dass er reanimiert wurde?«

»Ja, hat er tatsächlich.«

»Hat er auch über das Licht gesprochen?«

Ghasemi hielt inne. »Selbstverständlich. Es hat ihn fasziniert. Wahrscheinlich aus religiösen Gründen.«

»Ich gehe davon aus, dass alle Therapiemitglieder, seine Schäfchen, die er sich da zusammengeholt hat, reanimiert wurden. Sie alle haben ein Licht gesehen. Für dieses Licht hatte Ludwig einen Altar errichtet.«

»Altar?« Ghasemi setzte sich wieder. »Was für einen Altar?«

Jan ging nicht darauf ein. »Und jeder der Gruppe hat so ein hübsches Sonnenkettchen von ihm bekommen. Kann es sein, dass er besessen von diesem Licht war? So wie Frau Thongkham und Frau Meyers? Wessen Idee war das? Mit den Sonnenamuletten?«

»Ludwigs«, antwortete Ghasemi prompt. »Er meinte, es wäre gut fürs Gemeinschaftsgefühl. Und – ehrlich gesagt – da kann ich nur zustimmen. Es ist wichtig, den Patienten das Gefühl zu geben, dass sie nicht allein sind mit ihrem Schmerz und ihren Ängsten.«

»Hatten Sie nicht den Eindruck, dass Ludwig diesem Licht etwas zu viel Bedeutung beigemessen hat?« Abwartend beobachtete Jan den Therapeuten. Der saß jetzt vorgelehnt, die Ellbogen auf den Knien, die Fingerspitzen an den Lippen. Er schien durch Jan hindurchzusehen und intensiv über seine Antwort nachzudenken.

Schließlich holte er tief Luft. »Mir ist klar, worauf Sie abzielen, Herr Nygård. Pfarrer Ludwig hat eine Art Besessenheit für die Idee des Totenlichts entwickelt, ja. Er hat über dieses Phänomen recherchiert und sich, durch seinen christlichen Glauben motiviert, immer stärker mit der Frage nach einem Leben nach dem Tod auseinandergesetzt. Stimmt wohl. Da haben Sie recht. In der Gruppe wurde viel und oft über das Licht gesprochen. Viele der Teilnehmer haben es bei ihrem Tod, wenn man das so nennen mag, als etwas Erlösendes empfunden.« Sein Blick verdüsterte sich, und er ließ sich wieder in seinen Sessel zurückfallen. »Ich gebe zu, es ist eine verführerische Idee. Nicht jeder Schmerz, den uns das Leben zufügt, kann uns von den Schultern genommen werden. Ich gebe mein Bestes, um das Leid der Menschen zu lindern, aber es ist schwer. Es ist hart. Es geht. Zum Teil. Doch ganz wird jemand, der einem so extrem traumatischen Erlebnis ausgesetzt war, die Gefühle der

Angst und Panik nicht mehr loswerden. Es wird immer Momente, vielleicht sogar ganze Tage geben, an denen diese Dunkelheit zurückkommt.«

Manchmal singen die Spinnen, während seine Mutter bitterlich weint. In der Dunkelheit.

»Halten Sie Ludwig für zurechnungsfähig?«, fragte Jan direkt und schüttelte die Gedanken an Gunvald und all den Scheiß ab, der ihm in der Kindheit und in den letzten Jahren widerfahren war.

»Ludwig hat sich dem Wohl seiner Gemeindemitglieder verschrieben. Ich denke, er wollte sie aufrichtig von ihrem Leid erlösen.«

Erlösen, da war es wieder, dieses Wort.

Jan erhob sich und streckte dem Therapeuten die Hand hin. »Wir werden Sie als Zeuge vorladen müssen.«

»Zeuge?« Stirnrunzelnd sah er Jan über die Brille hinweg an. »Ich komme gerne, aber …?«

»Für die Morde an Frau Meyers, Herrn Becks und den anderen.«

»Morde? Herr Ludwig hat immer von Selbstmord geredet.«

Jan, der eigentlich schon halb aus dem Zimmer war, blieb stehen. »Ja. Und er hat auch immer von Erlösung gesprochen. Aber eigentlich ist es doch sein Job, seinen Schäfchen Mut zu spenden, ihnen klarzumachen, dass sie wertvoll sind und es falsch ist, einfach aufzugeben.«

Ghasemi seufzte aus tiefstem Herzen und sah plötzlich immens müde aus. »Ja. Das ist es. Und mein Job ist das auch. Die Ängste und Schmerzen nehmen. Aber oft versagen wir. Auch ich, leider. Viel zu oft.«

28

»Du hast was?« Fassungslos starrte Sophia ihre Mutter an, die wieder einmal, ohne anzuklopfen, in ihr Zimmer gekommen war.

»Du hast ja deine Bewerbung nicht abgeschickt!«, gab sie aufgebracht zurück.

»Vielleicht, weil ich es nicht *will*? Schon mal darüber nachgedacht, Mama?« Ihre Stimme zitterte vor Wut. Wie immer hatte sie auf ihrem Bett gesessen, Musik auf den Ohren, und die Mathearbeiten erledigt. Bis ihre Mutter ihr einen geöffneten Brief mit dem Logo des Nationalparks Wattenmeer hingelegt hatte.

»Das ist doch Blödsinn, Sophia«, tat ihre Mutter ihren Einwand ab.

Sie tat nicht nur ihren Einwand ab, sondern Sophias Gefühle. Sie wischte sie mit einem »Blödsinn« einfach weg.

Sophia schüttelte wütend den Kopf. Wie konnte ihre Mutter sie nur, ohne zu fragen, beim Praktikum anmelden?

Voller Zorn starrte Sophia sie an. Alles zog sich in ihr zusammen.

Blödsinn! Ja, für dich! Ja, für dich ist das Blödsinn! Mama!

Ihre Mutter, diese schlanke Frau, die sich dank unzähliger Cremes ihren jugendlichen Charme bewahrt hatte, sich die grauen Haare regelmäßig blondierte und jeden Tag drei Kilometer joggte, um ihre Figur zu halten, fand, dass ihre Tochter sich einfach nur blödsinnig verhielt. Sie wollte nicht sehen, dass Sophia sich nicht dazu in der Lage fühlte, ein Praktikum anzunehmen. Irgendein Praktikum. Sie konnte es schlichtweg nicht, weil sie wusste, dass sie zerbrechen würde.

Sophia schluckte die Tränen runter und wusste nicht, was schlimmer war – dass ihre Mutter einfach in ihrem Namen eine Bewerbung losgeschickt hatte oder dass sie nicht verstand, wie es in ihr aussah.

»Du hast den Platz! Schatz, überleg mal. Drei Wochen im Wattenmeerzentrum Cuxhaven. Das tut dir doch gut. Da kommst du mal raus und auf andere Gedanken.«

Sophia starrte ihre Mutter fassungslos an, die es offenbar ernst meinte und ihren Willen durchsetzen wollte.

Blödsinn.

Das ist es also? Nur Blödsinn, dieses eine Wort. Und meine Ängste, Schmerzen, Verluste … Wahrscheinlich hat Mom genug davon. Einfach die Schnauze voll. Na, willst du dein schönes, quirliges Mädchen zurück?

Das bin ich nicht mehr.

Dachte sie wirklich, dass Sophia jeden Tag in ihrem Zimmer saß, weil sie es wollte? Dass sie all ihre Kleider und Tops gegen unförmige weite Hoodies getauscht hatte, weil sie es *wollte*? Weil sie es schick fand?

Ihre Mutter verstand rein gar nichts. Sophia steckte in dieser Haut fest, in diesem Körper. Und sie war schon so nah an der Pforte gewesen, hinter der das schmerzlose Land begann, nah am Licht. Es wartete auf sie.

Sie suchte den Blick ihrer Mutter, starrte sie an und streifte langsam, wie in Zeitlupe, die Kapuze des Hoodies zurück. Vielleicht kapierte ihre Mom es ja so. Sie schob den Ärmel hoch und strich sich die langen Haare aus dem Gesicht.

Narben.

Keine fühlende rosige Haut.

Ihre linke Wange war voller Narben.

Das war alles, was von Mamas hübschem Mädchen noch da war.

Der Blick ihrer Mutter zitterte, Sophia sah es genau. Ihr Blick wollte sich abwenden! Ihre Mutter wollte sie nicht sehen, nicht so … Und musste sich anstrengen hinzuschauen.

So wie alle.

Sophia durchzuckten Wut und Traurigkeit wie ein Blitz. Sie kniff die Lippen zusammen, bebend, und lächelte. Trotzig, verzerrt, irgendwie lächelte sie.

Ihre Mutter konnte nicht mehr, sprang hektisch auf und lief aus dem Zimmer. Sie hielt sich die Hand vor den Mund, und Sophia konnte sie auf der Treppe schluchzen hören.

Sophia sank in die Kissen zurück und schloss die Augen. Rief sich das Licht in Erinnerung, um den unglaublichen Schmerz, den ihre Mutter ihr gerade zugefügt hatte, zu vergessen.

Das Licht.

Erlösung.

Sie weinte ohne einen Laut.

29

Reichlich nervös rührte Anna in ihrem Eiskaffee und sah auf die Alster hinaus. Die wuchtigen Fenster des Cafés boten kaum Schutz vor der Sonne, aber sie schwitzte nicht nur wegen des Wetters.

Du hast Jan gesagt, dass du nicht weißt, ob du Kian Kruger vertrauen kannst. Also warum jetzt diese Dummheit?

Ich kenn ihn. Zumindest ein wenig. Und ich habe einen Blick dafür ...

Wer unschuldig ist? Und wer ein Mörder? Er hat seine Freundin geschlagen, er hat aus einer Kirche Bilder geklaut. Er hat schon damals erste Anzeichen eines Wahns gezeigt ... Und du denkst, du kannst ihm in den Kopf sehen – weil du vor Jahren ein paar Monate mit ihm zu tun hattest?

Sie wischte die Zweifel fort und ließ den Blick über die Promenade und die Binnenalster gleiten. Von hier oben aus dem ersten Stock hatte man einen guten Blick auf das Wasser, die Fontäne und die Touri-Fähren.

Der hübsche Ausblick vertrieb ihre innere Stimme aber kein bisschen.

Du willst doch nur Jan was beweisen.

Was? Nein! Ich will im Fall weiterkommen. Und so wie es aussieht, weiß Kruger mehr, als er uns sagen will. Mit harten Verhören kommen wir da nicht weiter ... Er hat mich gewählt, um der Sache nachzugehen ...

Und wenn er wirklich traumatisiert wurde? Und er es selbst war, ohne es zu wissen? Was, wenn er Evelin umgebracht hat? Und die anderen? Was, wenn er dir den Brief hingelegt hat, um gestoppt zu werden?

So oder so. Er weiß, wer »er« ist.

»Anna?«, riss Kruger sie aus den Gedanken. Er stand am Tisch und sah sich gehetzt um. »Können wir uns vom Fenster …?«

Stirnrunzelnd nickte sie. Seine Unruhe war deutlich zu spüren, und sie bemerkte sofort, dass er einen Tisch aussuchte, von dem aus er den Eingang des Cafés einsehen konnte.

Frühe Anzeichen einer Schizophrenie waren oft Wahnvorstellungen. Oft mehr als ein Wahn …

Beziehungswahn, dafür hatte es damals Anzeichen gegeben. Und nun Paranoia?

»Möchtest du was trinken?«, fragte sie, um ihn ein bisschen zu beruhigen.

Kruger schüttelte den Kopf. »Ich muss gleich wieder los.«

Anna musste zugeben, dass sie ihn sehr viel schlaksiger in Erinnerung hatte. Er trug wieder eine Basecap, diesmal eine coole, absichtlich zerschlissene, und unter seinem lässigen Hemd zeichneten sich Muskeln ab. In den Jahren seit ihrem Treffen in der JVA hatte er seinen Körper anscheinend gut in Schuss gebracht. Er war auch damals sportlich gewesen und hatte seine Zeit im Gym totgeschlagen, aber sein Körper hatte eher drahtig als muskulös gewirkt.

Kruger fixierte sie mit seinen braunen Augen. Sie waren so dunkel, dass Anna das Gefühl bekam, hineinzufallen.

Irgendwie musste sie das Eis brechen, Vertrauen aufbauen. »Kannst du dich noch erinnern«, meinte sie, »wie du mir zugeredet hast, dass ich unbedingt Psychologie zu Ende studieren soll?«

Er nickte. »Die Monate in Haft waren echt beschissen. Aber du, du hast zugehört.«

»Das mache ich immer noch.«

Wieder sah er zum Eingang, dann zum Tresen, als befürchtete er, jemand könne aufkreuzen. »Ich wollte, dass du nachforschst. Mit Evelin, aber nicht, dass *er* uns sieht. Dich. Mich zu treffen, das ist zu gefährlich.« Er nahm seine Basecap ab und drehte sie in den Händen.

»Hier passiert nichts, Kian. Du kannst dich entspannen. Es ist ja kaum wer hier.«

Er schluckte und nickte schließlich, aber es fiel ihm sichtlich schwer, loszulassen.

»Erzähl mir was über Evelin. Wie hast du sie kennengelernt?«

»Im Krankenhaus. Nach dem Unfall. Ich … ich hatte das Glück, dass mein Chef mir – trotz der JVA und so – eine Chance gegeben hat. Und … ich bin ja fast jeden Tag im Krankenhaus, wegen der Rettungsfahrten. Es ging ihr wirklich schlecht. Vor allem seelisch …« Er zuckte mit den Schultern. »Ich glaube, ich hab sie aufgeheitert. Wir hatten Pläne. Nichts Großes. Heide Park. So was.« Sein Blick glitt zur Fensterfront und zum Licht. »Sie hatte solche Schmerzen. In ihrem Kopf, da war was kaputt.«

»Seelisch labil?«

Er nickte.

»Und wie ist das bei dir? Du wirkst so angespannt. Bist du oft ruhelos, reizbar?«

»Was?« Er starrte sie an.

»Kian, hörst du manchmal Stimmen?«

»Es geht hier nicht um mich! Sondern um ihn! Anna!« Plötzlich griff er ihre Hand. »Diese Menschen sterben alle«, raunte er. »Weil er sie ins Licht bringt. Das Totenlicht leuchtet ihm den Weg. Und er führt die anderen da hinein. Aber ich … Ich weiß nicht, ob das richtig ist! Das ist doch nicht richtig? Oder? Auch wenn man so große Schmerzen hat wie Evelin. Oder?«

Ob das richtig ist? Fragte er sich ernsthaft, ob die Morde *richtig* waren?

Sie wollte ihre Hand wegziehen, aber er hielt sie fest.

»Lass mich los.« Sie bekam Gänsehaut.

Jan hielt mit seinem Motorrad illegalerweise auf der Promenade unweit der Bushaltestelle und sah sich um. Ein steter Strom Touristen schob sich an ihm vorbei, wollte zum Alsterhaus, zur U4 oder einfach die Uferpromenade an der Binnenalster entlangflanieren. Sein Blick suchte die gegenüberliegende Häuserzeile ab, alles sündteure Gebäude in exquisiter Lage mit Blick aufs Wasser. Das Café »Mit freundlichen Grüßen« lag im ersten Stock. Riya hatte ihm nach seinem Drängen schließlich verraten, dass Anna sich hier wohl mit Kian Kruger treffen wollte.

Jan stieg ab. Das Café lag im ersten Stock, aber hinter der Fensterfront war nur ein älteres Ehepaar zu sehen.

»Skit. Mach keinen Scheiß, Anna«, brummte er und lief über die Straße.

»Kian …« Sie zwang sich, seinen Griff auszuhalten und ihm in die Augen zu sehen. »Du weißt, wer Evelin dazu gebracht hat, Suizid zu begehen. Wer ist dieser ›er‹?«

Sein Kopfschütteln kam etwas zu schnell.

»Kian«, hakte sie noch einmal nach. »Wenn du weißt, wer dafür verantwortlich ist, dann sag es mir. Du weißt, ich hab dir schon mal geholfen.«

Einen langen Moment sah er sie an, als nähme er tatsächlich Anlauf, als musterte er den steilen Weg und holte Atem, bevor er losspurten konnte. Sie sah, wie er wieder, genau wie im Verhör, mit sich rang.

»Du wolltest Freigang wegen deiner kranken Mutter. Ich habe dir geholfen, oder? Vertrau mir, Kian.«

Sie merkte, wie ihr der Schweiß über den Rücken rann. Und wenn Jan recht hatte? Was, wenn Kruger nichts sagte, weil er sich selbst belasten würde?

Wenn er schweigt, weil er sich vor sich selbst fürchtet? Anna. Hast du daran schon mal gedacht?

Nein, er hatte er vermutlich bloß Angst vor dem Mörder.

Und wenn er nicht nur schizophren ist, Anna, sondern eine dissoziative Identitätsstörung hat?

Endlich ließ er sie los und wich zurück, als wäre er überrascht, dass er überhaupt zugegriffen hatte. »Es tut mir leid! Ich … ich hätte dich da nicht mit reinziehen dürfen.« Plötzlich weiteten sich seine Augen. Panik ergriff ihn, und er sprang auf.

»Was? … Kian?«, sagte sie noch, dann bemerkte sie, wen er gesehen hatte. Jan. Der betrat das Café und hielt schnurstracks auf sie und Kruger zu.

»Wollen wir uns nicht noch mal treffen?«, rief Anna ihm zu, aber Kruger antwortete nicht, sondern passierte Jan. Die beiden Männer warfen sich einen tödlichen Blick zu, dann war Kruger bereits auf der Treppe und lief runter.

30

»Du hast es versaut. Du hast ihn verschreckt«, fuhr Anna Jan an, als er zu ihr trat und ihr eine Standpauke halten wollte.

Sauer warf sie einen Schein zu ihrem Kaffee. »Er war so kurz davor, mir zu verraten, wer der Täter ist.«

»Anna. Das ist nicht deine Aufgabe.«

»Ach! Ich bin doch die Einzige, die ihn kennt. Die einen Zugang zu ihm bekommt.« Sie lief um den Tisch und eilte zum Ausgang. Sie hatte jetzt wirklich keine Lust, sich mit Jan zu unterhalten. »Du hättest ja auch dahinten irgendwo warten können …«

»Er hat mich doch sofort gesehen.«

»Bist du mir nachgefahren?«

»Riya …« Weiter kam er nicht.

»Glaubst du ehrlich, du musst auf mich aufpassen?«

»Jetzt warte doch mal. Anna.« Er wollte sie festhalten, aber sie riss sich los und funkelte ihn an. »Kruger ist ein vorbestrafter Gewalttäter«, sagte er. »Das ist kein Spiel. Und wenn's eins ist, dann wahrscheinlich sein eigenes! Er zieht dich da mit rein!«

»Noch eine halbe Stunde, und ich hätte wahrscheinlich endlich eine brauchbare Info bekommen.«

»Der will nur abchecken, was wir wissen.«

Sie steckte sich die Ohrenstöpsel rein und bahnte sich einen Weg an Jan vorbei zur Treppe.

»Warte, Anna«, hörte sie ihn rufen, aber sie hatte keine Lust mehr. Sie eilte die Stufen hinunter, die in einem Telefonladen endeten, durch den man zur Promenade gelangte.

Sie stieß die Tür auf, und die heiße Nachmittagsluft

klatschte ihr entgegen. Kaum zehn Meter weiter spürte sie eine Hand an ihrem Arm.

»Was?« Sie fuhr herum.

»Auf was für einem Trip bist du eigentlich? Anna, du musst mir nichts beweisen, okay? Oder Dieck. Wir lösen das zusammen. Du musst nicht die Heldin spielen.«

»Ich treff mich mit einem Informanten in einem Café. Nachdem er mir einen Brief hinlegt, weil ich einem Mord nachgehen soll. Was ist daran so schlimm?«

»Weil er womöglich der Täter ist und du dich wissentlich in Gefahr bringst, nur um …«

»Er hatte keine Schicht, als dieser Bus verunglückte. Er hat damit nichts zu tun«, unterbrach sie Jan.

»Er hat kein Alibi für Evelins Tod – ich hab's überprüft. Und für heute Morgen auch nicht.«

Sie stutzte. Jan und Riya hatten am Vormittag die anderen Chormitglieder abgeklappert. Sie schloss die Augen.

»Noch jemand?«, fragte sie leise.

»Beinahe. Riya und ich – wir waren gerade noch rechtzeitig da.«

»Du glaubst, er treibt sein Opfer in den Selbstmord und trifft sich dann – wie viel? Zwei Stunden? – später mit mir?«

Jan antwortete nicht, aber sie konnte spüren, dass er genau das dachte.

»Das ist doch Wahnsinn.« Sie eilte weiter.

»Ja. Wahnsinn. Genau«, rief er ihr nach. »Das ist das Stichwort!«

Frustriert schüttelte Anna den Kopf. Sollte sie etwas erwidern? Dass er ein Kontrollfreak war? Dass er aufhören sollte, sie wie ein rohes Ei zu behandeln?

»Anna! Du hältst dich von Kruger fern! Haben wir uns verstanden?«

Jetzt blieb sie doch noch einmal stehen: »Weißt du was,

Jan … Du bist nicht mein Vater. Dieck hat Kruger gehen lassen. Der sieht auch keinen Grund, ihn zu observieren.«

»Sicher. Von wem auch. Hast du dir mal angesehen, wie dünn wir in den letzten Monaten besetzt waren?«

»Natürlich. Das ist der Grund.« Wütend wandte sie sich ab und eilte davon. Seine Bedenken und Ratschläge konnte er sich sonst wohin stecken. Wer brachte sich denn ständig in Gefahr und ignorierte Anweisung um Anweisung?

Außerdem war es nicht sie, sondern er, der immer aufdrehen musste, um sich zu spüren. Genau so hatte er das bei einer ihrer Sitzungen gesagt: Er brauchte das Adrenalin, die Gefahr, sogar die Schmerzen und Verletzungen, um etwas zu spüren, um zu wissen, dass er noch auf dieser Welt war.

Das war seine Nummer, nicht ihre.

»Anna!«, hörte sie ihn erneut rufen, drehte sich aber nicht um.

Jan war kaputt. Und dass die Demenz bei seinem Vater in Siebenmeilenstiefeln voranschritt und Leonie mit diesem Trauma leben musste, machte es nicht einfacher für ihn.

Du dumme Nuss!, schalt sie sich. Wieso, verflucht noch mal, entschuldigst du ihn schon wieder?

An der Hausecke blieb sie stehen und sah sich doch zu ihm um, aber Jan war bereits auf halbem Weg zu seinem Motorrad. Seine Haltung und der energische Schritt verrieten ihr, wie sauer er war.

31

»Wie geht's mit deiner Mutter?«, fragte er und lenkte den braunen Passat in die Drive-in-Spur.

»Gut«, log sie. Verschüchtert starrte Sophia nach draußen in die Sonne. Der Parkplatz war trotz der Hitze ziemlich belegt, und sie hoffte, er würde nicht zwischen zwei Wagen zum Essen anhalten. Ihr Magen knurrte. Ihre Mutter hatte ihr Geld für die Mensa mitgegeben. Zum Bezahlen hätte sie ihren Schülerausweis vorzeigen müssen. Das Passfoto, das sie im Schulhof vor zwei Jahren aufgenommen hatten, zeigte ein blondes Mädchen, dessen Augen strahlten und dessen Lächeln offen und ansteckend war.

Sie war nicht mehr dieses Mädchen.

Und die anderen an der Kassenschlange sahen das genauso wie sie.

Da war sie lieber ohne Essen gegangen.

Er seufzte. »Sophia. Du musst mich nicht anlügen. Ich sehe ja, wie sehr dich alles schmerzt.«

Sie biss sich auf die Lippen. »Ich … Meine Mutter is' so ein Arsch«, brachte sie heraus. »Die kriegt gar nichts mit. Weil … weil …«

»Weil sie dich nicht sehen will, richtig?«

Sophia schnaufte. »Das … Nein … Ich …« Der Blick ihrer Mutter tauchte wieder vor ihren Augen auf, dieses Entsetzen. »Ja«, gab sie kleinlaut zu. »Ja. Manchmal, da … da glaube ich, sie fürchtet sich vor mir.«

Sie fuhren an die Säule zum Bestellen. »Hm. Verstehe … Ein BigMac und … Was magst du?«

»Ich? Äh, Cheeseburger.« Sie stippte die Plüschwürfel am Rückspiegel an.

»… einen Cheeseburger. Beide als Menü … Wie immer Wasser?«

Sophia nickte.

»Zweimal Wasser. Pommes. Mayo.« Langsam fuhr er zum nächsten Fenster weiter. »Ich war neulich wieder an der Elbe. Weißt du? Da, wo wir schon mal waren. Ein Stück weiter.«

»Ja?«, fragte sie tonlos und strich sich eine Haarsträhne vors Gesicht, weil sie zum Bezahlfenster kamen.

»Da gibt's gar nicht weit eine wunderschöne Ecke. Die wird dir gefallen.«

»Gibt's da auch …« Sie brach ab, weil der Typ im Fenster sich so blöd vorbeugte und sie lieber zur anderen Seite sah. Er bezahlte und fuhr zur Ausgabe.

»Danke.«

»Was?«

»Für die Einladung.«

»Alles gut, Sophia. Mach dir keinen Kopf … Was gibt's da auch?«, griff er ihre Frage auf.

»Nichts.«

»Nein. Sag schon.«

Sie zierte sich.

Das ist dämlich, dachte sie. Er wird dich für ein naives kleines Mädchen halten.

»Mit mir kannst du reden. Das weißt du doch. Hm?«

Das stimmte allerdings. Ihm konnte sie alles erzählen, und er hörte immer zu.

»Ich bin's gewohnt, Menschen zu helfen. Das weißt du. Und ich will's wissen, Sophia. Also … Komm, raus mit der Sprache.« Er nahm die Tüte vom Schalter entgegen, bedankte sich und fuhr auf den angrenzenden Parkplatz. Dort suchte er ein entlegenes Plätzchen weitab von den Jugendlichen, die um ihre Autos standen, von Müttern mit ihren

Kindern und den anderen Kunden. Sie bemerkte Boris, Alex und Isabel. Die drei kickten mit leeren Pappbechern rum und neckten sich.

»Komm, jetzt hast du mich echt neugierig gemacht.«

»Das klingt so kitschig, aber … Aber gibt's da Blumen?«

Lachend gab er ihr den Cheeseburger. »Tausende. Da sind Tausende Blumen.«

Sie musste lächeln. Blumen waren gut, und dass er so weit abseits geparkt hatte, war auch gut.

Er biss herzhaft in seinen BigMac. »Soll ich dir was sagen? Da gibt's auch Schmetterlinge. Kein Witz.« Ihr übertrieben skeptischer Blick ließ ihn lachen. »Nein, wirklich«, verteidigte er sich. »Ist da ein bisschen wie im Märchen.«

»Der perfekte Ort«, sagte sie leise und aß ihren Cheeseburger.

»Der perfekte Ort«, wiederholte er mit seiner beruhigenden Stimme. »Er ist wirklich sehr friedlich. Ideal, um diese Welt hinter sich zu lassen, Sophia.«

Sie blickte nach draußen und registrierte, dass Alex und Isabel sich über der Motorhaube von Alex' Wagen küssten. Sie sah es, aber sie fühlte nichts.

Dann soll es eben so sein, dachte sie. Sollen sie ihr beschissenes Leben leben.

»Das klingt gut«, antwortete sie schließlich und bekam von ihm das Wasser gereicht. Seine Hand blieb auf ihrer liegen, und er sah ihr fest in die Augen.

»Sophia. Du musst es auch wollen. Du weißt, dass das Licht auf dich wartet. Die Erlösung ist zum Greifen nah. Aber du musst es wirklich wollen.«

Sie nickte und schob den Ärmel wieder herunter.

Natürlich bemerkte er es. »Hast du wieder vom Licht geträumt?«

»Fast jede Nacht«, gab sie zu. »Aber ich – es ist so weit

weg.« Sie schnappte sich eine Pommes und wischte Mayo damit von der Pappe. »Und immer ist da jemand, der den Weg versperrt.«

Er säuberte sich die Finger mit einer der Servietten und sah hinaus in den Sommertag. »Ich verstehe, dass du Angst hast«, meinte er leise, fast nachdenklich. »Aber ich weiß, dass das Licht auf dich wartet und dir Frieden bringen wird.« Ohne Zögern streckte er die Hand aus und strich ihr eine der Haarsträhnen aus dem Gesicht. Kein Zittern, kein Zaudern. Nur diese liebevolle Geste und sein offener, ehrlicher Blick. Wann hatte ihre Mutter das letzte Mal so mit ihr geredet? Sie so angesehen? Sie berührt?

»Es ist nur ein kleiner Schritt, weißt du? Aber du musst mutig sein und es selbst wollen.«

Niemand berührte sie mehr.

Ihre Finger umschlossen die Sonne an der Halskette, fuhren die spitzen Strahlen des Anhängers nach.

»Wann?«, fragte sie schließlich und sehr entschlossen.

Er musste lächeln. »Das hört sich gut an. Pass auf, ich hol dich morgen Abend ab. Morgen soll Vollmond sein. Dann fahren wir zu den Blumen … iiiiinklusiiiive Schmetterlinge.«

Sie lachte, weil er es so übertrieben gesagt hatte.

Ihr Lachen überraschte sie selbst. Es tat gut, mit ihm zu lachen.

32

Jan kam sich extrem schäbig und müde vor, als er ins LKA zurückkehrte. Der Streit mit Anna hing ihm nach, und er war sich bewusst, dass seine Festnahme, was Ludwig betraf, auf tönernen Füßen stand.

Die Klimaanlage war noch immer im Eimer und die Flure sowie das Großraumbüro mit einer heißen, stickigen Luft erfüllt, die Jan an Urlaube in Dubai erinnerte.

Er aß seinen Quark und sein Ei, während er vor sich hin grübelte.

Hatte er zu heftig bei Anna reagiert?

Vielleicht im Ton vergriffen, dachte er. Aber ansonsten, nein. Nicht nur, dass sie sich in Gefahr brachte – durch ihr Verhalten wurde ihre Polizeiarbeit angreifbar. Jede Menge Gegenargumente für die Verteidigung.

Aber du bist doch auch nicht besser. Kein Stück.

Er musste lächeln. Leider stimmte das wohl. Es war ein wenig so, als würde er umso unkontrollierter in seinem Job werden, je kontrollierter die Lage mit Leonie wurde.

Er freute sich auf ihre Rückkehr und war stolz auf sie, dass sie sich so gut erholt hatte.

Das Pulver des Protein-Shakes löste sich nur langsam auf, als Jan umrührte.

Sophia kam ihm noch einmal in den Sinn. Auch Leonie hatte so auf dem Bett gesessen – wochenlang. Sie war abwesend und wie in sich gefangen gewesen. Aggressiv und von ständiger lähmender Antriebslosigkeit gezeichnet. Mit Annas Hilfe hatte er den besten Psychologen herausgesucht, den er finden konnte. Und die Gespräche hatten Leonie gutgetan, hatten sie aufgebaut.

Sie hatten auf jeden Fall mehr bewirkt als dieser Pfarrer mit seinen Gruppensitzungen bei Sophia.

So hübsch und glatt die Fassade von Sophias Heim war, so schick und behütend ihre Mutter vorgab zu sein, sie schien der Lage nicht gerecht zu werden.

An seinem Shake nippend, rief er Riya an und bat sie um eine Liste aller minderjährigen Chormitglieder der St.-Thaddäus-Kirche. Gott sei Dank gab es bloß Sophia. Kaum aufgelegt, wählte er schon die nächste Nummer. Diesmal das Jugendamt. Irgendwer musste sich um Sophia kümmern und mit den Eltern sprechen. Und zwar eher früher als später.

Es war nicht das erste Mal, dass Jan mit dem Amt zu tun hatte. Routiniert gab er seinen Namen und die Abteilung durch und erklärte die Sachlage, schilderte, dass er von einer möglichen Kindeswohlgefährdung ausging.

»Gibt es denn Anzeichen von körperlicher Gewalt?«, wollte die Beamtin am anderen Ende wissen.

»Nein«, musste Jan zugeben, betonte jedoch noch einmal, wie wichtig eine psychologische Betreuung für Sophia sei. Die Beamtin hörte sich alles geduldig an, und er konnte hören, wie sie in ihren PC tippte.

»Wir werden mit der Familie Kontakt aufnehmen.«

»Das ist gut. Möglichst schnell.«

»Sicher.«

Das klang wenig überzeugend. »Hören Sie! Selbst wenn ich keine Anzeichen von Gewalt gesehen habe … Es ist wichtig, okay? Ich glaube, die Eltern sind überfordert, und ihre jetzige psychologische Betreuung ist … ist *weggebrochen*. Sie sollten …«

Sie unterbrach ihn. »Wir kümmern uns. Danke.«

Fuck. Gefrustet legte Jan auf. Das klang nach etlichen Tagen, wenn nicht Wochen, bevor die ihren Hintern hochkriegen würden.

Da hörte er jemanden fluchen. Sadik sprang von seinem Platz auf und eilte durchs Großraumbüro Richtung Fahrstühle.

Alarmiert folgte Jan ihm. »Sadik?«

»Scheiße! Na klasse. Unser Nordpolarlicht! Du hast mir noch gefehlt, echt.«

Jan ging nicht auf das Gefrotzel ein. »Was ist los?«

»Der Pfarrer. Der Ludwig. Der hat 'n Alibi.« Sadik hämmerte sauer auf den Knopf für den Fahrstuhl. »So 'n Scheiß, Jan! Das solltest du verfickt noch mal vorher checken. Weißt du, was das für Presse gibt?!«

»Wofür ein Alibi?«

»Für seine Puffbesuche … Was glaubst du denn? Für den Mord an Evelin Meyers! Er war auf 'ner Trauerfeier. Bisher siebzehn Zeugen.«

Konsterniert beobachtete er Sadik, der brummelnd auf den Fahrstuhl wartete. »Er war …«

»Er war zweihunderttausend Kilometer weiter weg, Jan. In Bergedorf. Ist da für wen eingesprungen.« Endlich öffneten sich die Fahrstuhltüren, und Sadik eilte hinein, drückte sofort auf EG. »Die Festnahme kannst du knicken. Untersuchungshaft gestrichen. Der Richter lacht sich eins, die Roger hat dir sicher schon 'n Dutzend gepfefferte Mails geschrieben, und der Dieck ölt seine Dienstpistole, um dich mal ordentlich einzuordnen.«

Die Türen begannen, sich zu schließen.

»Willst du mitkommen und Hochwürden persönlich rauslassen? Kannst ja um Vergebung beten«, ätzte er weiter, aber Jan schüttelte bloß den Kopf. Die Fahrstuhltüren kappten Sadiks weitere Worte, und Jan blieb allein zurück.

Nachdenklich ging er zurück zu seinem Platz, trank den Shake aus und beschloss, ein bisschen Abstand zu suchen.

Es war Zeit, sich neu zu formieren, sich aufzustellen und einen neuen Ansatz zu finden.

Zwanzig Minuten später hatte er drei Anrufe von Dieck weggedrückt und sich durchs Gebüsch zu seiner Lieblingsstelle durchgeschlagen, um der Zeit beim Fließen zuzusehen.

Er setzte die neonfarbenen, klobigen Kopfhörer auf und startete Vivaldis »Vier Jahreszeiten« auf seinem antiquierten Discman. Er hatte sich für »Winter« entschieden. Neben Herbst eindeutig das beste Stück.

Die Elbe floss glitzernd dahin. Ein paar Pötte aus Richtung Geesthacht schoben sich an zwei Sportbooten vorbei. Die Sonne, eine Handbreit über dem Horizont, ließ die Schiffe und Boote orangegolden leuchten.

Pfarrer Ludwig war nicht einmal vier Stunden in Gewahrsam gewesen, geschweige denn ordentlich verhört worden. Jan war der Überzeugung, dass der Mann etwas verbarg, aber es würde unmöglich sein, Dieck nach der Aktion mit dem Alibi sofort zu weiteren Ermittlungen in diese Richtung zu bewegen. Jans Chef, der gern den Kopf vor politischen Auseinandersetzungen einzog, war wegen der Festnahme des Pfarrers schon äußerst angefressen gewesen.

Im Grunde hatten sie lediglich ein paar Leichen mit einem Zettel im Magen. Einmal war darauf wahrscheinlich ein Schlangenkopf, eine Kobra wie auf dem Altar, zu sehen, einmal ein Tunnel. Das war's. In den restlichen Leichen, die Brandt untersucht hatte, waren die Kapseln zu stark beschädigt und die Zettel von der Magenflüssigkeit und den Bakterien zersetzt gewesen.

Während Jan den impulsiver anschwellenden Geigenklängen lauschte, ging er noch einmal durch, wer seiner Meinung nach etwas verschwieg. Da waren der Pfarrer, natürlich Annas JVA-Bekanntschaft und Sophia. Wahrscheinlich würde sie als Erste reden, wenn man sie behutsam in die richtige Richtung stieß, aber Jan scheute davor zurück, das labile Mädchen unter Druck zu setzen.

Und dann war da noch …

Er hatte den Namen kaum zu Ende gedacht, als sein Handy klingelte und Riya dran war.

»Thongkham«, sagte sie, als hätte sie seine Gedanken gelesen.

»Ist sie wach?«

»Ja. Schon seit ein paar Stunden. Aber die Ärzte wollten noch warten, bis sie uns mit ihr reden lassen.«

»Ich fahr zu ihr.«

Wenn es jemanden gab, der mit Sicherheit wusste, wer der Täter war, dann Wanida Thongkham. Und vielleicht war sie nach ihrem Suizidversuch ja gesprächig. Oder so überrumpelt und durcheinander, dass sie einen Namen nannte, ohne es zu wollen.

Was, fragte sich Jan, als er zu seiner Harley zurückging, wenn sie Kian Kruger sagt? Wie würde Anna darauf reagieren?

33

Anna bog von der 431 ab und fuhr ein wenig kreuz und quer durch die Straßen von Iserbrook, einem nördlichen Stadtteil von Hamburg. Sie musste nicht groß suchen, denn obwohl sie bloß einmal Kian Krugers Mutter besucht hatte, kannte sie noch den Weg durch die Einfamilienhäuser bis zu der schmalen Stichstraße.

Was du hier machst, Anna, ist ziemlicher Schwachsinn, schalt sie sich selbst, als sie in eine Seitenstraße einbog und sich Krugers Adresse näherte. Sie hatte Riya im Rechner seine Meldeadresse raussuchen lassen und war dabei auf das alte Haus seiner Mutter gestoßen.

Du willst Jan zeigen, dass du's draufhast. Ihm beweisen, dass du mehr bist als die Tante aus Kellerraum 110. Und vor allem willst du dir selbst beweisen, wie gut du bist. Oder versuchst du das letzte bisschen Unbehagen endlich loszuwerden, das Kian in dir ausgelöst hat, indem er bei dir eingebrochen ist? Während du dich mit ihm auseinandersetzt und dir einredest, dass er kein Serientäter sein kann?

Das Haus von Frau Kruger lag direkt an der Stirnseite eines Wendehammers. Von Knöterich und Wein umrankt, strahlte es einen ganz eigenen Zauber aus. Durch seine bunten Holzfenster und den alten Baumbestand im Garten hob es sich von den anderen, sehr viel neueren und stromlinienförmigen Häusern der Straße ab.

Anna konnte sich an den wunderbaren Abend mit seiner Mutter erinnern. Sie war damals als übereifrige Praktikantin zu ihr gefahren, um mehr über ihren Sohn herauszufinden und in ihren Bericht einfließen zu lassen. Die alte Dame, übergewichtig und mit Gehhilfe, hatte vor Schmerzen kaum sprechen können und nur gute Worte für ihren Sohn übrig gehabt. In ihrem Wohnzimmer hatte ein Kruzifix gehangen, mehrere Jesusbildchen hatten auf einem Tischchen neben dem Krankenbett gestanden.

Nervös sah Anna sich um. Die umliegenden Häuser brieten in der Sommerhitze. Von irgendwo wehte Musik herüber, und eine Kinderschar johlte in einem Garten. Obwohl die Hitze über dem Asphalt flimmerte, hatten sich drei Mädchen vor die Tür gewagt und sprangen mit ihren Fahrrädern über eine selbst gebaute Rampe.

Anna pappte ihr Kaugummi mit geübtem Schwung ins Papier, dann warf sie einen kontrollierenden Blick in den Spiegel.

Schön durchatmen. Er hat niemandem jemals etwas getan. Wenn er der Täter wäre, dann hätte er dir keinen Brief hingelegt ...

Anna, du weißt doch genau: Manchmal kreuzen sie am Tatort auf. Sie wollen sehen, was die Polizei weiß. Sie nehmen mit der Polizei Kontakt auf, um sich zu messen, um den Starken zu spielen ...

Hatte Kian Kruger sich in der JVA profilieren wollen? Vielleicht, indem er ihre Nähe gesucht hatte? Nein.

Und wenn er sich nicht messen will, dann will er womöglich aufgehalten werden. Damit sein Leid ein Ende hat. Manche Mörder wollen sich stellen, Anna. Sie wollen endlich Ruhe finden. Frieden.

Sie hielt neben einem braunen Passat Kombi, der vor Krugers Garage in der Sonne stand. Es war der Wagen, mit dem er sie bei Sophia verfolgt hatte. Plüschwürfel hingen am Rückspiegel. Bloß das Papier eines Cheeseburgers lag im Beifahrerfußraum. Wahrscheinlich hatte er den Passat, genau wie das Haus, von seiner Mutter geerbt.

Vermutlich war er also zu Hause. Sie nahm ihr Handy

und eine Dose Pfefferspray, steckte beides in ihre Handtasche und stieg aus.

Ein paar Spatzen flatterten auf. Schimpfend ließen sie sich auf dem Rasen des Nachbarn nieder, der im Gegensatz zu Krugers satt grün und gut gewässert war.

Die Farbe des Namensschilds war durch die Jahrzehnte verblasst. Bevor sie klingelte, rückte sie ihre Bluse zurecht und band sich einen Pferdeschwanz. Ein letztes Mal zögerte sie, dann drückte sie auf den Knopf.

Sie horchte dem Rasseln der Klingel nach, aber drinnen schien sich nichts zu rühren.

Auf dem Dachboden hielt Kian Kruger inne und schob die Computertastatur beiseite. Er hatte sich im Internet ein paar Videos zu Nahtoderfahrungen angesehen. Hatte es geklingelt? Er huschte zur Bodenluke und öffnete sie, horchte in die Stille des Hauses. Da klingelte es ein weiteres Mal.

Sollte er öffnen?

Wahrscheinlich nur die Post … Die war heute noch nicht durch, oder?

Er zog die Luke auf und ging die Klappleiter hinunter in den ersten Stock. Sein Shirt war ganz staubig. Als er die Leiter einklappen wollte, ratschte er sich am Holz, ein Splitter bohrte sich in seinen Finger. Es begann sofort zu bluten.

»Ich bin gleich da«, rief er nach unten. »Sekunde.«

Er huschte durchs Schlafzimmer zum Fenster und spähte hinaus. In der Einfahrt parkte ein Smart. Sein Blick glitt zur Ecke der Garage, wo er einen Spiegel angebracht hatte, um jeden zu sehen, der vor seiner Haustür aufkreuzte. Es war Anna.

»Scheiße!«

Er beeilte sich, zurück in den Flur zu kommen.

»Gleich!«, rief er noch mal und achtete drauf, mit dem blutenden Finger keine Sauerei anzustellen. Hier oben roch alles noch nach seiner Mutter. Er hatte nichts verändert. Laufspuren in der vierzig Jahre alten Auslegeware, orangebraune Tapete mit zahllosen Macken. Schon seine Mutter hatte sie ersetzen wollen, war dann drüber weggestorben.

Er riss die Badezimmertür auf, stellte sich ans Waschbecken und kümmerte sich schnell um den Finger, riss den Splitter raus und spülte die Wunde ab, bevor er den Spiegelschrank aufklappte.

Während er nach der Desinfektionssalbe suchte, zog er einige Packungen beiseite. Es waren starke Schmerzmittel, die seine Mutter wegen ihrer Erkrankung gebraucht hatte. Hinter den Packungen kamen drei Zippertütchen mit bunt bedruckten Papers zum Vorschein. Der letzte Rest an LSD, den er noch hatte. Beim letzten Mal hatte er sie nicht ordentlich in das Plastikgehäuse des Spiegelschranks gestopft, den er als Versteck nutzte.

Er fand die Salbe und legte die Schmerzmittelpackungen wieder vor die Tütchen. Das musste reichen.

Er bezweifelte, dass Anna hier raufkommen würde. Nachdem er schnell die kleine Wunde versorgt hatte, checkte er die Frisur. Die kurzen blonden Haare standen wirr ab, und sein Shirt war durch den Dachboden komplett staubig. So konnte er ihr unmöglich unter die Augen treten.

Anna klingelte ein weiteres Mal, aber nichts tat sich. Sie horchte, konnte außer den Kindern im Nachbargarten jedoch niemanden hören.

»Komm schon. Willst du mich verarschen?« Sie entschied, ums Haus zu gehen. Gut möglich, dass Kruger im Garten saß.

Sie war kaum den schmalen Weg aus Waschbetonplatten ums Haus gegangen, als sie im Garten einen Mann auf einem umgedrehten Regenfass stehen sah. Er reparierte das Dach von Krugers Gartenhütte, die insgesamt keinen guten Eindruck machte. Allerdings waren die morschen Bretter hübsch mit gelber und blauer Farbe gestrichen.

Der Mann trug Kopfhörer und hielt Schrauben im Mund, die er eine nach der anderen mit seinem Akkuschrauber im Wellblech versenkte.

»Hi«, rief Anna, und vor Schreck verschluckte der Typ beinahe die Schrauben.

»Oh!« Er zog sich die Kopfhörer runter. Sein Gesicht erinnerte Anna an Porträts auf griechischen Vasen. Gerade Nase, markantes Kinn. Er trug das Haar nach hinten gekämmt und hatte graue Koteletten. »Hallo.«

»Hi, ich wollte zu Kian Kruger.«

»Der müsste da sein. Ich wollte nur schnell …« Er zeigte mit dem Schrauber aufs Dach und sprang vom Fass runter. »Ich helf Kian ab und an ein bisschen.«

»Macht keiner auf.« Anna musterte den Fremden. Er trug Arbeitshosen und dazu ein verblichenes T-Shirt mit einem Aufdruck der Ramones. Seine Hände schienen keine harte Gartenarbeit gewohnt zu sein, zumindest wirkten sie sauber und gepflegt. Büromensch oder Künstler, dachte Anna.

»Ach, der verkriecht sich immer auf seinem Dachboden. Vielleicht hockt er vorm PC und zockt. Einfach noch mal klingeln. Ich bin schon weg«, meinte er entschuldigend und suchte Hammer, Brecheisen und seine Schrauben zusammen, hielt dann aber inne. Er wischte sich die Hände an seiner sehr sauberen Arbeitshose ab und reichte ihr die Hand. »Entschuldigen Sie, ich bin Tom.«

»Anna Wasmuth.«

»Ach ja. Die Polizei-Psychologin.« Er musste lachen, als er Annas verdutzten Blick sah. »Hat Kian erzählt«, sagte er. »Wir haben gestern Abend noch 'n Bierchen … Na ja.« Tom winkte ab. »Wir sind ins Quatschen gekommen.«

Sie wollte gar nicht so genau wissen, was Kruger über sie erzählt hatte.

»Ich bin der Nachbar von Kian. Er macht manchmal Computerkram für meine Praxis. Ich steh mit diesem Tabellenzeug und Virendings auf Kriegsfuß, na ja. Ich verpass dafür seiner Hütte 'n neues Dach. Versuch's zumindest.«

Ihr Blick wanderte zum schicken Rasen und dem gepflegten Haus nebenan. Vor dem Wintergarten lagen zwei Kinderfahrräder, Wäsche hing an einer Spinne, und eine selbst gebaute Rutsche lud zum Spielen ein. Dahinter konnte Anna das Blau eines Aufstellpools sehen, von dem das Kinderjohlen kam.

»Aha«, sagte sie nur.

»Ja. Seitdem seine Mutter verstorben ist … Na ja. Ich greif ihm mit dem Haus unter die Arme, ist ja doch 'n ganz schöner Kasten. Am besten, Sie rufen ihn mal an. Wenn er auf seinem Dachboden ist, hört der nichts …«

»Spaaaaagheeeeetti!« Ein Junge in Badehose und mit matschverschmierten Knien kletterte über den Zaun. Anna schätzte ihn auf ungefähr sechs Jahre. Ziemlich aus der Puste rannte er auf seinen Vater zu, bremste dann scharf ab, als er sie bemerkte. »Paaaapaaaa! Koooooomm!«, sagte er schließlich.

»Jaja! Gleich.«

»Nich' gleich.« Der Junge schnappte die Hand seines Vaters. »Du musst sofort rüberkommen. Mama hat gesagt, Essen is' fertig! Jeeeheeetzzzt.« Dabei warf er Anna einen bösen Blick zu, als wäre sie eine Gefahr für die Spaghetti.

Wie aufs Stichwort ertönte vom Gartenzaun der

Schlachtruf einer Dreijährigen, die gerade aus dem Pool geklettert und noch pitschnass war: »Spaghetti! Spa-ghet-ti! Spa-ghet-ti!«

»Komm jetzt!«, protestierte sein Sohn, zerrte und schob seinen Vater zum Zaun.

Tom lachte. »Na, da kann man nichts machen. Wenn man so nett zum Spaaa-ghettt-ttiiiii eingeladen wird«, feixte er. »Sagen Sie Kian, das Dach ist fast fertig ... Okay.« Und schon war er durch die Pforte auf sein Grundstück gegangen und wurde von den beiden Kindern zum Haus eskortiert.

Anna sah den dreien kurz nach und hörte dann, wie der Nachbar mit seiner Frau sprach. Als sie sich zu Krugers Haus umwandte, stand ein Schatten hinter der Terrassentür und starrte sie an.

Anna musste schlucken.

Dieser Schatten im Morgengrauen! In der Einfahrt deiner Eltern ... Anna! Er hat dagestanden wie in einem Horrorfilm und dich angestarrt ... Genau wie Kian jetzt!

Er machte keine Anstalten, ihr zu winken.

Anna atmete durch und ging zu ihm. Ein paar geschmackvolle Möwen aus Treibholz hingen von der Überdachung und klapperten hell, als sie die Holzterrasse betrat.

»Was machst du hier?« Er klang nicht begeistert und öffnete die Tür auch lediglich einen Spalt.

»Ich ... Du bist so schnell aufgebrochen im Café. Ich wollte sehen, ob's dir gut geht.«

»Ich hab dir doch gesagt, dass wir uns ...« Kruger warf einen skeptischen Blick in den Garten, dann auf Anna. Er seufzte. »Tut mir leid, ich wollte nicht ... Komm rein«, sagte er schließlich und hielt die Terrassentür für sie auf. »Ich war oben ... Hat etwas gedauert.«

Anna entging nicht, wie nervös er sich den Oberarm

rieb. »Äh, ich … ich kann einen Kaffee aufsetzen, wenn du willst. Oder … oder einen Wein oder Bier oder so?«

»Kaffee wäre gut.«

Jan eilte von seinem Motorrad zum Gebäudetrakt des UKE, in dem die Intensivstation untergebracht war. Weil der Fahrstuhl von einer Großfamilie und zwei Rollstuhlfahrern blockiert war, stieß er die Glastür zum Treppenhaus auf und nahm zwei Stufen auf einmal. Nachdem er die Tür zur Intensivstation aufgestoßen hatte, bremste er abrupt ab. Die sonst so ruhige Abteilung war in heller Aufregung.

Drei Schwestern liefen den Flur an ihm vorbei, während ein Pfleger und zwei Assistenzärzte um die Ecke geschossen kamen.

Sofort beschlich Jan ein ungutes Gefühl. Vor allem, als er realisierte, dass alle in dieselbe Richtung rannten.

Genau in den Abschnitt, in den er auch musste. In den Flur, in dem Frau Thongkham lag …

Jan folgte den Assistenzärzten erst zögernd, dann fiel auch er in den Laufschritt.

Er bog um die Ecke und sah die Ärzte tatsächlich in Thongkhams Zimmer verschwinden.

Und dann sah er es – aus dem Raum führte eine Blutspur. Hunderte Fußabdrücke kamen aus dem Zimmer, verteilten sich im Flur, verblassten in verschiedenen Richtungen …

Ein Arzt rief Anweisungen, eine Schwester mahnte zur Ruhe, während ein junger Pfleger, nicht älter als Leonie, kreidebleich aus dem Raum stürzte und würgend an Jan vorbei zum WC rannte.

Jan konnte das Blut bereits im Flur riechen. Der eigentümliche Geruch in Nase und Mund ließ ihn erschaudern.

Es roch nach Hannahs letzten Sekunden. So viel Blut auf dem Boden vor den Kühlregalen.

Es stank nach der Halle, in der Leonie gehangen hatte. Das Blut war über den Betonboden geflossen. Es hatte wie eine rote Spinne in den Ritzen gelauert …

Die Spinnen singen, und Gunvald schlägt stumm zu.

Ihm wurde schlecht. Instinktiv tastete Jan nach seiner Dienstwaffe, trat näher an die Zimmertür. Hektik, so viel Klinikpersonal. Sie beugten sich über Thongkhams Bett.

»Weg!«, schrie jemand, und Jan fuhr herum, wich aus, als eine Schwester einen Wagen mit Apparaten an ihm vorbei ins Zimmer bugsierte. Die Rollen des Wagens schlitterten durch das frische Blut und zogen weitere Spuren.

Erst jetzt wurde ihm bewusst, dass nicht nur der Boden voller Blut war. Die Laken waren ebenfalls rot getränkt. Am Bettschränkchen, an den medizinischen Geräten, selbst an der Wand liefen rote Spritzer herab.

Satans skit!

»Polizei«, sagte er ruhig. »Was ist passiert?«

Niemand antwortete ihm, weil alle zu beschäftigt waren.

Eiskalt lief es ihm den Rücken runter, als er sich ins Zimmer schob, um einen Blick auf das Bett zu erhaschen. Doch es war leer.

Frau Thongkham lag ausgestreckt vor dem Bett. Ihr Krankenkittel sah aus, als hätte sie in Blut gebadet. Sie lag in einem roten See und hatte offenbar, wie ein Kind im Schnee, einen Engel gezeichnet, hatte auf dem Rücken liegend mit den Armen das Blut beiseitegewischt. In der Rechten hielt sie noch immer das Skalpell umklammert, mit dem sie sich, soweit Jan das beurteilen konnte, die Pulsadern mit einem tiefen Längsschnitt geöffnet hatte.

Ihr vom Leben gezeichnetes Gesicht strahlte eine seltsame Ruhe aus und stand vollkommen im Widerspruch zu der Brutalität des Blutbades um sie herum.

Ein Arzt kniete neben ihr, verband hektisch die Wunden an ihren Armen, während ein zweiter Arzt – »Zur Seite!« – sich mit dem Defibrillator ruppig Platz zwischen der Schwester und dem anderen Arzt verschaffte.

Als der Arzt Thongkham den Kittel aufriss, um den Defibrillator anzusetzen, erkannte Jan, dass die Frau sich auch die Brust aufgeschnitten hatte – zwei lange Schnitte, die ein tiefes Kreuz im Fleisch bildeten, Schnitte, die bis auf die Rippen hinabgingen.

Sie erinnerten ihn an Brandts Y-Schnitte, mit denen er Leichen öffnete, und er biss sich auf die Lippen. »Verdammte Scheiße«, stöhnte er und wandte sich ab, ging hinaus in den Flur.

Jemand rief dem Arzt mit dem Defibrillator eine Schockstufe zu. »Achtung! Zurück! Auf drei. Eins … zwei … drei …«

Aus dem Augenwinkel sah Jan, wie Thongkhams Körper sich aufbäumte.

»Mach's dir … mach's dir doch bequem.« Fahrig deutete er zur Couchecke. »Ich … ich koch Kaffee.«

Während Kruger in den Flur abbog und in der Küche verschwand, sah Anna sich im Wohnzimmer um. Das Kruzifix und das Bett waren verschwunden.

»Hat Tom mit dir gesprochen?«, hörte sie ihn aus der Küche fragen.

»Dein Nachbar? Ja. Er hat das Dach fertig.«

»Hat er noch was gesagt? Über … über mich?«. Er musste rufen, um das Zischen des Kaffeeautomaten zu übertönen.

»Nein.« Sie konnte sich zwar nicht mehr genau erinnern,

hatte aber das Bild von alten Tapeten und einem abgelaufenen Teppich vor Augen. Mittlerweile hatte er anscheinend alles hell gestrichen und den Boden gefliest.

Siebdrucke von abstrakten Künstlern hingen über der Couch. Mondrian, Kandinsky und Georgia O'Keeffe. Anna kannte sie von ihrem Vater, der sich gern mit seiner hanseatischen Weltkenntnis schmückte. Anna betrachtete das O'Keeffe-Bild. Es zeigte Formen. Blüten? Oder waren es Vaginen? Schwer zu sagen. Das Motiv hatte etwas von einem seltsamen Tunnel, in den man beim Betrachten langsam hineinrutschte und …

»Caffè Latte, das ist doch okay, oder?« Er kam mit zwei Gläsern Milchkaffee wieder und trug sie zu der neuen Sofaecke. »Hattest du im Café.« Sein Blick wanderte wieder unmotiviert zur Gartentür und nach draußen. »Ich … ich hol Zucker.«

Während er abermals verschwand, fiel Annas Blick zur verwitterten gelb-blauen Holzhütte und dem vernachlässigten Garten. Im Gegensatz zum Wohnzimmer war an ihm seit Jahren nichts getan worden. Ein paar Plastikfässer – wahrscheinlich für Biogut – standen unter einer Tanne und hatten Moos angesetzt, ein rostiges Gestell, das wohl mal eine altertümliche Wäschespinne gewesen war, vergammelte neben der windschiefen Hütte, deren Dach Tom bloß notdürftig geflickt hatte.

Sie räusperte sich. »Hast dich ganz hübsch eingerichtet.«

»Danke. War nicht so einfach. Vor allem hier drin, da musste ich mich erst mal von so vielem Zeug trennen.«

Er kam mit Zucker zurück.

Sie setzte sich. »Wann ist sie gestorben?«, fragte sie geradeheraus.

»Meine Mutter? … Willst du ein Wasser dazu?«

Sie schüttelte den Kopf, und er setzte sich.

»Ich hab sie noch gepflegt, als ich aus dem Knast raus bin. Na ja, so gut es ging … Sie hatte große Schmerzen, und dann habe ich … Also hat sie … sie hat irgendwann losgelassen. War auch besser so.«

»Verstehe.«

»Sie hat sich nur noch gequält in den letzten Wochen. Es war eine echte Erlösung.« Er nippte am Kaffee. »Ich hab hier erst mal alles so gelassen. Irgendwie konnte ich nichts verändern … Aber vor 'nem Jahr …«

»Sieht gut aus.« Sie entschied sich, nicht mehr lange um den heißen Brei herumzureden: »Du hast mir die Nachricht hinterlassen, damit ich mich kümmere. Richtig?«

Mit einem stummen Nicken gab er es zu und trank einen Schluck.

»Ich weiß, dass du kein kompletter Vollidiot bist, Kian. Also kann es in meinen Augen nur einen Grund geben, weswegen du so einen Zirkus veranstaltest und bei mir einbrichst und mich verfolgst.«

Seine braunen Augen wollten sie forschend mustern, sprangen aber nervös hin und her.

»Du hast entsetzliche Angst«, stellte Anna fest. »Das ist für mich die einzige Erklärung. Du hast Angst vor dem wahren Mörder. Aber du musst diese Angst besiegen, Kian. Du hast doch schon den ersten Schritt gemacht. Schritte! Mehrere. Du hast dich an mich gewandt, hast mich im Café getroffen …«

Kruger trank aus, stand auf und begann im Raum umherzutigern. »Nein. Ich … Er bringt mich um. Er glaubt, dass das Licht gut ist. Alle wollen erlöst werden, wollen keinen Schmerz mehr spüren. Deswegen tötet er. Um ihnen zu helfen. Und deswegen ist das Töten für ihn so leicht.«

»Aber du hattest keine Nahtoderfahrung, oder? Deswegen stehst du doch gar nicht auf seiner Liste.«

Zweifelnd sah er sie an. »Ich … habe nur Patienten zurückgeholt. Ich war der mit dem Notfallset. Ich habe sie zurück ins Leben geholt. Ich habe *ihn* zurückgeholt.«

»Den Mörder?«

»Ich habe ihn zurückgeholt, und seitdem mordet er. Verstehst du? Ich … ich bin schuld!« Nervös sah sich Kruger um, als erwartete er, dass der Killer jeden Augenblick neben ihm auftauchte.

Anna lief es kalt den Rücken runter.

Was, wenn dieser Er … wenn das er selbst ist? *Das hat Jan gesagt.*

Vielleicht hatte das lange Leiden seiner Mutter, die er bis in den erlösenden Tod begleitet hatte, ihn traumatisiert? Konnte Jan doch recht haben?

»Spricht er mit dir?«, tastete sie sich behutsam weiter vor. »Der Mörder. Hörst du manchmal seine Stimme?«

Fragend sah Kruger sie an, dann schnappte er sich sein leeres Glas und rollte es zwischen den Fingern. »Wie meinst du das?«

»So, wie ich es gesagt habe. Spricht er mit dir – derjenige, der das Licht als Erlösung empfindet. Redet er mit dir? In deinen Gedanken.«

»Du denkst …?« Kruger lachte verzweifelt. »Evelin ist gestorben. Und dann bin ich zu dir. Als sie tot war, da … da ergab alles Sinn. Er hat sich wohl bei ihr gefühlt, hat ihre Nähe gesucht. War immer da. Und sie hatte Schmerzen, immer Schmerzen. Und dann hat er sie erlöst. Wie Mutter hat er sie erlöst. Weil sie schon einmal tot war, aber nicht hinübergegangen ist.«

»Bist du dieser Er, Kian? Hast du Evelin und den anderen vom Chor geholfen?« Vergeblich versuchte Anna, in seinen Augen zu lesen. Wollte er nicht antworten – oder konnte er nicht? »Bist du es selbst?«

»Ich?« Sein Lächeln wirkte gequält, so als ob bei ihm eine bedrohliche Wahrheit an die Tür klopfte, der er lieber nicht öffnen wollte. Es wirkte so ängstlich. Sein zerknirschtes Lächeln dauerte lediglich einen Augenaufschlag, dennoch musste Anna schlucken. Ihr Mund fühlte sich mit einem Mal trocken an.

Kians Blick glitt durch die Scheiben zur Gartenhütte. »Ich dachte, du vertraust mir! Ich bin doch nicht verrückt!«, echauffierte er sich. »Ich werde gar nichts sagen! Wenn ich seinen Namen nenne, das ... das findet der raus. Und dann ... dann bin ich tot! Er sieht doch jede meiner Bewegungen. Er ist überall. Manchmal fährt er mit meinem Wagen, oder er sitzt hier im Wohnzimmer. Da, wo du sitzt. Sein Lächeln ist so ... so kalt, Anna. Er ist immer hier ...«

Die Angst, die Kruger verströmte, sandte Schauer über ihren Rücken. Was er da sagte, waren eindeutig Anzeichen einer paranoiden Persönlichkeitsstörung.

Kruger zog die bodenlangen Jalousien herunter.

Hatte Jan die ganze Zeit recht gehabt?

Anna zog ihre Handtasche zu sich, in der das Pfefferspray lag.

Das Glas in seinen Händen hin und her drehend, lief Kruger unruhig im Zimmer umher. »Manchmal sitzt er da. Genau da. Am Esstisch. Er beobachtet mich. Und er weiß, was ich weiß.«

Plötzlich war er hinter ihr. Das schwere Glas in der Hand.

34

Immer mehr Personal kam angerannt, während Jan versuchte, den Geschmack des Blutes aus der Nase zu bekommen, aus seinem Mund, von der Zunge. Diesen Geruch, der seinen Verstand vernebelte.

Er suchte nach einem Wasserspender und fand einen bei den Aufzügen. Gierig trank er einen Schluck.

Alle Versuche, Wanida Thongkham wiederzubeleben, waren gescheitert.

Das eiskalte Wasser tat gut.

War der Mörder hier im Krankenhaus gewesen? Dieser Mann, der aus ihrem Laden geflohen war? Oder reichte seine Macht einfach so weit, dass Frau Thongkham nicht anders gekonnt hatte, als sich umzubringen?

Sie war schon einmal dem Tod sehr nahe gewesen, dann ein zweites Mal, und jetzt hatte sie es geschafft.

Jan wurde erneut flau.

Jetzt hat sie es geschafft … Das klingt ja … Was für eine Scheiße denkst du da?

Er war sich sicher, dass sich Wanida Thongkham tatsächlich selbst die Adern und die Brust geöffnet hatte. Die Spurensicherung würde keine Zeichen von Fremdeinwirkung finden. Aber dafür sicher wieder einen Zettel im Magen. Wahrscheinlich hatte er ihr den bereits im Laden zum Schlucken gegeben. Jan hatte das LKA informiert. In wenigen Minuten würde Dieck mit der Spurensicherung vor Ort sein und Thongkhams Zimmer untersuchen. Diskret konnte man hier wohl nicht mehr vorgehen.

Verfluchte Scheiße, dachte er. Bei diesem Fall kommen wir immer zu spät.

Es ist fast so, als wüsste der Täter genau, was wir als Nächstes tun.

Unwillkürlich sah sich Jan um, als würde er beobachtet werden. Zwei Rettungssanitäter, die am Ende des Flurs mit einer besetzten Liege auf den Fahrstuhl warteten, redeten leise miteinander. Jan verstand kein Wort. Mit einem Mal lachte der eine und holte einen Schein aus seiner Kitteltasche, ließ ihn vor dem anderen wedeln. Wettschulden, Trinkgeld, was auch immer …

Rettungssanitäter … Intensivstation … Busunfall…

Kruger hatte mit einem Mann namens Piotr Kuczera getauscht und war angeblich gar nicht in der Stadt gewesen, als der Bus im Tunnel ausgebrannt war. Aber er hatte Evelin kennengelernt, wahrscheinlich hier im Krankenhaus oder in einer anderen Klinik, in der Reha.

Sein Blick fiel noch einmal auf die beiden Männer. Er zückte sein Handy und rief Riya an.

»Jan?«

»Kian Kruger und Piotr Kuczera. Die fahren für FALCK, richtig?«

»Ja. Stimmt.«

»Wo sitzen die?«

»Was? Ähm …« Sie klickte und suchte. »Bahrenfeld, Barmbek, Langenhorn …«

»Nein, Kruger und Kuczera. Am UKE? Hat FALCK da 'ne Außenstelle?«

Er hörte sie tippen, dann bestätigte sie seine Vermutung.

»Danke dir.«

Bevor sich die Fahrstuhltüren schlossen, drückte sich Jan zu den beiden Sanitätern in die Kabine. Es war zu eng, und er erntete vorwurfsvolle Blicke. Ein alter Mann lag auf der Liege, er hatte die Augen geschlossen.

»Hier ist nur für Personal«, meinte einer der Sanitäter.

»LKA«, stellte Jan klar. »Ihr seid vom ASB? Wo sitzen die FALCK-Leute?« Er stieß aus Versehen an die Liege, und der Alte stöhnte auf. Er öffnete die Augen und starrte Jan mit leerem Blick an. Seine Haut wirkte wie Pergament. Adern zeichneten sich wie weit verzweigte Flüsse darunter ab, und Jan fühlte sich für einen Moment an seinen Vater erinnert.

Gunvalds Hand hatte genauso ausgesehen. So fragil, als wäre sie aus brüchigem Backpapier.

»Unten. In der Tiefgarage.« Der Sani prüfte den Sitz der Gurte, damit der Alte nicht von der Liege fiel. »Sie können mit uns raus.«

Anna holte Luft, spannte alle Muskeln an, als er noch näher hinter sie trat. Ihre Finger tasteten nach der Tasche.

Komm, sei offen. Ich muss an das Spray kommen …

In aller Ruhe und mit einem lauten Klack stellte Kruger das schwere Glas neben ihres auf den Glastisch. Ihr Herzschlag setzte für einen Moment aus. Obwohl sie erleichtert war, wollte sie aufstehen und Abstand zu ihm gewinnen, doch plötzlich spürte sie seine Hände auf ihrem Rücken. Hinter ihr stehend legte er die Finger auf ihre Schultern.

Sie zuckte zusammen, brachte vor Schreck keinen Ton heraus.

Er sprach leise und gefasst: »Er kommt nachts. Oft kommt er nachts. Er steht da. Auch an meinem Bett. Er steht einfach da und schaut mich an. Er sagt, dass er der Gute ist.«

»Der Gute?« Sie wagte es nicht, sich zu bewegen.

Kruger begann, mit den Fingern ihre Schultern zu massieren. »Ein Engel … Aber … aber er ist der Teufel, Anna. Der Teufel. Evelin hat ihm anscheinend vertraut. Er stand auch an ihrem Bett, weißt du?«

»Im Krankenhaus?« In Annas Gedanken wirbelten Jans Warnungen und alle Lehrstunden für Selbstverteidigung durcheinander.

»Er ist Evelin nach, hat ihre Nähe gesucht. Es war fast, als sauge er ihr das Leben aus. So hat sie es mir beschrieben. Ich dachte, es geht ihr besser, aber an dem Tag, da … Da hat sie sich zu mir gebeugt …« Kruger beugte sich zu Annas Ohr hinab.

Sie konnte seinen Atem an ihrem Ohrläppchen spüren, sein Deo riechen. Seine Lippen kamen ganz nah.

»Sie hat gesagt: Sie sollten damals alle sterben. Im Bus. Aber sie alle, sie waren zu feige, um ins Licht zu gehen. Das Licht führt in ein anderes, besseres Leben. Und er führt sie hinüber. Er nimmt alle an die Hand, die wir zurückgeholt haben.«

Ihr Herz raste.

Lass ihn bloß nicht deine Angst spüren …

Sie versuchte aufzustehen, aber er drückte sie sanft runter.

»Ich bin Rettungssanitäter. Was meinst du, wie viele Patienten wir in der Klinik haben oder im Rettungswagen, die eine Nahtoderfahrung gemacht haben? Wie viele wir zurück ins Leben holen?«

Endlich gelang es ihr, seine Hände von ihren Schultern zu streifen, und erleichtert bemerkte sie, dass er sich an ihr vorbeidrückte und wieder setzte.

»Das ist unglaublich, was die manchmal erzählen …« Unwillkürlich fasste er sich an die Brust. Da war ein Kettchen unter seinem Poloshirt, das er berührte.

»Wirklich? Was erzählen sie denn?« Wie beiläufig zog sie ihre Tasche auf den Schoß.

»Ihr Körper liegt da, und sie stehen trotzdem auf. Sie stehen aus ihrem Körper auf. Verstehst du? Sind sich ihrer voll bewusst, und dann merken sie, dass ihr Körper noch auf dem Bett oder der Trage liegt. Sie gehen, sie schweben. Sie sehen manchmal auch, was um sie herum passiert.« Seine Augen strahlten vor Begeisterung. »Sie sehen Dinge, die sie von ihrer Position aus gar nicht erkennen können. Stell dir das mal vor. Eine Frau hat mir erzählt, dass sie durch die Gänge des Krankenhauses geschwebt ist … und in ein anderes Zimmer bis zur Kinderklinik. Sie wurde zurückgeholt, ins Leben, mein ich. Und sie konnte die Kinder beschreiben, Anna! Die Kinder. Die hat sie nie gesehen.«

Geschockt beobachtete Anna ihn. Sie kannte diesen Gesichtsausdruck bei ihm nicht, dieses abwesende Lächeln, wenn seine braunen Augen trotz ihrer Dunkelheit vor Begeisterung strahlten.

»Und was ist mit dem Licht?« Endlich hatte sie den Verschluss der Tasche geöffnet und schob eine Hand hinein. Portemonnaie, Lippenstift, die Kopfhörer … Sie ertastete das Pfefferspray. Es schenkte ihr ein bisschen Mut. »Sehen alle das Licht?«

»Ja. Alle. Unfassbar, oder? Manche reden mit dem Licht.«

»Reden?«

»Sie fragen Sachen. *Kannst du mich heilen?* Oder: *Wer bist du? Bist du Gott?* Und sie wollen etwas über sich selbst wissen: *War ich ein guter Mensch? Wer bin ich überhaupt?*«

»Und antwortet das Licht auch?«

Kruger nickte. »Manchmal. Es sagt, es sei ein Engel. Aber meistens ist es eine Art allwissendes Wesen, das die Menschen zu sich führen will, zum Anfang und Ende von allem. Ins Nichts und zu einem Neubeginn.«

»Zurück zur Schöpfung?«, verwickelte sie ihn weiter ins Gespräch und stand auf, tat, als könnte sie im Stehen besser nachdenken.

»Wenn du so willst. Ja, genau.«

»Und wenn sie mitgehen, dann sterben sie? Die Patienten?«

»Sie sagen, dass sie hineintreten wollten oder langsam hineingesogen wurden, dass das Licht sich gut und warm und vollkommen anfühlt.« Er fasste wieder zu seinem Kettchen. Und Anna hätte schwören können, dass sich das Sonnenamulett unter seinem Shirt abzeichnete.

»Warm und geborgen ...« Sie schlenderte zu einem der Bilder, das näher an der Flurtür hing. »Und *ihr* holt sie ins kalte Hier und Jetzt zurück?« Das klang härter als beabsichtigt.

»Wir holen sie zurück, ja. Das ... das ist ja unser Job als Rettungssanitäter.« Seufzend lehnte er sich vor. »Und manchmal, Anna, gar nicht so selten, sag ich dir, da sind die wirklich traurig. Ich meine, wieder hier zu sein. Verstehst du?«

»Wieder zu leben.«

»Im kalten Hier und Jetzt zu sein, wie du es nennst.« Er nickte schwermütig. »Wir holen sie zurück, und manche sind unglücklich, weil wir sie nicht haben ziehen lassen. Die sind ganz verwirrt und sogar wütend auf uns ... Und bei anderen ... Tja, die kämpfen und wollen leben, leben, leben. Und dann bist du gezwungen, sie gehen zu lassen, und kannst einfach nichts für sie tun. Und sie sterben.«

»Wie gehst du damit um?« Anna hoffte, er würde nicht merken, dass sie schon die ganze Zeit dabei war, auszuloten, wie sie von hier verschwinden konnte. Behutsam zog sie das Pfefferspray heraus und verbarg es hinter ihrem Rücken.

»Das macht mich fertig. Diese Entscheidungen, weißt du? Jeden Tag musst du Entscheidungen treffen, existenzielle Entscheidungen. Das ist das Schlimmste. Ich weiß, ich sollte da nicht drüber nachgrübeln, aber ...« Seufzend stand er auf. »Es ist einfach schwer, die Gedanken im Krankenwagen zu lassen. Ich komme mir vor, als würde ich die ganze Zeit über Schicksal spielen.«

Mit Entsetzen bemerkte Anna, dass sich Kruger näherte und sich in die Flurtür stellte. War die Terrasse eine Option? Bis sie die Jalousien beiseite und die Tür aufgerissen hatte, hätte er sie längst geschnappt.

Auf der anderen Seite hätte er sie längst ... sie biss sich auf die Lippen ... töten können. Ihre Hand umklammerte das Pfefferspray fester.

»Hast du mich deswegen besucht? Ich meine, mir die Nachricht geschrieben. Weil du Evelins Schicksal nicht akzeptieren wolltest?«

Kruger ging kurz in sich. »Ja«, sagte er dann. »Er ... er hat sie ins Licht gebracht ... Aber das kann bei Evelin doch nicht richtig sein, oder?«

»Nein. Sicher nicht. Nein.«

»Und wenn sie gehen wollen? Dann auch nicht. Oder?«

Anna nahm ihren Mut zusammen und trat auf ihn zu. »Ich denke, nicht. Nein«, sagte sie ruhig. »Er ist ein Mörder. Und du willst ja auch unbedingt, dass wir ihn aufhalten.« Sie zwang sich, ihn nett und voller Energie anzulächeln.

Er nickte. »Aber wenn ich dir sage, wer es ist, werde ich sterben. Das weiß ich. Und dich wird er auch töten, Anna.« Er versuchte ein Lächeln, aber es misslang gründlich. In seinen braunen Augen spiegelte sich pure Angst wider.

»Kann ich mal kurz ... kurz auf Toilette?«, fragte sie tastend. Wenn es ihr gelang, von ihm wegzukommen, würde sie einfach laufen. So weit sie konnte.

»Sicher.« Dummerweise ging er voraus und zog die Tür zum WC auf. »Aber nicht erschrecken.«

Jan öffnete die Tür zum Aufenthaltsraum. Bei den Spinden saßen zwei Sanitäter an einem winzigen Tisch und kloppten Karten, während ein dritter ausgestreckt auf einer der Holzbänke ein Nickerchen machte.

»Piotr Kuczera?«, fragte Jan. »Ist der hier?«

Der Mann kam schlaftrunken von der Bank hoch und kratzte sich die krausen schwarzen Haare. »Ja? Was ist denn?«

»Oh. Gut. Sie sind das?«

»Ja. Wieso?«

Jan zeigte seine Marke. »Sie kennen Kian Kruger?«

»Was? Aber …?« Er war noch immer nicht ganz da.

»Sie haben meiner Kollegin gegenüber gesagt, Sie hätten die Schicht am 23. Juni letzten Jahres mit ihm getauscht. Sie erinnern sich? An den Busunfall im Elbtunnel? Riesending.«

»Äh … Schon, ja.«

»Ein Reisebus aus Berlin. So ein weißes Ungetüm. Hat Feuer gefangen«, half Jan ihm auf die Sprünge.

»Ja. Sicher.«

»Das Ding war rot und kam aus Hamburg«, berichtigte Jan Kuczera und setzte sich zu ihm. Er musterte die schmale Gestalt von oben bis unten. Sollte dieser Typ Ärger machen, wäre er kein wirklicher Gegner. »Ich geb Ihnen jetzt eine Chance. Eine einzige«, ermahnte er ihn. »Sie sagen mir jetzt, ob Sie wirklich beim Unfall Schicht hatten oder ob Kruger dabei war.«

Das Gäste-WC im Erdgeschoss war ein winziger Raum mit einer uralten Schüssel. Davor klebte ein Mini-Handwaschbecken an der Wand mit einem Spiegel darüber. Im Gegensatz zum Wohnzimmer und der Küche hatte Kruger hier nichts renoviert. Die Holzvertäfelung und die Blümchenfliesen aus der Zeit des Hausbaus rochen moderig.

Sofort setzte sich Anna auf die zugeklappte Toilette und zückte ihr Handy. Sie rief bei Jan an.

»Hat er was ausgefressen?«

»Geht Sie nichts an.« Jans Handy begann zu klingeln.

Jan drückte den Anrufer weg, ohne draufzusehen. Er beobachtete Kuczera, der offenbar darüber nachdachte, wie er sich verhalten sollte.

»Wir ... können wir kurz raus?«, fragte Kuczera mit Seitenblick zu seinen Kollegen.

Jan tat ihm den Gefallen und folgte ihm durch eine Fluchttür hinaus auf den Parkplatz der Rettungsfahrzeuge.

»Hören Sie. Er hat mich nur um einen Gefallen gebeten«, kam Kuczera jetzt gleich auf den Punkt. »Wir haben die Einträge im PC getauscht. Er hat sich auf meinen freien Tag eingetragen und ich mich auf seinen. Das war alles.«

»Das heißt, Sie hatten frei an dem Tag?«

Kuczera nickte. »Kruger hat gearbeitet. Frühschicht.«

»Er war beim Unfall?«

»Da waren alle. Bei dem großen Einsatz. Die haben mich auch angefordert. Aber ich war nicht in Hamburg. Kruger hat mir ein bisschen Geld gegeben. Das ist doch schon ewig her. Da haben wir das umgedreht. Wegen so 'ner Frau. Oder so. Von den Stunden in der Abrechnung ändert sich ja nichts.«

»Sie tauschen die freien Tage und sagen jedem, der fragt, dass Sie an dem fraglichen Tag unterwegs waren. Simpel, aber wirkungsvoll.«

»War ja nichts Großes, oder? Ich meine, wenn Kian irgendwelche Weiber ...« Er brach ab.

Jan verbiss sich jeden weiteren Kommentar. »Danke«, sagte er schlicht. »Da wird noch was auf Sie zukommen«, drohte er Kuczera und machte sich auf zum Fahrstuhl.

Mist. Anna starrte das Handy an. Er hatte sie einfach weggedrückt …

Du musst hier raus, Anna. Geh einfach. Sag, du musst weg. Zurück ins LKA. Geh geradewegs aus diesem verfluchten Haus raus.

Kurz entschlossen drückte sie die Wahlwiederholung.

»Anna?«

Ihr fiel ein Stein vom Herzen.

»Tut mir leid, dass ich heute Nachmittag …«

»Jan«, unterbrach sie ihn schnell. »Ich hab Scheiße gebaut.« Sie hörte, wie er stehen blieb und eins und eins zusammenzählte.

»Sag nicht, du hast noch mal mit Kruger Kontakt …«

»Ich bin in seinem Haus.« Sie meinte, draußen leise Schritte zu hören, und senkte die Stimme zu einem Flüstern. »Ich glaube, du hast recht. Er ist psychisch gestört.« Sie stand auf. War da sein Atem zu hören? Direkt vor der Tür? Anna erschauderte. Sie drehte das Wasser an, damit es ihre Worte übertönte. Schlich Kruger etwa vor dem Klo rum? Horchte er an der Tür oder schaute gar durchs Schlüsselloch?

»Ich komme! Ich schick wen«, sagte er sofort.

Jan hörte ihre Angst. Alarmiert presste er das Handy fester ans Ohr. »Bist du da sicher, wo du bist?«

»Weiß nicht …«, flüsterte sie.

»I hellvete! Anna!« Jan begann zu rennen. Sein Motorrad parkte nur ein paar Meter vom Eingang des UKE-Hauptgebäudes entfernt. »Geh da sofort raus. Geh einfach. Finde irgendeinen Grund und hau ab.«

»Ich befürchte, das wird nicht so einfach …« Anna konnte kaum sprechen, weil ihr Mund sich anfühlte, als wäre er mit Asche gefüllt. Sie spürte, wie sich ihr Puls beschleunigte.

Ihr Blick glitt an der Tür hinab zum Schlüsselloch … Es steckte ein Schlüssel drin. Immerhin. Trotzdem konnte man sicher durchlinsen … Sollte sie nachsehen? Sollte sie sich hinabbeugen und ebenfalls durchschauen …

Was, wenn sie plötzlich sein Auge sehen würde – braun und riesig auf der anderen Seite? Wenn er tatsächlich vor der Tür hockte und hindurchstarrte?

Sie konnte nicht anders, der Drang war zu groß.

Langsam beugte sie sich hinunter. Sie musste nachsehen. Musste … Sie musste einfach. Vorsichtig beugte sie sich vor, um einen Blick …

Ihr schlug das Herz bis in den Hals.

Jan rannte aus dem UKE, lief beinahe in zwei ältere Damen, die einen Mann im Rollstuhl begleiteten. Fluchend schlug er einen Haken. Da, sein Motorrad. Er sprang auf, ließ es an.

Anna kam mit dem Auge näher und näher an das Schlüsselloch.

»Anna?!« Da rappelte es plötzlich an der Tür. Mit einem spitzen Schrei schrak sie auf.

»Alles gut da drin? Geht's dir gut?«

»Ja!« Räuspernd versuchte sie, ihre Stimme zu finden. »Alles bestens.« Sie drehte den Wasserhahn zu. »Ich komme gleich.«

»Anna? Anna, alles okay?«, wollte Jan über sein Helmset wissen.

»Ja«, flüsterte sie und langte nach dem Türschlüssel. Sie drehte ihn möglichst laut und ruppig, sodass Kruger es nicht überhören konnte. Dann atmete sie noch einmal durch, fasste Mut und zog die Tür mit einem Ruck auf.

Von Kruger war keine Spur zu sehen. Wo, zum Teufel …

Jan gab Gas. Er zog links an drei Wagen vorbei, schnitt in den Gegenverkehr und nahm die nächste Ampel bei Tiefgelb.

35

Der Flur vor dem WC war leer. Links befand sich die Haustür. Das bunte Riffelglas in der Tür strahlte im Sonnenlicht und warf Muster auf die renovierten Wände und die herausgeputzte Treppe. Es sah alles so friedlich und ruhig aus.

Ihr Smart stand direkt in der Einfahrt, von der Haustür nur zwanzig Schritte entfernt. Sie meinte, die Umrisse des Wagens neben Krugers braunem Passat im Glas der Haustür zu erahnen.

Hastig sah sie sich nach Kruger um. Von irgendwo dudelte leise Musik, doch von ihm war nichts zu hören. »Ich weiß nicht, wo er hin ist«, flüsterte sie ins Handy.

»Geh einfach raus«, ermahnte Jan sie. »Geh zum Nachbarn. Geh einfach. Raus.«

»Was denkst du, was ich vorhabe! Beeil dich. Bis gleich …«

»Nicht auflegen. Leg nicht auf. Anna? … Anna! Telefonier einfach weiter. … Anna?«

»Ja?«

»Einfach weitertelefonieren. Wo ist er?«

»Ich weiß nicht.« Sie lehnte sich vor, spähte in die Küche. Verlassen.

»Skit! Hau ab! Raus jetzt!«

Anna huschte zur Tür, noch zwei Schritte und …

Geschockt schrie sie auf, denn Kruger stand direkt vor ihr, war von der Treppe in den Flur getreten.

Er hatte sich ein frisches Hemd angezogen und trug seine rote Basecap.

»Du willst schon gehen?«, meinte er lächelnd und trat näher.

Sie konnte spüren, wie ihr vor Schreck sämtliches Blut in die Beine sackte. Sie hörte Jans brummendes Motorrad durchs Handy – »Anna? Wo bist du? Anna?« –, doch dann wurde seine Stimme von ihrem wild schlagenden Herzen übertönt.

Ihr Blick fiel auf Krugers rote Basecap.

Fassungslos starrte sie darauf. Er hatte sie auch getragen, als Jan ihn im Wagen gestellt hatte. Und im Verhör. Es war die Mütze einer Eishockeymannschaft.

Das Blut rauschte in ihren Ohren, als sie das aufgestickte Emblem sah.

Eine Kobra!

Exakt das Symbol, das mit Lammblut auf den Brief in Evelins Magen gemalt worden war. Die Schlange vom Altar …

Ein Schlangenkopf, der den Mund aufreißt und seine Giftzähne zeigt. Bereit, sofort zuzubeißen.

Das schlichte Logo eines Vereins. Und doch so viel mehr.

Sie rang nach Luft, fühlte, wie ihr der Schweiß ausbrach. Sie hatten sie so oft vor Augen gehabt, diese Basecap. Als er aus dem Wagen gestiegen war, im Verhör. Da hatte er sie abgenommen. Aber das Emblem der Eishockey-Mannschaft war ihnen nie aufgefallen. Es war eben nur eine kleine Stickerei auf einer Basecap gewesen. Irgendein Bildchen, umrahmt von Schrift.

»Was hast du?«, fragte er. »Ist dir nicht gut?«

»Anna?« Jans Stimme drang nur noch von weit weg zu ihr.

Sie konnte nicht antworten. Weder ihm noch Kruger. Sie starrte Kian einfach nur an, seine Basecap, die Kobra.

Diese verfluchte Schlange.

Etwas schnürte ihr die Luft ab.

Er ist es, schoss es ihr durch den Kopf. Die Basecap. Ein Fetisch. Seine Verkleidung, für die Transformation! Das ist nicht Kian Kruger. Das ist jetzt *ER!*

Sie versuchte, etwas zu sagen, stolperte rückwärts. Ihr war so heiß, ihre Brust so eng.

Er ist der Mörder!

»Ich …« Ihre Beine kribbelten.

Was, zum Teufel?, dachte sie noch, als sie bemerkte, wie die Decke des Flurs in ihr Sichtfeld kippte.

Nur verschwommen nahm sie wahr, wie Kruger sich über sie beugte. Die rote Basecap war wie eine strahlende Sonne, und die Kobra biss zu.

Um sie herum wurde alles dunkel.

»Anna?« Jan fuhr über eine rote Ampel, bog ab und zog an einem Lastwagen vorbei. »Anna! Sag was!«, rief er in sein Helmset, erhielt aber keine Antwort.

Er gab Vollgas, schob sich gefährlich nah an den Gegenverkehr und zog an zig Wagen vorbei.

»Hallo?«, hörte er mit einem Mal Krugers ruhige Stimme.

Dieser Wichser.

»Sind Sie das, Nygård?« Er klang so verflucht freundlich, als ob er sich einen Spaß daraus machte, ihm zu zeigen, dass er Anna in seiner Gewalt hatte.

»Gib mir Anna! Sofort.«

»Ihr geht es gut.«

»Gib mir Anna!«

»Es ist nichts passiert. Ihr Kreislauf … Aber es geht ihr gut.«

»Wenn du mir nicht sofort …«

Klick. Aufgelegt.

Jan zögerte nicht, wählte erneut. Es klingelte tatsächlich – bloß zwei Mal, dann hatte Kruger ihn weggedrückt. Ein dritter Anruf kam nicht mehr durch.

Jan beschleunigte weiter. Der Farnhornweg war vierspurig plus die Geh- und Radwege. Er war bereit, alles auszunutzen. Er drückte drauf – 150 ... 160 ... Er riss die Maschine an einem VW-Kombi auf der rechten Seite vorbei, nahm einen Mercedes links und zählte die Sekunden.

Er musste durch halb Hamburg.

Vor ihm staute es sich, Jan dachte nicht dran zu bremsen, zog über den Gehweg, schoss auf eine Star-Tankstelle. Mit achtzig jagte er halsbrecherisch zwischen den Säulen entlang, dann auf den Radweg und weiter, wieder in den Verkehr.

Er rief Riya an. Mit wenigen Worten gab er ihr durch, was geschehen war, bat um Verstärkung.

»Tut mir leid, Jan«, hörte er sie. »Da ist kein Streifenwagen in der Nähe. Kann ein bisschen dauern.«

Vor Verzweiflung schrie Jan laut auf. Entschlossen steuerte er die nächste Kreuzung an und drehte bis zum Anschlag auf.

36

Einen Atemzug lang dachte Anna, sie läge in ihrem Bett in der neuen Wohnung. Blinzelnd öffnete sie die Augen und starrte an eine weiße Wand.

Hatte sie getrunken? Fühlte sich wie ein Kater an …

Ihr Kopf dröhnte mit jedem Herzschlag. Mit aufsteigender Angst kämpfte sie gegen die bleierne Müdigkeit an, die sie gefangen hielt. Erst während sich der Nebel allmählich legte, wurde ihr klar, dass sie noch immer bei Kian Kruger war.

Sie lag in Krugers Wohnzimmer! Eindeutig. Da waren die seltsamen Vagina-Bilder, der gläserne Couchtisch. Panisch glitt ihr Blick über ihren Körper. Hatte er ihr etwas angetan? Hatte er sich an ihr vergriffen?

Erleichtert atmete sie aus. Sie war angezogen, und auch wenn ihr Körper sich bleischwer anfühlte, war da kein anderer Schmerz.

Aber …

Da war Blut! Auf ihrem Shirt breitete sich ein schimmernder Fleck aus, und jetzt schmeckte sie es auch im Mund. Ihre Haare waren ganz verklebt und fühlten sich feucht an. Eine Kopfwunde? Das würde die pochenden Kopfschmerzen erklären. Instinktiv wollte sie hingreifen, bemerkte in dem Moment, dass sie gefesselt worden war.

Anna lag auf der Couch. Er hatte ihr die Füße hochgelegt, aber ihre Hände hinter ihrem Kopf an die Heizung gebunden.

Was zum Teufel?

Sie zerrte, versuchte, die Arme freizubekommen. Es funktionierte nicht.

Plötzlich erschien er über ihr.

»Kian!«, fuhr sie ihn an.

»Schhhh. Anna. Ganz ruhig.« Er hatte eine Spritze in der Hand. »Ich tu dir nichts.«

»Mach … mach mich los! Fuck! Nein! Nein-nein-nein! Kian!«

»Schhhh. Das ist nur gut für dich. Wirklich gut.« Er beugte sich mit der Spritze über sie. »Vertrau mir.«

»Kian! KIAN! Du … NEEEIN!«

Sein Gesicht kam näher …

Die rote Basecap kam näher …

Die Kobra beugte sich über sie.

Die Schlange erschien immer monströser vor ihren Augen. Sie öffnete ihr Maul, und die Giftzähne blitzten …

Sie schnappten zu und …

Panisch sah sich Anna um. Der Couchtisch, da war ein Teelichterhalter aus Stein. Schwer genug, um …

Du bist gefesselt! Du kommst da nicht ran. Er kann mit dir alles machen, was er will!

Oh Gott! Ich muss hier weg! Ich …

Wenn er will, dass du krepierst wie die anderen, dann hat er freie Bahn. Und wenn er vorher seinen Spaß mit dir haben will … Er hat sicher ein paar schöne Dinge im Haus. Als Rettungssanitäter …

»NEIN!«, wollte sie schreien, hatte aber kaum Kraft. »Hiiilfe!« Sie rollte sich herum, versuchte, nach ihm zu treten, sich wegzuwinden, doch mit dem geübten Schwung eines Sanitäters fixierte er sie, presste sie mit einem Knie auf die Couch.

»Halt still. Ist für deinen Kreislauf und was gegen die Schmerzen. Du bist umgekippt.« Die Nadel senkte sich in Annas Arm. »Stillhalten. Hör auf jetzt! HÖR JETZT AUF!«

Jan! Schoss es ihr durch den Kopf. Sie hatten telefoniert.

Oder? Das hatten sie doch? Er hatte gehört, was passiert war, und …

Wie lange war ich weg?! Wie lange braucht er hierher?

»Kian!«, schrie sie immerzu.

Doch Kruger lächelte sie an. »Hast 'ne ganz schöne Platzwunde am Kopf. Ich werd sie gleich desinfizieren.«

Anna achtete nicht auf seine Worte, schrie mit einem Mal aus vollem Hals: »HILFE!«

Der Nachbar. Tom. Er ist doch da draußen! Er muss mich doch hören!

»Hiiiilf…«

Er drückte ihr den Mund zu. »Sei still! Scheiße, Anna! Ich kleb dir den Scheißmund zu, wenn du nicht … ANNA!« Behutsam testete er, ob er seine Hand von ihren Lippen lösen konnte, aber als sie erneut Luft holte, drückte er sie nur umso härter in die Kissen.

Mit der freien Hand zog er seinen Rucksack für die medizinische Behandlung heran und hielt ihn Anna hin. »Da ist so einiges drin, damit du still bist. Willst du das? Ja? Ich nicht!«

Sie schüttelte stumm den Kopf.

»Gut so.« Endlich nahm er seine Hand von ihrem Mund.

Zitternd vor Angst und Wut starrte Anna ihn an, wagte aber nicht, noch einmal zu schreien.

»Na also.« Er kletterte von ihr runter. »Wieso musst du auch herkommen?!« Er strich sich die Haare unter die Basecap und rückte sie zurecht.

Die Schlange sah tatsächlich exakt wie die Kobra auf der Zeichnung in Evelins Magen aus – und wie die Schlange vom Altar im Lüftungsturm. Da gab es keinen Zweifel.

Wie er sich über sie gebeugt hatte … Diese Kreatur zu sehen, so nah, als könne die Kobra ihre scharfen Giftzähne in sie schlagen, sie betäuben, sie aussaugen, sie töten, sie langsam fressen …

»Deine Basecap«, begann sie leise. Vielleicht halfen Worte. Vielleicht konnte sie ihn irgendwie überzeugen … »Die Schlange … Wir haben einen Zettel in Evelins Magen gefunden. Da war diese Schlange drauf …«

Einen Moment hielt er inne. »Die Kobra?« Er schien zu überlegen, sich klar werden zu müssen, was das bedeutete. Starr sah er Anna an. Mehr nicht. Keine Regung. Seine Augen bohrten sich in ihre. Er blinzelte nicht, er starrte bloß, als wäre er plötzlich eingefroren. Nach einer Weile meinte er schlicht: »Dann war er es wirklich.«

»Wer ist er? Kian! Warst du es? Hast du Evelin und Becks und die anderen umgebracht, Kian? Ist da jemand anderes in dir?«

»Ich bin schuld …«

»Weißt du von ihm?«

Er zog die Stirn in Falten. »Du denkst, dass ich so 'n Schizo-Spinner bin?« Er schüttelte verbittert den Kopf. »Ich habe niemanden umgebracht.«

»Aber ins Licht geführt!«

»Ins Licht«, spie er beinahe aus. »Ich bete jeden Tag zu Gott, dass dieses verfluchte Licht die Erlösung für Evelin war!«

Iserbrook. Endlich. Jan schlängelte sich durch das Wohngebiet. Zweimal hatte er vergeblich versucht, Anna zu erreichen, nun war er permanent mit der Zentrale verbunden. »Wie lange?«

»Sechs oder sieben Minuten«, meinte Riya. »Streifenwagen sind unterwegs.«

Viel zu lange.

Er checkte sein Handy und fand die Straße. Ein weiteres

Mal abbiegen, und er entdeckte Annas Smart neben dem Passat Kombi. Er drehte das Gas auf, bremste hart in der Einfahrt und machte, dass er zum Haus kam.

Im Laufen zückte er seine Waffe, entsicherte sie.

Die Haustür war verschlossen. Zu massiv, um sie einzutreten.

»Polizei! Ich bin bewaffnet. Kruger! Kommen Sie raus.«

Nichts tat sich, aber damit hatte Jan auch nicht wirklich gerechnet. Die Pistole im Anschlag, huschte er ums Haus, checkte seine Optionen. Noch sicher fünf Minuten, bis die Verstärkung hier war. »Anna!«, rief er. »Anna!«

Keine Reaktion. Der Waschbetonweg endete. Um zur Terrasse zu kommen, musste er an ziemlich vielen Fenstern vorüber, die sich fantastisch für einen Hinterhalt …

Scheiß drauf!

Er lief los, fixierte die Holzterrasse und die große Fensterfront mit der Tür daneben.

Im Blickwinkel sah er kurz und verschwommen einen Mann im Nachbargarten. Rechts und links zwei kleine Kinder, sie gafften. Im Rennen bedeutete Jan den dreien abzuhauen.

»Anna!«, rief er ein weiteres Mal, hob die Waffe und feuerte zwei gezielte Schüsse auf die Fensterscheibe neben der Tür ab. Sie zersprang.

Wo immer Kruger steckte, spätestens jetzt wusste er, wo Jan war. Und hier gab es keine Deckung. Wenn er durch die Scheibe ins Wohnzimmer sprang, dann … Egal. Anna war wichtiger als Deckung.

Ohne zu zögern, warf Jan sich im Laufen gegen die hüfthohen Splitter im Rahmen, drückte das Glas nach innen, fiel halb ins Wohnzimmer.

»Anna!«

Sie lag auf der Couch. Er riss den Kopf herum. Ein Schatten. Da! Im Flur …

Kruger! Er zog die Haustür auf.

»Stehen bleiben! Kruger!« Keine Zeit, ihm zu folgen … Erst Anna. Jan stürzte zu ihr. Kruger hatte sie niedergeschlagen, zumindest war ihr Haar und Gesicht voller Blut. Er hatte ihr eine Mullbinde in den Mund gestopft und sie an die Heizung gebunden, dieses Schwein. Draußen wurde der Passat gestartet. Reifen quietschten.

»Ihm nach! Los!« Anna rang nach Atem, kaum dass Jan ihr die Mullbinde rausgezogen hatte.

»Geht's dir gut?« Er löste ihre Fesseln.

»Ja-ja! Los!«

Einen Herzschlag lang war er sich nicht sicher, ob er Anna allein lassen konnte, aber sie schob ihn von sich. »Los!«

Er sprang auf, sprintete los, rannte in den Flur, riss die Haustür auf. Die Hitze schlug ihm ins Gesicht, als er zu seinem Motorrad lief und aufstieg. Er startete, gab ordentlich Gas und ließ die Maschine halb ausbrechen, um sie herumzudrehen.

Jan raste vom Haus weg und warf einen Blick in die Querstraßen. Er konnte Krugers Wagen nirgends entdecken. Fluchend gab er mehr Gas, entschied sich, Richtung B431 abzubiegen. Tatsächlich tauchte der braune Kombi vor ihm an einer Kreuzung auf. Jedoch drei Straßen entfernt. Sofort verschwand er wieder hinter Häusern.

Parkende Autos, Zäune, Hecken … Alles verschmolz zu einem Farbenspiel, als er beschleunigte.

Viel zu schnell schoss er um die Kreuzung. Von rechts zwei Polizeiwagen. Sie mussten eine Vollbremsung hinlegen. Im Abbiegen konnte er noch die entsetzten Gesichter seiner Kollegen erkennen, dann war er auch schon vorbei und versuchte, den Kombi im labyrinthischen Gewirr des Wohngebiets aufzuspüren.

Rechts führte eine Chaussee raus aus Hamburg, Richtung Schneefeld. Nichts. Keine Spur von Krugers Auto. Jan beschleunigte ... links. Eine weitere Straße, Wohnhäuser, Gärten, Zäune und Hecken. Planschbecken und Trampoline. Kein Passat. Er drehte den Gashahn auf, schoss zur nächsten Kreuzung.

Wieder nichts. Am Seitenstreifen parkten zwischen all den Autos zwei Wohnmobile. Als er weiterfahren wollte, meinte er, einen braunen Schatten hinter einem der großen Wagen zu entdecken.

Hatte Kruger etwa sein Auto abgestellt? War es wirklich der Kombi?

Jan bog sofort ab, hielt auf die Wohnmobile zu.

Da. Er war es tatsächlich.

Kruger war mit dem Passat hinter einem Wohnmobil in eine Laterne gekracht. Dampf drang unter der Motorhaube heraus.

Langsam nähern. Schön ruhig.

Bisher hatte Kruger keine Schusswaffe benutzt, allerdings wollte Jan nicht das Gegenteil herausfinden. Neben einem spießigen Kombi in einem gutbürgerlichen Wohngebiet auf dem fünfzig Grad heißen Asphalt zu krepieren war nicht unbedingt seine Idealvorstellung eines perfekten Todes.

Er brachte seine Harley neben dem Wohnmobil zum Stehen und stieg ab. »Windloh. Unfall. Brauche Verstärkung«, informierte er die Kollegen.

Mit gezückter Waffe schob er sich am Wohnmobil vorbei auf den Kombi zu. Da! Da war in der Dunkelheit des Wagens eine Bewegung auszumachen. Oder? Ja ...

Jeden Moment rechnete er damit, dass Kruger heraussprang. Aber im Wagen blieb es ruhig. Oder war da ein Stöhnen zu hören? Durch das Zischen des Kühlwassers hindurch? Sein Blick richtete sich auf das Heckfenster.

Alles dunkel. Kaum etwas zu erkennen. Das Innere lag zu tief im Schatten. Keine Bewegung auszumachen.

Schritt um Schritt näherte sich Jan, hob die Waffe mit beiden Händen, zielte … Der Schweiß lief ihm in die Augen. Das Atmen im Helm war unangenehm, obwohl er das Visier geöffnet hatte. Die Hitze hatte ihren eigenen Geruch, und bei jedem Atemzug konnte Jan spüren, wie sein Herz gegen den Sommer ankämpfte.

Er umfasste die Waffe fester, peilte durch die Heckscheibe den Fahrersitz an.

Noch fünf Meter.

Der Schweiß brannte. Die Waffe fühlte sich ganz glitschig an, während er sich weiter auf den Wagen zuschob. Noch immer war alles verdächtig ruhig. Jan konnte die herannahenden Polizeiwagen hören. Bis jetzt war er neben dem Wohnmobil einigermaßen in Deckung. Er wollte aber nicht länger warten.

Du bist ein Vollidiot. Was, wenn der tatsächlich auf dich anlegt? Sobald du hinter diesem verdammten Wohnmobil hervorkommst, bist du ein leichtes Ziel. Und du hast keine schusssichere Weste an.

Er tastete sich weiter vor, ging zielend etwas in die Hocke und versuchte, möglichst wenig Angriffsfläche zu bieten.

Dann rannte er los. Vier lange Schritte schnell über den heißen Asphalt. In die Hocke, an die Beifahrerseite. Er riss die Tür auf, richtete kniend die Waffe ins Innere.

Über den Beifahrersitz hinweg sah er den Fahrersitz. Leer.

»Fuck!« Er öffnete sofort die Tür der Rückbank.

Nichts.

Kruger hatte den Wagen verlassen.

Jan sah sich hektisch um. Links von ihm reihte sich ein Einfamilienhaus ans andere, bis zur nächsten Querstraße. Die Hecken waren von Pforten und Einfahrten unterbrochen, die Zäune nicht sehr hoch – Kruger hätte leicht darüberspringen können. Oder war er die Straße hinuntergelaufen und in der nächsten Querstraße verschwunden? Riskant, aber vielleicht ein guter Plan. Jan wandte sich um und sah dorthin, wo er hergekommen war. Gleiches Bild. Einfamilienhäuser. Idylle. Hecken, Büsche, Zäune. Kein Problem, sich hindurchzudrücken und in die Gärten zu verschwinden.

»Verdächtiger zu Fuß geflohen. Windloh, halbe Höhe.«

Er hatte kaum ausgesprochen, als hinter ihm ein Polizeiwagen hielt und vier Beamte rausprangen. Sofort bedeutete er ihnen, rechts und links zu suchen. Er selbst entschied sich fürs angrenzende Einfamilienhaus, sprang über den niedrigen Zaun und sah sich um.

Eine Gartenhütte, überwucherte Terrassentrenner, Planschbecken. Irgendwo spielten Kinder. Schreie wehten zu ihm, aber es waren Freudenschreie. Am Carport führte ein Plattenweg auf die Rückseite, von wo die Kinderschreie herkamen.

Hier gab es Millionen Verstecke.

37

Jan reichte Anna, die auf einer Stufe vor Krugers Haus saß, eine PET-Flasche, die er von den Sanitätern bekommen hatte. Im Viertel war die Hölle los. Zig Polizeiwagen fuhren die Straßen ab, es wurde geklingelt, kontrolliert und durchsucht. Selbst ein Hubschrauber kreiste seit gut einer halben Stunde über dem Gebiet. Dieck hatte jeden Mann mobilisiert, dessen er habhaft werden konnte. Krugers Flucht war dennoch vorerst geglückt. Entweder hockte der Kerl in einem Versteck – oder er war längst über alle Berge. Jan hätte es nicht gewundert, wenn er seine Flucht schon vor Wochen geplant hätte.

»Wie geht's dir?«, fragte er besorgt. Die Sanitäter hatten Anna versorgt. Von der Einsatzleitung hatte Jan erfahren, dass Anna immer wieder betont hatte, ihr sei nichts geschehen. Er wollte es trotzdem aus ihrem Mund hören.

»Beschissen. Ich bin so bescheuert. Ich ... Wieso hab ich nicht ... Ich meine ...« Schnaufend atmete sie durch.

»Schon gut. Du hast eben deinen eigenen Kopf. Und er hat dir wirklich nichts angetan? Außer Fesseln und ...«

»Eine Spritze. Er hat mir 'ne Spritze gegeben.«

Er drückte sie kurz an sich. »Warten wir mal die Blutanalyse ab. Du fühlst dich aber nicht unter Drogen?«

»Nein. Die Sanis haben sie gefunden. Anscheinend nur ein stabilisierendes Mittel, um mich auf die Beine zu kriegen. Nichts Schlimmes ...« Sie versuchte ein Lächeln. »So gesehen zumindest.«

»Aber?«

»Ich ... Ich bin ein naiver Blödmann.«

»Blödfrau.«

»Blödfrau. Ja, Blödfrau. Wie kann man so hirnverbrannt sein? Echt«, meinte sie wütend auf sich selbst.

Er nahm sie noch mal länger tröstend in den Arm.

»Ich bin 'ne gutgläubige Kuh«, begann sie zu schluchzen. »Damals, in der JVA, da hab ich mich mit meinem Chef angelegt, weil er drauf und dran war, Kruger eine schizophrene Störung zu diagnostizieren. Aber die Indikatoren waren viel zu wenige und zu schwach ausgeprägt. Ich hatte das Gefühl, mein Chef wertet alle ab. Ich naives …«

»Solange dir nichts passiert ist, ist alles gut. Das ist die Hauptsache.«

Anna rieb sich die Augen und riss sich zusammen. »Dieck wird mich rauswerfen, oder?«

»Quatsch. Ich hab da ja auch noch ein Wort mitzureden. Schließlich brauch ich dich. Ich muss ja meine Sitzungsstunden wegen der Aggressionsbewältigung vollbekommen.«

»Vielleicht wird andersrum 'n Schuh draus.«

»Was?«

»Ich sollte ein bisschen bei dir ins Aggressionstraining gehen.«

»Aggressions-*Aufbau*-Programm? Kann ich«, wollte er sie aufheitern. »Aber du und boxen? Jemandem eine reinhauen, um zu sehen, dass man noch da ist? Hm … Das passt nicht zu dir. Du bist klasse, wie du bist. Spricht natürlich nichts dagegen, dass du Kruger eine reinhaust.«

Sie strich sich die blonden Haare aus dem Gesicht und sah ihn mit ihren leicht verweinten Augen an. Lange. Als schien sie etwas zu überlegen.

Jan konnte nur mutmaßen, aber wie so oft spürte er eine tiefe Verbundenheit mit ihr, obwohl sie sich erst ein gutes halbes Jahr kannten. Er fragte sich, ob er sie nicht wirklich mal zum Essen einladen sollte.

»Was überlegst du?«

»Ich?« Ertappt schüttelte er den Kopf. »Nichts.«

»Wieso Kruger zu uns gekommen ist?«

Er stimmte schnell zu, weil er nicht wollte, dass sie weiterbohrte. »Vielmehr ist er zu dir gekommen.«

»Ich glaube«, sagte sie, »weil in seiner Brust zwei Herzen schlagen. Letztlich will sein Unbewusstes sich stellen. Oder sein eines Ich.«

»Du meinst, er bringt alle zum Selbstmord, nimmt ihnen und Evelin die Schmerzen und zeigt ihnen den Weg ins Licht – und sein normales Ich will, dass das aufhört? Dass wir ihn finden und stellen?«

»Wäre eine Erklärung. Sein inneres Ringen mit den Taten. Und seine Paranoia und die Angst stammen daher, dass er sich vor seinem … seinem Schlangen-Ich fürchtet. Vor dem, der er wird, wenn er die Basecap trägt.«

»Er will, dass wir ihn stellen – und haut ab?«

Anna atmete durch. »Es ist nur eine Mutmaßung, aber du hast ja auch schon überlegt, ob er eine dissoziative Persönlichkeitsstörung hat. Und der Basecap-Typ, der flüchtet.«

»Schizo also?«

»Immer wieder schön, wie du's mit fachlichen Termini auf den Punkt bringst.«

»Mit Terminussen.«

Sie lachte. »Im Ernst. Das ist reichlich umstritten, aber es könnte sein, dass er mindestens zwei Persönlichkeiten hat. Eine davon ist Kian. So wie ich ihn kenne. Und die andere ist unser Mörder.«

»Das heißt, er war als Kruger bei dir, und jetzt ist er zum Mörder geworden.«

»Ja. Und dafür setzt er seine Basecap auf. Um sich quasi zu verwandeln. Er muss ein Trauma erfahren haben, ein tiefes Trauma, das dazu geführt hat, dass sich seine Persönlichkeit in mindestens zwei Personen gespalten hat.«

»Auch eine Nahtoderfahrung?«

»Er sagte, er hatte keine. Er hat Probleme mit existenziellen Entscheidungen, vielleicht hat er in seiner zweiten Persönlichkeit deswegen mir die Entscheidung überlassen, ihn zu stellen. Ein Hilferuf, sozusagen.«

»Du nimmst ihn immer noch in Schutz«, stellte Jan ernüchtert fest.

»Was? Nein.« Sie stand auf.

»Er hat einen Kollegen bezahlt, weil niemand wissen sollte, dass er beim Busunfall ebenfalls im Einsatz war.«

Anna strich sich über die Arme, als würde sie frösteln. »Was, wenn die Reanimierten vom Busunglück … wenn die alle beschlossen haben, doch zu sterben? Und einer es nun ausführt. Kian.«

»Du meinst, alle fanden es nicht gut, wieder zurückgeholt zu werden, und wollen wieder zu diesem Licht?«

»Ja. Was, wenn Kian ihr Erlöser wurde, mit der Schuld aber nicht leben kann und deswegen zu mir kam? Er hat zu mir gesagt, er sei schuld.«

»Klingt reichlich pathologisch.«

»Unser Ich ist oft fragiler, als wir denken. Schau dir deinen Vater an. Dem geht's besser, weil es ein Tischgebet gibt.«

»Woher …?«

»Dein Freund Brandt.«

»Ach … Brandt? Was erzählt er denn noch so?« Jan stand ebenfalls auf, um Beamte der Spurensicherung durchzulassen. Wie es aussah, hatte Roger bereits einen Durchsuchungsbeschluss erwirkt. Immer mehr Beamte trafen ein. Unter ihnen auch Lyn Petermann, die Anna und Jan nett grüßte, bevor sie – mit allerlei Koffern bepackt – im Innern verschwand.

»Du musst nicht sauer sein. Brandt macht sich nur Sorgen.«

»Um meinen Vater?«

»Witzig. Um dich … Er wird nicht mehr allzu lange zum Leben haben.«

»Brandt?«

»Witzig! Echt!«

Jan seufzte, nahm ihr die Wasserflasche ab und trank. »Ich weiß. Ist mir schon klar, dass Gunvald nicht mehr lange hat.«

Gemeinsam gingen sie ums Haus herum in den Garten. Wie so oft hatte Anna ins Schwarze getroffen. Wenn Gunvalds Demenz weiter voranschritt, und das tat sie, würde er Jan in wenigen Monaten wahrscheinlich nicht mehr erkennen.

Es war bitter zuzusehen, wie das Vergessen, dieser schleichende Tod, den Kranken die wertvollen Momente, die ihr Leben bestimmt hatten, Stück für Stück entriss. Selbst bei Gunvald war es schmerzhaft, das mit anzusehen.

»Was hast du zu verlieren?«, fragte sie.

»Wobei?«

»Wenn du ihn öfter besuchst.«

Jan wusste die Antwort – und sie gefiel ihm nicht. Vergebung war ihm eher fremd. »Wird das eine Stunde auf der Couch? Muss ich die bezahlen?«, nuschelte er. »Ich dachte, *du* brauchst 'n bisschen Beistand.«

»Komm, hör auf.« Versöhnlich lächelte sie ihn an. Mit einem Mal nahm sie seine Hand. Es fühlte sich merkwürdig an, sie so nah zu spüren. Sie standen in dem verwilderten Garten, hielten sich an den Händen, und Jan gefiel es.

»Auch wenn er schwierig ist, Jan. Du solltest mit ihm reden. Zumindest öfter mal hingehen.«

Das hätte auch von Hannah kommen können. Genau so

ein Satz. Mit einem Mal war sich Jan nicht sicher, ob er diese Ähnlichkeit gut oder hinderlich fand. Es war ungeheuer tröstlich, wie sie mit ihm sprach – aber dass sie jetzt wie seine verstorbene Frau klang, war gespenstisch. Der Eindruck währte Gott sei Dank bloß einen Augenaufschlag, dann war er verflogen. Spätestens als Anna in ihrem Psychologinnenton hinzufügte: »Du hast Angst. Das merkt man.«

»Quatsch!« Jan musste lachen. »Vor meinem Vater?« Er sah sich zum Wohnzimmer um, in dem Strahler aufgestellt worden waren, um auch wirklich jede Ecke auszuleuchten. Beamte durchsuchten die Schränke, während Lyn und die KT-Crew Fasern von der Couch nahmen, Annas Fesseln eintüteten und Fotos schossen.

»Na ja, nicht vor ihm direkt«, führte Anna aus. »Sondern davor, dass du ein Feindbild verlierst und sich dadurch deine Wut auflösen könnte.«

Jan zog seine Hand weg. »Wie meinst du das?«

»Wenn du niemanden hast, an dem du dich reiben kannst, an dem du dich im Kampf festhalten kannst, dann bist du ohne Schiff …«

»… auf hoher See«, ergänzte er. Sie hatte das ähnlich schon mal zu ihm gesagt.

»Ja. Egal, was er dir und deiner Mutter angetan hat.«

Er ließ die Worte sacken und schwieg.

»Vielen würde ich raten, auf Distanz zu gehen. Manchmal ist es besser, sich zu trennen – aber du brauchst jemanden im Ring. Und wenn es der dunkle Schatten deines Vaters ist.«

Jan antwortete nicht. Er machte nicht einmal Anstalten, darauf einzugehen. »Lass uns sehen, ob wir was finden«, sagte er stattdessen und ging zur geborstenen Scheibe. Er spürte, wie sie ihm schweigend nachsah, und drehte sich noch einmal zu ihr um. »Kommst du?«

Seufzend löste sie sich von seinem Anblick und kam zu ihm.

Die beiden zogen sich Handschuhe und Schuhüberstreifer an, dann inspizierten sie gemeinsam Küche, Flur und das Gästeklo. Schließlich gingen sie in den ersten Stock. Auch hier waren Beamte dabei, Spuren zu nehmen. Eine junge Frau mit Nasenpiercing und blauen Haaren sicherte den Inhalt des Badezimmerschranks, nahm Schachteln und Ampullen heraus. Sie verstaute alles in Plastikbeutelchen.

Jan erkannte bei ihren sichergestellten Sachen Tütchen mit bunten Papers.

»Ist es das dasselbe Zeug, das Meyers im Blut hatte?«, fragte Anna.

»LSD«, meinte die Beamtin. »Liv hat schon einen Schnelltest genommen.«

»Danke.«

Anna trat in die Mitte des Flurs und sah hinauf zur Dachbodenklappe.

»Du hast doch nichts zu verlieren«, nahm sie noch einmal das Gespräch auf. »Wenn du mit deinem Vater ein bisschen rumfährst und ein paar Stunden Zeit verbringst? Oder?«

»Ich weiß es nicht« war Jans ehrliche Antwort. »Ich weiß nicht, ob ich was verliere oder gewinne. Oder wie ich mit Gunvald irgendwie umgehen soll. Das ist die beschissene Wahrheit. Ich weiß es schlicht nicht.« Er sah zu, wie sie nach einem Haken suchte, um die Klappe nach unten zu ziehen. »Und jetzt sag mir mal, Anna, was du vorhast.«

»Der Brief, der hatte doch Spuren von Glaswolle. Und Liv meinte, er könne auf einem Dachboden geschrieben worden sein.«

»Hm.« Langsam näherte sich Jan der Klappe. Er konnte Fingerabdrücke an der Tapete erkennen. Dort, wo sich

Kruger unzählige Male festgehalten hatte, wenn er die Luke aufgeklappt und die Leiter hinaufgegangen war. Es gab eine Öse, um die Luke von unten zu verschließen, aber das Schloss fehlte.

»Vielleicht hat ja auch nur der Umschlag ohne Brief länger auf einem Dachboden gelegen«, gab Jan zu bedenken.

Anna verschwand im nächsten Raum, kam mit einem Stuhl wieder und stellte ihn hin. »Alter vor Schönheit.«

38

Jan griff die Öse und zog die Klappe auf.

Sie öffnete sich quietschend und schwergängig, er musste ordentlich ziehen. Nach Holz riechende Luft strömte ihm entgegen. Sie fühlte sich noch viel wärmer an als die Suppe draußen. Und sie roch seltsam nach Dschungel.

Jan drückte die Klappe ganz herunter und klappte die Leiter aus. Schließlich ging er voran.

Der Geruch von Erde und Moder intensivierte sich bei jedem Schritt. Noch eine Stufe, dann konnte Jan über die Kante sehen …

Ein holzgetäfelter Dachboden, der Hitze nach zu urteilen nicht isoliert. Er stieg ganz hinauf und sah sich um, während Anna hinter ihm den Spitzboden betrat.

Der Raum war gerade hoch genug, um in der Mitte stehen zu können. Die stickige Luft machte das Atmen schwer. Jan erkannte auch, woher der modrige Geruch stammen musste: Ein Terrarium stand unter dem einzigen Dachfenster neben einer mit Comics übersäten, zerschlissenen Couch. An der Giebelseite wartete allerlei Elektronik. Ein Playstation-Controller, ein hochwertiger Beamer und daneben ein moderner Bürostuhl, der mehr an einen Kampfpilotensessel erinnerte als an einen schnöden Stuhl. Kruger hatte ihn vor einen billig furnierten Eckschreibtisch gerollt, auf dem drei Monitore wie eine Wand dicht an dicht aufgebaut worden waren. Zwei Gamer-Tastaturen, eine Designer-Maus und ein Headset lagen neben einem wuchtigen – eindeutig mit viel Leidenschaft zu einem kleinen Kunstwerk umgebauten – PC.

»Wasserkühlung«, stellte Anna fest. »Feines Teil.«

Jan zuckte bloß mit den Schultern. Im Gegensatz zu Anna hatte er keine Ahnung. Er kannte sich mit Whisky aus und Brahms, machte aber, wenn möglich, lieber einen Bogen um Technik.

Die Dachschrägen waren mit Fotos von nackten Schönheiten, Filmplakaten – Star Wars, Tron, Rambo – und Gamepostern gespickt. Jan, der sich damit nie beschäftigt hatte, erkannte immerhin das Spiel mit Lara Croft und konnte World of Warcraft, Siedler und Counterstrike entziffern. An der Wand neben dem Stuhl pinnten diverse Gruppenfotos und Porträts, die Kian Kruger und seine Kollegen zeigten. Sie posierten vor Rettungswagen, feierten und probten Einsätze. Ein paar waren etwas derber und zeigten das Trüppchen beim Faxenmachen.

Anna sah sich ebenfalls die Fotos an. »Ist das dieser Kuczera?«

»Piotr Kuczera, ja.«

»Und das ist Evelin Meyers.« Jan tippte auf eines der Bilder. Evelin grinsend im Krankenbett. Daneben auf einem Selfie Kruger und Evelin vor der Elbphilharmonie. Sie saß im Rollstuhl und grinste gemeinsam mit Kruger frech in die Kamera. Andere Aufnahmen waren bei einem Ausflug geschossen worden, wahrscheinlich an der Elbe.

»Sieht aus«, stellte Anna fest, »als hätte ihm tatsächlich viel an ihr gelegen.«

Jan nickte zu einem weiteren Foto. Es zeigte den Gefängnishof der JVA Glasmoor. Eine jüngere Anna spielte mit Kian Kruger Karten. Sie lächelten beide in die Kamera.

»Oh Gott. Kann ich mich gar nicht dran erinnern …«, meinte sie. »Dass er das behalten hat.«

Jan beugte sich über den Schreibtisch, um sich den Rechner genauer anzusehen, da schnellte ein Schatten neben ihm von links nach rechts. Erschrocken fuhr er zum Terrarium herum. Es war eine Schlange. Nervös zuckte sie mit dem Kopf vor, als wollte sie ihn beißen, musterte ihn dann abschätzend. Jan mochte Schlangen nicht. Ihre Augen wirkten auf ihn immer wie tot. Immerhin sah Krugers Exemplar gut genährt aus. Die Haut schimmerte in kräftigen Braun- und Orangetönen, und das Terrarium machte, sofern er das beurteilen konnte, ebenfalls einen guten Eindruck.

»Was ist das für eine Art?«, fragte Anna.

»Keine Ahnung.« Jan sah sich im hinteren Bereich des Dachbodens um. Hier stapelten sich Kisten und altes Spielzeug. Nichts Ungewöhnliches zu erkennen.

»Das ist eine stinknormale Man Cave, wenn du mich fragst«, stellte Anna enttäuscht fest.

»Ja, 'ne hübsche Junggesellenbude. Wahrscheinlich mal sein Jugendzimmer. So was in der Art.« Er war ebenfalls reichlich frustriert. Aber er rief die Spurensicherung und bat Lyn, Krugers Rechner mit allen Mitteln der Kunst zu durchleuchten und auch hier im Dachboden Spuren zu nehmen. Wenn sie das Lammblut fanden, konnten sie die DNA bestimmen und Kruger endlich festnageln.

Noch einmal fiel sein Blick auf die ganzen Fotos. »Ich ruf mal diesen Kuczera an, der ist ja sein Freund. Vielleicht weiß der, wo Kruger untertauchen würde.«

Anna nickte. »Und wir sollten seinen Nachbarn fragen. Zu dem hat er anscheinend 'n gutes Verhältnis.«

39

Als die beiden an der Hängematte vorbeigingen und Jan Anna durch die schmale Gartenpforte aufs Nachbargrundstück folgte, hatte die Sonne bereits ihre Farbe geändert. Knallrot hing sie am Himmel und erinnerte Jan an den Altar mit dem Lammschädel. Er blickte auf die Uhr. Es ging bereits auf neun zu.

Sie gingen zur Haustür, und Anna klingelte. Kurz darauf öffnete eine etwa vierzigjährige Frau. »Tom? Der ist da, sicher. Kommen Sie herein«, meinte sie, nachdem Anna ihr erklärt hatte, dass sie vom LKA seien und ihren Mann sprechen wollten. »Ich wollte grad auf die Terrasse«, entschuldigte sie sich. Sie war barfuß, hatte ein Tablet unter den Arm geklemmt und ein volles Glas Wein in der Hand. »Gehen Sie einfach durch. Einfach nicht drauf achten.«

Im Flur stieg Jan über einen Bagger und schlängelte sich an zwei kniehohen Plüschpandas vorbei. Ansonsten machte das Haus einen äußerst aufgeräumten Eindruck. Als er an der Küche vorbeikam, sah er auf der gewischten Ablage einen Strauß frischer Gladiolen. Alles war geputzt und krümelfrei. Seine Küche hatte in den letzten Monaten langsam, aber sicher den Style einer WG-Butze angenommen, bei der vor Monaten der Putzplan im Klo gelandet war.

Aus dem Wohnzimmer drangen Ächzen und Stöhnen.

»Schatz!«, rief die Frau leise, während sie hinter Jan und Anna in das mit hellen Möbeln ausgestattete Wohnzimmer trat.

Jan bemerkte jemanden am Boden. Er lag verrenkt hinter einer Stereoanlage aus den Neunzigerjahren und schloss Kabel an.

»Was ist denn?«, meinte der Mann und kam mit fragendem Blick hoch.

Er war genauso überrascht wie Jan.

»Doktor Ghasemi?«, fragte er verdutzt.

»Den ganzen Tag schon, ja.« Lächelnd stand er auf und reichte zuerst Anna, dann Jan die Hand. »Herr Nygård.«

»Ich bin verwirrt.«

»Weswegen?«

»Meine Kollegin meinte, Sie wären ein guter Freund von Herrn Kruger?«

Ghasemis Frau, die gerade auf die Terrasse hinauswollte, lachte auf. »So was von.«

»Was war denn heute los?«, wollte Ghasemi wissen. »Sah gefährlich aus. Die Kids fanden's cool. Sie mit gezogener Waffe und so …«

Jan ging auf Ghasemis Frage nicht ein. »Sind Sie deswegen bei Herrn Ludwig? Ich meine, Sie beraten ihn doch? Den Pfarrer.«

»Deswegen? Wegen Kian? Ja. Wieso? Er hat mich gefragt, ob ich helfen kann. Da hab ich mal mit dem Pfarrer gesprochen. Frau Meyers, seine Freundin, war ja da im Chor. Na ja. Hat mir gefallen, was Herr Ludwig für die Gemeinde tut. Also hab ich ihn quasi ehrenamtlich unterstützt.«

»Verstehe.« Jan wandte sich an Anna, die versuchte, dem Dialog zu folgen. »Doktor Ghasemi ist Psychologe.« Er erklärte ihr, dass er heute bei ihm gewesen war.

»Psychologe. Dann sind wir Kollegen?«

Ghasemi lächelte. »Ich wollte vorhin schon mit Ihnen fachsimpeln, aber es gab ja *Spaaaagheeettiii*. Kann ich Ihnen was anbieten? Wasser oder etwas Alkoholfreies?«

»Nein, danke«, wehrte Jan ab.

»Sagen Sie, wie lange kennen Sie Kian Kruger?«, fragte Anna.

Ghasemi überlegte nicht lange. »Ungefähr anderthalb Jahre. Seine Mutter hatte Krebs. Als er aus dem Gefängis kam, hat er sich ziemlich aufopferungsvoll um sie gekümmert. Da bin ich oft eingesprungen.«

»Wir beide!«, hörten sie Frau Ghasemi von der Terrasse rufen. Sie hielt ihr Glas hoch und las weiter auf ihrem Tablet.

»Wir beide, ja. Wir haben ihm unter die Arme gegriffen, wo es ging.«

Kinderlärm drang vom ersten Stock zu ihnen. Ein Junge schrie seine Schwester an, ihm endlich irgendein Raumschiff wiederzugeben.

»Hatten Sie bei ihm mal den Verdacht auf eine dissoziative Störung?«, fragte Anna.

»Bei Kian? Nein. Aber …« Er sah Anna fragend an. »Worauf wollen Sie hinaus?«

»Haben Sie Anzeichen für eine gespaltene Persönlichkeit bei Kian …?«

»Hören Sie«, unterbrach Ghasemi sie. »Ich führe Traumatherapien durch – und ich bin sein Nachbar, nicht sein Therapeut. Das würde ich mir auch verbitten.«

»Hat er sich nicht merkwürdig benommen? Im letzten halben Jahr?«

Ghasemi seufzte. Aber er wollte nicht darüber reden, wahrscheinlich, weil er Kian nicht schlechtmachen wollte. Nachdenklich kratzte er sich die Stirn.

»Sag's ihnen ruhig, Schatz!«, ermunterte die Frau ihn, ohne vom Tablet aufzusehen.

»Er war immer nett und zuvorkommend. Wir haben viel gelacht und zusammen unternommen … Der Tod seiner Mutter hat ihn extrem mitgenommen. Erst die Zeit in der JVA und dann der Krebstod. Sie war seine Bezugsperson, doch er war auf einem guten Weg. Aber … Na ja, vor ein paar Monaten, da …«

»Ja?«

»Er ist hier rumgeschlichen. Ich habe ihn erwischt, da saß er in seiner kaputten Hütte, und ich hatte das Gefühl, also … Ich hatte das Gefühl, er beobachtet uns.«

»Und das mit dem Müll«, warf seine Frau von der Terrasse aus ein.

»Ja. Und einmal hab ich ihn gesehen, wie er unseren Müll durchsucht hat. Er hat behauptet, dass er fälschlicherweise selbst was reingeworfen hätte, als er vorbeigegangen wäre … Ich weiß nicht.«

Die Frau legte das Tablet beiseite und sah sich zu den dreien um. »Ich hab gleich gesagt, mit dem stimmt was nicht. Oder? Ich glaub ja auch, dass der unsere Katze auf dem Gewissen hat.«

Ghasemi lächelte zerknirscht in die Runde. »Jetzt hör auf, Maria. Komm …«

»Nee, ist klar. Du hältst ihm ja immer noch die Stange.« Sie trank einen Schluck Wein und vertiefte sich wieder in ihre Lektüre.

»Ich glaube nicht, dass er das war«, wandte sich Ghasemi an Anna. »Wir haben sie vor ein paar Wochen bei ihm im Garten gefunden. Sie war aber auch nicht mehr die Jüngste. Das ist alles.«

Jans Handy klingelte. Überrascht stellte er fest, dass es Ludwig war, der ihn anrief.

»Wissen Sie vielleicht von einem Freund?«, fragte Anna. »Irgendjemand, zu dem er einen Bezug hat? Wo er unterkommen kann? Wo er übernachten kann?«

»Herr Ludwig«, nahm Jan ab, ging auf die Terrasse hinaus und ein paar Schritte weiter in den Garten. »Herr Ludwig, wenn Sie eine Dienstbeschwerde gegen mich einreichen wollen, dann ist das natürlich … Was? Mit mir reden? Über den Fall?« Jan warf Anna einen Blick zu, die zwar noch im Wohnzimmer stand, aber durch die offene Tür mitgehört hatte. »Nicht am Telefon. Das verstehe ich … Ja … Morgen früh? … Wenn Sie möchten, kann ich auch heute Abend noch kommen und … Verstehe. Gut. Dann morgen gleich um acht.« Er verabschiedete sich knapp und legte auf. Diesmal würde er sich an die Spielregeln halten und erst Dieck in Kenntnis setzen, bevor er mit Ludwig sprach.

»Herr Ghasemi, wie sieht's aus? Meine Kollegin hat ja bereits gefragt. Wo könnte sich Kian Kruger versteckt halten? Irgendeine Idee?«

Ghasemi sah seine Frau an, die wieder das Tablet beiseitegelegt hatte. Sie schienen beide nachzudenken, aber schließlich zuckte sie mit den Schultern.

Auch Ghasemi wusste keinen Rat. »Tut mir leid.«

40

Mittlerweile war die Blaue Stunde angebrochen, und der mächtige Backsteinbau der St.-Thaddäus-Kirche zeichnete sich bildschön vor dem wolkenlosen saphirfarbenen Himmel ab. Ein Farbenspiel, das er sich früher gern mit Evelin angesehen hatte – doch jetzt hatte er keinen Sinn dafür.

Sich immer wieder umblickend, huschte Kian an den Gräbern vorbei zum Eingang der Kirche und zog die schwere Tür, so leise es ging, auf.

Im Innern war es kühl. Ihn fröstelte, während er das Kirchenschiff betrat. Als er das gelbe Leuchten des Absperrbands unter der Orgel bemerkte, bekam er echte Gänsehaut. Und das lähmende Gefühl von Schuld setzte sich ihm auf die Brust.

Die Kirche war gespenstisch leer. Um diese Uhrzeit kam niemand mehr, um hier eine Zwiesprache mit Gott zu führen. Kian ging durch das Seitenschiff, an den Altären vorbei. So musste er nicht allzu nah ans gelbe Band. Durch die hohen Buntglasfenster zauberte das verklingende Sonnenlicht seltsame Farben.

Er hatte ein paar Tabletten seiner krebskranken Mutter nach ihrem Tod ausprobiert. Und etwas vom LSD. Er war in seltsame Träume gefallen. Das durch die Fenster gesplitterte letzte Licht erinnerte ihn an diesen merkwürdigen Zustand zwischen Leben und Tod.

Er eilte weiter, immer darauf bedacht, möglichst wenig Lärm zu machen. Ein Knacken, Dutzend Mal als Echo zwischen den Säulen gebrochen, ließ ihn herumfahren. Woher …? War noch jemand hier? Er griff den langen Schlitzschraubenzieher fester, den er aus dem Handschuhfach des

Passat nach seinem kleinen Unfall genommen hatte. Der Lack am schweren Holzgriff war brüchig, und er meinte, jede Riffel spüren zu können.

Die Tür zur Sakristei glitt auf, und Pfarrer Ludwig kam heraus, mehrere Zeichnungen unter den Arm geklemmt. Sofort verbarg sich Kian hinter einer der Säulen. Der Pfarrer hatte es eilig, lief direkt zum Nebeneingang und verschwand nach draußen. Ohne groß zu überlegen, schlich Kian ihm nach.

Er wartete einen Augenblick, bevor er die Nebentür aufdrückte und sich umsah. Der scharfe Geruch von verbranntem Plastik kniff ihm in die Nase. Vor dem blau strahlenden Licht des Himmels zeichnete sich das Pfarrhaus wie ein schwarzer Scherenschnitt ab. Hinter den Hecken des Gartens meinte er ein Licht flackern zu sehen.

Kian huschte hinüber, blickte sich jedoch immer wieder ängstlich zur Kirche und zum Friedhof um. Konnte ihn jemand beobachten?

Ein paar Passanten flanierten über den Bürgersteig, waren aber zu weit entfernt, um ihn zu bemerken. Mit ein paar schnellen Schritten war er am Grundstück des Pfarrhauses. Gebückt schlich er die Hecke entlang, bis er ein paar Büsche fand, die eine schmale Lücke ließen. Er kauerte sich hin und lugte hindurch: Der Pfarrer stand in seinem Garten und warf die Zeichnungen in eine Brennschale. Das Feuer brannte nur mäßig, verschlang aber die Seiten gierig. Neben den verkohlenden Blättern lagen schwarze, rechteckige Klötze. Waren das Kassetten? Alte Videobänder? Zwei hatten Feuer gefangen und warfen Blasen. Kian konnte dicke verschmolzene Klumpen von Plastik in der Schale erkennen. Wahrscheinlich weitere Videokassetten.

Ludwig schien äußerst beunruhigt. Fluchend sah er den

Rauchschwaden zu, die statt aufzusteigen durch die Hecke Richtung Kirche zogen.

»Scheiße«, hörte Kian ihn leise schimpfen, dann nahm der Pfarrer eine Flasche Grillanzünder und sprühte reichlich auf die Flammen. Schlagartig schlug das Feuer hoch, verbrannte ihm beinahe das Gesicht. Erschrocken wich Ludwig zurück, pfefferte dann wütend die Flasche selbst in die Schale. Ein Fauchen ertönte, und die Flammen schossen jetzt hoch in den Abendhimmel.

Immerhin sorgte die Hitze dafür, dass für einige Augenblicke der Qualm aufstieg.

Kian wischte sich Schweiß von der Stirn. Durst quälte ihn, seitdem er aus dem Auto gesprungen und Hals über Kopf durch die Gärten geflüchtet war. Eine Zeit lang hatte er sich auf einem Spielplatz versteckt, dann war es ihm geglückt, vor dem Suchhelikopter in einen Graben zu flüchten. Kopflos und ohne Plan, den Schraubenzieher umklammert, als wäre er sein Rettungsanker, war er Richtung Innenstadt gerannt. Schließlich hatte er möglichst normal getan und ein Ticket für die S-Bahn gelöst.

Würde er den Schraubenzieher wirklich benutzen, wenn dieser Nygård ihm gegenüberstand, um ihn zu verhaften? Er wusste es nicht. Wahrscheinlich nicht.

Nygård war nicht sein Feind.

Ludwig hatte offenbar genug vom Qualm. Mit einem trauernden Zögern, als verlöre er eine Kostbarkeit, beobachtete er noch kurz das schmelzende Plastik, dann legte er einen Eisendeckel auf die Schale. Er warf einen Blick auf seine Uhr und eilte schließlich ins Haus.

Kian zögerte einen Moment, bevor er sich entschloss, Ludwig zu folgen. Nach wenigen Schritten fand er eine offene Stelle in der Hecke, um sich in den Garten zu drücken.

Der Himmel wechselte langsam von Tiefblau zu

Schwarz, und erste Sterne zeichneten sich ab. Den Schraubenzieher fest in der Faust, lief er an der Brennschale vorbei zur Tür, durch die Ludwig im Haus verschwunden war.

Sie war nicht verschlossen.

Kian sah sich um. Alles still. Sein Mund war so trocken. Dieser verdammte Durst.

Während seiner hektischen Flucht durch Iserbrook und hierher hatte er keinen einzigen Schluck Wasser gehabt. Und das bei fünfunddreißig Grad. Seine Lippen fühlten sich ganz rissig an.

Atme durch. Du schaffst das. Ludwig wird dir Antworten geben. Geben müssen!

Das Haus war genauso still, kühl und voller Schatten wie die Kirche. Kian sah sich um. Das winzige Wohnzimmer, in dem er stand, lag im Dunkeln. Ein gleichmäßiges Schlagen einer uralten Standuhr drang zu ihm, ansonsten war es leise im Haus. Er schob sich zur Tür, die ins Foyer führte, und sah sich weiter um.

Unter der Tür zu Ludwigs Arbeitszimmer sickerte Licht in den Flur.

Einem Impuls folgend, lief Kian direkt darauf zu, hatte schon die Hand auf der Klinke, als er innehielt. Sein Blick hatte einen mannshohen Spiegel am Ende des Flurs gestreift. Sein Spiegelbild sah schrecklich aus. Und das lag nicht am gedämpften Licht. Sein Gesicht von der Sonne gezeichnet, das Shirt durchgeschwitzt, das Rot seiner Basecap und das Emblem der Kobra vom Schweiß dunkel verfärbt. Nur der Schraubenzieher in seiner Hand glänzte kühl und scharf.

Er steckte ihn in die Hosentasche, lüpfte die Basecap und strich sich das Haar glatt, als käme es bei seinem Besuch darauf an, dann drückte er die Klinke entschlossen runter und betrat, ohne anzuklopfen, das Zimmer.

Erschrocken fuhr Ludwig vom Schreibtisch hoch, auf dem er Fotos vom Chor durchgesehen hatte.

»Kian?«, entfuhr es ihm.

»Hi.«

Sofort kam Ludwig um den Tisch. »Es … ist nicht abgeschlossen?«, fragte er nervös. »Das Haus?«

»Nein, tut mir leid?« Als wäre er verwundert, wieso Ludwig so etwas fragte, sah Kian zurück, ließ dabei den Blick durchs Zimmer schweifen.

Er kannte es ganz anders. Er hatte oft Evelin nach den Treffen hier abgeholt, aber da hatte sich Ludwigs Arbeitszimmer immer von der chaotischen Seite gezeigt. Aktenberge, Schreibsachen, die Bastelarbeiten der Kindergruppe … Wo war der alte Fernseher hin, den Ludwig auf dem massigen Schreibtisch stehen hatte?

Jetzt sah alles aufgeräumt und geradezu geleckt aus. Wie abgewischt und desinfiziert. Die Kinderbastelei lehnte ordentlich an einer Wand, der Fernseher war verschwunden, die Bücher in Reih und Glied im Regal, die Papierberge ordentlich gestapelt in Ablagen.

Lächelnd winkte Ludwig ab. »Kian, es ist spät. Ich dachte, ich hätte die Haustür schon abgeschlossen.«

»Tut mir leid. Aber … aber ich muss beichten.«

Seufzend sah Ludwig auf seine Armbanduhr. Ihm schien es gar nicht zu gefallen, noch gebraucht zu werden. »Ich …«, begann er, nahm sich dann aber doch ein Herz. »Wenn du beichten möchtest, mein Sohn, dann werde ich dir die Beichte abnehmen.«

»Danke. Tut mir leid, wenn ich so spät störe, Herr Pfarrer.«

»Schon gut.« Ludwig überlegte einen Moment und bedeutete Kian dann, er werde ihm folgen.

Wenig später nahm Kian im schmalen Beichtstuhl Platz, der an der Seite nahe dem Altarraum stand.

Das Holz der Bank war von unzähligen Hintern blank gerieben und unangenehm kühl. Es war lange her, dass er gebeichtet hatte. Das letzte Mal kurz bevor seine Mutter gestorben war.

Aber eigentlich war er nicht zum Beichten hier. Er wollte endlich Antworten. Und Rache.

Seine Hand wanderte in die Tasche, wo der Schraubenzieher steckte. Er zog ihn raus und legte ihn neben sich auf das Holz.

Durch das engmaschige Gitter des fein geschnitzten Holzes konnte Kian den Pfarrer als Schatten erahnen, sehen, wie er Platz nahm. Die Kammern waren durch winzige LEDs beleuchtet. Aus der Dunkelheit schälte sich Ludwigs Gesicht heraus, als er sich vorbeugte: »Dann lass uns beginnen.«

Kian bekreuzigte sich. »Im Namen des Vaters und des Sohnes und des Heiligen Geistes. Amen.«

»Gott, der unser Herz erleuchtet, schenke dir wahre Erkenntnis deiner Sünden und seiner Barmherzigkeit.«

»Amen.« Kian räusperte sich.

»Dann bekenne dich nun zu deinen Sünden, mein Sohn.«

»Eigentlich möchte ich Ihre Sünden hören.« Kians drohend ruhige Stimme hinterließ Stille. Er versuchte, hinter den Holzgittern etwas zu erkennen, doch Ludwigs Schatten verschmolz mit der Dunkelheit. Sicherheitshalber griff er nach dem Schraubenzieher.

»Ich?«, hörte er endlich Ludwig. Die Stimme des Pfarrers klang ungewohnt dünn. »Ich beichte regelmäßig und spreche mit Gott, dem Allmächtigen.«

»Auch über Evelin? Und die anderen? Über Becks, über Hamza und Sabine?«

Schweigen.

Kian lehnte sich vor, starrte durch das Gitter, konnte jedoch im Schummerlicht bloß Schatten sehen. »Ihr habt sie manipuliert und langsam in den Tod getrieben«, zischte er und hob den Schraubendreher. Wenn der Pfarrer versuchen sollte zu fliehen, würde er ihn packen und ihm das Ding an den Hals setzen. Er würde schon Antworten bekommen. Hier und jetzt.

Anna hielt ihn für wahnsinnig. Statt ihm zu helfen, jagten sie ihn wie einen Hund.

»Ich war bei der Polizei … Pfarrer«, das Wort spie er beinahe aus. »Aber die glauben mir nicht.«

»Die Polizei ist gleich hier. Bau kein' Mist, Kian. Ich werde mit Kommissar Nygård alles besprechen. Er kommt gleich. Ich sag ihm alles, was ich weiß. Ich wurde gestern vernommen.«

»Und hast geschwiegen!«

»Ja. Aber heute werde ich es gut machen. Ich habe ihn angerufen. Wirklich.«

Kian lachte bitter.

»Ihr steckt da beide drin. Richtig? Ihr seid zu zweit.«

Stille.

»Siehst du das?« Kian hob den Schraubenzieher unter das LED-Lichtchen. Der Metallschaft funkelte. »Wenn du nicht redest, zeige ich dir dein verdammtes Licht!«

»Kian … Ich hab es doch selbst nicht wahrhaben wollen. Ich habe nicht geglaubt, dass er meiner Gemeinde …«

Ein Keuchen.

Seine Worte gingen in seltsames Gurgeln unter.

Kian stutzte, lehnte sich ans Gitter. »Herr Ludwig?«

Warme Tropfen trafen seine Wange. Irritiert wischte er darüber. Blut? Was zum …?

Da prallte Ludwigs Kopf gegen das Gitter. Der Pfarrer

starrte ihn an, hielt sich den Hals, presste, doch bei jedem Herzschlag spritzte Blut zwischen seinen Fingern hervor, traf Kians Gesicht und die Basecap.

Völlig überrumpelt glotzte Kian den Pfarrer an, der wiederum ihn anstarrte. Ludwigs Blut rann Kian in die Augen.

Plötzlich vernahm er eine ihm sehr vertraute Stimme: »Kian. Wie schön, du bist auch hier. Das erspart mir eine Menge Lauferei.« Neben Ludwig tauchte aus der Dunkelheit ein Gesicht auf.

Tom Ghasemi.

Der Psychologe lächelte kühl.

»Er war ein Mann der Worte. Ich bin ein Mann der Tat.« Er drückte den röchelnden Pfarrer von sich weg. »Ich meine, ich war auch mal ein Mann der Worte, aber ich musste lernen, dass sie nicht immer den Menschen helfen können.«

Kian begann zu zittern. Blut tropfte von seiner Basecap. Es rann langsam am Schirm entlang und zur Seite, floss an seiner Wange hinab und teils in seinen rechten Mundwinkel. Es war so warm. Ihm wurde schlecht.

»Tom …«, keuchte er und unterdrückte den Brechreiz. »Ich wusste es.«

Tom presste den Kopf neben dem zuckenden und sterbenden Ludwig ans Gitter. »Ihn hat es auch fasziniert, zu wissen, was danach kommt. Die Frage aller Fragen, Kian. Aber unser Pfarrer hier, er hat es noch nicht gespürt … die Verheißung des Lichts. Aber das wird schon.« Er riss den sterbenden Ludwig nach hinten, kam wieder ans Gitter. Seine Augen schimmerten im Funzellicht seltsam rational, so gar nicht diabolisch. »Ich habe Evelin erlöst, Kian. Genau, wie sie es wollte.«

Blanker Zorn schoss in Kian hoch. Bebend umklammerte er den Schraubenzieher.

Ich sollte zustechen, ich …

Du erwischst ihn nicht! Hau ab! Raus hier.

Er riss die Tür auf, sprang aus dem Beichtstuhl und …

Tom packte ihn und riss ihn zurück.

Kian landet auf dem Rücken, direkt vor Toms Füßen. Voller Wut starrte er ihn an. Tom hatte ein Küchenmesser in der Hand, blickte auf ihn herunter.

»Kian. Ich bringe niemanden um. Zumindest bis eben nicht. Aber ich werde jeden stoppen, der verhindern will, dass ich Gutes tue.«

»Gutes!«, spie Kian aus. Mit einem schnellen Satz ließ er den Schraubenzieher herumwirbeln, wollte Toms Bein treffen, der wich aus, trat gegen seine Hand. Der Schraubenzieher flog weg, rutschte quer über die Grabplatten bis zur Absperrung, wo Evelin gestorben war. Unerreichbar.

»Ich bin der Erlöser, Kian. Du holst sie zurück und fragst nicht, ob sie es wollen. Ich bringe sie nach Hause.« Er beugte sich hinunter, um Kian zu packen, aber der drehte sich zur Seite, trat zu. Er erwischte Tom am Knie, der vor Schmerz aufschrie und gegen den Beichtstuhl taumelte.

»Scheiße!«, fluchte er. »Jetzt reicht's. Du hättest nicht mit diesem Bullen quatschen sollen, Kian. Ich hatte nie vor, jemandem etwas zu tun, aber du musstest ja Kontakt zu dieser Polizistin aufnehmen!« Sauer wollte er Kian packen, der jedoch halb auf die Beine kam und sich mit einem Satz auf Tom stürzte.

Stirb!

War das Einzige, was Kian dachte, und er sprang vor, riss Tom von den Füßen. Sie landeten vor dem Beichtstuhl, ringend, verwischten Ludwigs Blut, das aus der Kabine floss.

Endlich gelang es Kian, Tom auf den Boden zu drücken, die Knie auf seine Arme zu pressen. Wütend versuchte

Tom, der noch immer das Küchenmesser mit der Rechten umklammerte, Kian zu treten, ihn von sich abzuschütteln.

»Ich bring dich um!«, zischte Kian und beugte sich vor. Blut rann aus seinem Mund. Er spürte mit einem Mal, dass er verletzt worden war, bemerkte, wie sich sein Shirt tränkte. Es fiel ihm schwerer zu atmen, und er musste sich zwingen, sich nicht abzutasten, sondern die Hände um Toms Hals zu legen.

Der wurde mit einem Mal seltsam ruhig. Er hörte auf, sich zu wehren, und begann stattdessen zu lachen.

Er lachte laut, als wäre das alles ein Witz.

Kian hielt keuchend inne. Er musste husten und sah, dass er Blut spuckte. Dieser Scheißkerl hatte ihm das Messer reingerammt, als er ihn zu Boden gerissen hatte.

»Drück zu. Komm«, forderte Tom ihn auf und grinste schief. »Das letzte Mal, als du dich so über mich gebeugt hast – kannst du dich erinnern? –, da hast du mir das Leben *geschenkt*. Geschenkt, Kian.«

»Und das war ein Fehler!«, brachte Kian heraus, presste seine Hände wieder um Toms Hals.

»Du hast dich über mich gebeugt«, keuchte der. »Als ich erwachte. Und ich habe die Schlange gesehen, diese Schlange da.« Er ließ den Blick zu Kians Basecap wandern. »Sie hat mich aufgehalten, weißt du? Die Schlange hat mich davor bewahrt, ins Licht zu treten. Sie wand sich aus der roten Sonne, um mich ins Leben zurückzubringen. Weil ich noch eine Aufgabe habe.«

»Ich hätte dich nie reanimieren sollen.« Als er Luft holte, lief noch mehr Blut aus seinem Mund. Er wollte es wegwischen, aber durfte nicht loslassen.

»Als ich so … so ohne Herzschlag und tot in deinem … Flur lag, Kian«, hustend suchte Tom nach Worten. »Da hast du ein Wunder vollbracht. Du hast mich erweckt. Du hast mir die Schlange geschickt. Und die Schlange hat mir gesagt, wozu ich bestimmt bin!«

Kian presste endlich fest zu. »Ich hab den Teufel zurückgeholt! Verzeih mir, Vater.« Er drückte noch stärker, spürte, wie Tom die Luft wegblieb …

Aber der stechende Schmerz in seinem Bauch nahm ihm selbst den Atem. Statt Luft kam nur Blut, und er begann zu zittern, wollte zudrücken, doch seine Finger gehorchten ihm nicht mehr.

Ein Hustenanfall ließ ihn noch mehr Blut spucken.

Bebend und nach Luft schnappend, brach Kian über Tom zusammen. Der rollte ihn von sich herunter. Kian wollte aufstehen, sich wehren, aber er war zu sehr damit beschäftigt, endlich wieder zu atmen.

Die Sinne schwanden ihm.

»Glaubst du, es ist so einfach? Du schenkst mir das Leben und willst es mir wieder nehmen?«

Entsetzt spürte Kian, wie Tom ihn packte und am Arm wegzog. »Erst werde ich alle ins Licht bringen. Sie müssen endlich von ihren Schmerzen und dieser Scheiße, die sie Leben nennen, erlöst werden. Was glaubst du, was ich all die Jahre versucht habe, als Psychologe, hm? Ich wollte sie heilen. Ihnen die Schmerzen nehmen. Aber es geht nicht. Ganz oft geht's nicht. Du weißt gar nicht, wie schwer es ist, zuzusehen, wie sie sich weiter quälen.«

Kian wollte etwas entgegnen, aber er konnte nicht mehr sprechen. Das Kirchenschiff drehte sich, da war die gelbe Absperrung, sie kippte weg, dehnte sich … Alles kippte zur Seite.

»Die Schlange hat es mir befohlen. Ich werde sie erlösen. Und du, Kian … siehst du das Licht schon? Ja?«

Kian wurde schwarz vor Augen. Er spürte, wie sich sein Geist von ihm löste.

Da war Tom Ghasemi, zerrte ihn durch die leere Kirche zum Seiteneingang. Er sah zurück zum Beichtstuhl, dessen andere Tür halb offen stand. Ludwigs Körper war herausgekippt, ganz bleich und blutleer …

Und Kian ließ das Kirchenschiff unter sich und stieg höher und höher auf.

41

Sophias Mutter schob die Praktikumsunterlagen zusammen, die sie auf dem Küchentisch ausgebreitet hatte. Das Wattenmeerzentrum Cuxhaven hatte Sophia ein paar Hochglanzbroschüren geschickt und ihr geschrieben, dass sich das Team auf sie freue. Sie hatte ihrer Tochter heute Mittag lieber verschwiegen, dass die Unterlagen angekommen waren. Sophias Stimmung war wie so oft äußerst negativ und aggressiv gewesen. Sie überlegte, wo sie die Seiten hinlegen sollte, damit ihre Tochter sie am Morgen sofort fand.

Ohne hinzusehen, griff sie das halb leere Glas, das auf der Küchenanrichte stand. Der Wein half gegen diese ständigen Magenschmerzen. Zumindest redete sie sich das ein. Ihr Leben – und das ihrer Tochter – war perfekt gewesen. Und nun lief alles völlig aus dem Ruder. Der innige, fast freundschaftliche Kontakt zu Sophia war zerstört, und sie fühlte sich ihr gegenüber nur noch hilflos, trauernd und gelähmt. Rüdiger, der sich seit dem Busunfall mehr und mehr zurückgezogen hatte und nach der Arbeit meist nur Zeit für seinen Aktienklub hatte, war ihr auch keine Hilfe. Er blockte jedes Gespräch über ihre Tochter ab.

Leise ging sie die Treppe zu Sophias Reich hinunter. Ein Ritual, das sie die ganzen Jahre nie abgelegt hatte: Bevor sie selbst zu Bett ging, sah sie nach ihr. Jeden Abend, seit Sophias Geburt.

Sie lauschte. In Sophias Zimmer war es ruhig. Kein Film zu hören, keine Musik … Sie schlief wohl schon.

Behutsam öffnete sie die Tür. Nur die Nachttischlampe

brannte. Im Bett, von ihr abgewandt, lag Sophia, eingekuschelt unter der Bettdecke.

Auf Zehenspitzen schlich ihre Mutter zum Schreibtisch und am Regal mit den Kuscheltieren vorbei, von denen sich Sophia noch immer nicht ganz trennen konnte.

Sie arrangierte die Unterlagen. Es war Sophias großer Wunsch gewesen, dort einen Praktikumsplatz zu ergattern. Sie liebte das Meer und wollte Biologie studieren, hatte Pläne. Diese Pläne waren jetzt wichtiger denn je.

Ihre Mutter nahm den Tablettenspender vom Tisch und kontrollierte, ob Sophia alle genommen hatte. Die Fächer waren leer. Gut.

Zufrieden sah sie zu ihrer Tochter.

Sophia hatte die leichte Decke bis über den Kopf gezogen. Ein Zittern durchlief Sophias Mutter, als ihr bewusst wurde, dass sie in Gedanken ihr wunderschönes Mädchen unter der Decke sah. Mit diesen rosigen Wangen, den glatten, seidigen Haaren und dem lebenslustigen Lachen. Ihre Sophia. Eine andere Sophia, ein Wesen aus der Vergangenheit.

Sie presste die Lippen zusammen, um die Tränen zurückzudrängen. Wieso, um alles in der Welt, konnte sie sich ihr nicht mehr so nähern wie vor dem Unfall? Sie war noch immer ihre kluge und sensible, wunderbare Tochter. Sie liebte sie doch.

Was war bloß los?

Mit einem Mal wurde ihr bewusst, wie sehr sie sich vor ihrer eigenen Tochter fürchtete.

Ja. Es war Furcht. Furcht vor ihrem Anblick, lähmende, regelrecht erstickende Angst vor dem Ekel, der sie immer wieder überkam, wenn sie die narbige Haut sah. Die Furcht vor sich selbst. Die Angst, Sophia nie wieder so umarmen zu können, wie es sein sollte. Sie nicht mehr lieben zu können.

Und jedes Mal, wenn sie Sophia ansah, dann schrie ihr dieses zerstörte Antlitz genau das ins Gesicht: Du kannst mich nicht mehr lieben!

Beschämt wandte sie sich ab, wollte das Zimmer verlassen, als sie einen Wagen vorfahren hörte. Er hielt offenbar direkt vor dem Haus.

Ihr Blick glitt zum Fenster, das offen stand. Wahrscheinlich hatte Sophia es geöffnet, um die Nachtluft … Sophia?

Etwas zog sich in ihr zusammen.

»Sophia?«

Sie trat ans Bett, musterte Sophias Gestalt, die ganz in der Decke gewickelt war. Im Halbdunkel erahnte sie ihren Kopf, die Schultern und … Behutsam schlug sie die Decke beiseite.

Da lag bloß ihr Bär.

Verdattert nahm sie ihn hoch, als könnte er ihr erklären, was los war.

Von draußen drangen Stimmen herein, jemand grüßte leise, dann wurde eine Autotür zugeschlagen.

»Sophia?« Sie trat ans offene Fenster. »Sophia!?«, rief sie laut, bekam aber keine Antwort.

Der Wagen fuhr los.

»Sophia!« Ein Stich in ihrer Brust, ein panisches Gefühl flutete ihren Körper, und sie rannte los. Hastete die Treppe hinauf. »Sophia!«, schrie sie ein weiteres Mal, als sie, den Bären fest umklammert, die Haustür aufriss. Sie eilte durch den Vorgarten, bis auf die Straße.

»Soooophiaa!« Ihr Ruf hallte von den Häusern wider, die Straße lag im Mondlicht vor ihr wie ein schwarzes Band … wie ein Trauerflor in der Nacht. »Sophia«, rief sie noch einmal und starrte auf die Rücklichter des SUV, die langsam kleiner wurden. Ihr glitt der Bär aus der Hand. Sie

wollte dem Wagen nachrennen, wollte ihm nachsetzen ...
aber sie war wie eingefroren. Unfähig, sich zu rühren, sah
sie dem SUV nach.

42

Eine Fliege tanzte an der Scheibe, als wäre diese eine heiße Herdplatte. Aufgeregt flog sie auf, nur um Sekunden später wieder zu landen.

Sophia betrachtete die wundervolle Mondnacht, und es kam ihr vor, als träumte sie. Ein seltsamer Traum aus Licht und Schatten, durchdrungen von Dunkelheit und Angst. In ihrem Kopf wirbelten die Gedanken, überlagerten sich wie ein irres Muster, wiegten sich in einem Reigen, den sie nicht verstand und der sie lähmte. Die Welt um sie herum schien zu verblassen, als gäbe es nur noch sie und Doktor Ghasemi.

Nur sie beide.

Und diese Fahrt.

Diese Reise ins Ungewisse.

Das einzig wirklich unbekannte Land ...

Sophia starte auf die Häuser Hamburgs, die im kühlen Mondlicht vorbeizogen, beobachtete ein paar Nachtschwärmer, einen Fahrer, der seinen Sprinter auslud ... zwei Damen mit Hund ...

Sie wollte ihnen zuwinken – zum Gruß. Nein, zum Abschied. Aber sie konnte nicht. Sie konnte nur nach draußen auf die geleckten Häuser und Vorgärten starren. Ihr Körper fühlte sich bleischwer an. Wie eine Bürde, die sie nicht länger tragen konnte. Sie hatte keine Kraft mehr. Doch ihre Gedanken stoben wild durcheinander.

Halt an! Du sollst anhalten! Halt endlich den Wagen an!, schrie sie innerlich, während eine andere Stimme sie beruhigte.

Sei nicht dumm, Sophia. Du tust das einzig Richtige.

Sie hassen dich. Sie hassen dich alle. Du entstelltes Monster! Sieh dich doch an! Sieh dich an …!

Zögernd griff sie nach dem Sonnenschutz und klappte ihn runter. Licht ging an. Das kleine Rechteck in der Blende zeigte ihr die Kapuze ihres Hoodies, unter der die langen Haare hervorquollen. Sie schob sie beiseite und sah sich an. Der Anblick schmerzte wie immer. Wie jedes Mal, wie jeden Morgen, jeden Abend, wie jede Sekunde …

Selbst deine Mutter sieht dich als Freak! Und sie hat recht. Alle haben recht. Die ganze Schule.

Du bist eine verfickte Missgeburt, Sophia. Schau dich an! Kannst es selbst nicht ertragen. Wie sollen es da andere können?!

Sie schloss die Augen.

Sie wollte weiterfahren, ja, sie wollte diesen Weg heute Nacht zu Ende gehen. Sie hatte ja gewusst, dass er kommen würde. Sie …

Sophia konnte nicht mehr denken. Sie klappte den Sonnenschutz wieder hoch und sah nach vorne aus der Scheibe. Ihr Mund war trocken, und sie spürte, wie ihr Herz langsam aus dem Takt geriet. Ohne es zu merken, klammerte sie sich an den Beifahrersitz.

»Entspann dich, Sophia. Warte ab, was für eine schöne Stelle ich gefunden habe …« Seine sanfte Stimme drang wie durch einen Nebel zu ihr.

»Morgen früh kommen die Schmetterlinge. Aber jetzt, jetzt ist es auch magisch. Du wirst schon sehen.«

Sie versuchte zu schlucken, aber es war nicht genug Spucke da. Ihr Atem ging immer flacher, sie bekam keine Luft mehr, spürte, wie ihr der Schweiß ausbrach, ihre vernarbte Wange hinablief. Sie starrte nach draußen in die Nacht. Auf das Nachtleben. Das Leben. Es war ihr verschlossen. Ihr Leben war auf Platz zwei Reihe sechs in diesem Reisebus beendet worden. In den Flammen, die sie mitgenommen hatten. Auch wenn sie es sich noch so sehr wünschte, wieder zu leben, zu lieben, geliebt zu werden – es gab hier keinen Platz mehr für sie.

Alles, was sie fühlte, war eine tiefe Traurigkeit, die sie lähmte und alles andere, was einmal Freude und Glück bedeutet hatte, auslöschte. Ihre Gedanken trudelten hin und her, sie schien in einem Meer der Finsternis zu schwimmen.

Ihr Blick heftete sich auf den runden, vollen Mond. Sein kaltes Licht … Das Licht …

Ihr Herz raste.

Es gab ein warmes Licht … Es war nicht weit …

»Ich…«, brachte sie hervor, dann übergab sie sich in den Fußraum.

Der Mann seufzte. »Mensch, Mädchen …«, hörte sie ihn sagen, bevor sie das Bewusstsein verlor.

43

Atme weiter!

Der Gedanke drang nur sickend in sein Bewusstsein.

Atmen? Da sitzt etwas auf meiner Brust. Ich kann nicht atmen. Bin ich nicht tot?

Er versuchte, sich zu erinnern, aber die Bilder stoben wie flüchtige Funken davon.

Du lebst! Atme!

Kian Kruger röchelte und spuckte etwas Blut, riss in Panik die Augen auf. Um ihn herum war Dunkelheit. Die Luft war stickig. Er schmeckte sein Blut. Und ein tiefes Brummen hüllte ihn ein, der ganze Raum schien davon zu vibrieren.

Wie durch einen Nebel wurde ihm bewusst, dass er Stoff auf seiner Wange spürte. Es gelang ihm, eine Hand zu heben und den Stoff von sich zu schieben.

Schummriges Licht. Ein gelber Lichtstrahl streifte über ihn hinweg und offenbarte schlagartig tote Augen. Im Dunkeln. Direkt vor ihm. Keine Handbreit entfernt.

Ein blutiges Gesicht.

Ludwig!

Kian wollte schreien, doch ihm fehlte Luft, fehlte die Kraft. Er wollte zurückweichen, doch da war kein Raum.

Geschockt starrte er ins Antlitz des Pfarrers, unter dessen totem Körper er eingeklemmt war.

Sein Atem rasselte.

Die Lichter verebbten.

Das Brummen veränderte sich, er wurde durchgeschüttelt.

Ein Auto, begriff er. *Ich bin in einem Auto.*

Holperten sie gerade über einen Feldweg?

Er will uns beide verscharren!
Aber ich lebe noch!

Kian versuchte, die Leiche von sich runterzuschieben, doch Ludwig wog Tonnen, und die Stichwunde bohrte Pfeile in seinen Schädel.

Komm schon!

Irgendwie schaffte er es, so viel Kraft aufzubringen, dass er Ludwig ein wenig von seiner Brust stemmen konnte. Sofort fiel ihm das Atmen etwas leichter.

»Geht's?«, hörte er Tom sagen.

»Ja. Ist schon wieder gut.«

Ein Mädchen? Tom war nicht allein im Wagen?

Kian versuchte, durch seinen rasselnden Atem mehr zu hören. Er kannte die Stimme. Ein Mädchen aus Evelins Chor?

»Du wirst es mögen, vertrau mir, Sophia. Das Licht ist mit den Mutigen.«

Kian wollte sich weiter von Ludwig befreien, aber in dem Moment hielt der Wagen. Tom drehte den Motor ab.

Er will es wieder tun, dachte Kian verzweifelt. Er will auch Sophia umbringen.

Sophia zitterte am ganzen Körper, als sie den Wagen öffnete und ausstieg. Ihr war immer noch schlecht, und ihr Herz raste so schnell, dass sie Angst hatte, es könne einfach stolpern und dann zu schlagen aufhören.

Du hast Angst, dein Herz setzt aus? Mach dich nicht lächerlich!

Stimmt, dachte sie. Bei dem Gedanken, dass sie Angst hatte zu sterben, musste sie tatsächlich beinahe lachen.

»Geht es?«, fragte Tom und stützte sie.

»Lass«, wollte sie ihn anfahren, aber ihr versagte die Stimme.

»Es ist noch ein bisschen.« Er nickte den schmalen Pfad entlang, der in den Wald führte. »Dahinten. Da runter.«

Sie waren ein Stück aus Hamburg hinausgefahren. Hinter einer aufgegebenen Bäckerei, in der alte Waschmaschinen zum Verkauf angeboten wurden, zweigte ein Feldweg ab, der sich nach einigen Hundert Metern zu einem Wäldchen schlängelte. Sie waren ihm ein gutes Stück gefolgt, und Tom hatte den Wagen im Unterholz geparkt, sodass man ihn von der B5 aus nicht sehen konnte.

Unsicher sah Sophia den schmalen Trampelpfad hinunter, der tiefer in das Wäldchen führte und sich hinter ein paar Büschen verlor. Mit einem Mal meinte sie, das leise Rauschen der Bäume zu hören, doch als sie hinaufsah, bewegte sich kein Blatt. Die Bäume standen still und stumm im Mondlicht.

»Komm«, forderte er sie auf und zog einen Rucksack von der Rückbank, dann kam er um den Wagen und öffnete die Heckklappe.

Kian wich zurück. Die Schmerzen ließen ihn zittern, und sein Atem – das bisschen, was er an Luft bekam – klang rasselnd und wurde immer wieder von Würgen unterbrochen. Mit aller Macht zwang er sich, keinen Mucks von sich zu geben.

Er sah, wie Tom sich in den Wagen beugte und aus einer Plastikbox eine bunt gemusterte Decke und ein Bündel weißen Stoffs zog. Als er die Heckklappe wieder schließen wollte, hielt er jedoch mit einem Mal inne. Sein Blick glitt zu Kian.

Der hielt den Atem an, hatte die Augen geschlossen und betete, sein rasselnder Atem möge ihn nicht verraten. Blut floss ihm aus dem Mundwinkel, während er stocksteif dalag. Er hörte, wie Tom sich vorbeugte, spürte seine Hand, die nach ihm griff und … Nein, Tom schob nur die Decke wieder über ihn.

Die Kofferraumklappe fiel zu, und Kian sog Luft und Blut ein, würgte und spuckte.

Während Doktor Ghasemi etwas aus dem Kofferraum holte, musterte Sophia die verlassene Gegend. Durch das Mondlicht wirkte die Landschaft seltsam unwirklich.

»Dahinten gibt es eine Stelle am Wasser, die wird dir gefallen.« Ghasemi hatte eine Decke und ein Bündel weißen Stoffs aus dem Wagen geholt.

»Ich …« Sie wollte etwas einwenden, verstummte jedoch. Jetzt gab es kein Zurück mehr.

Willst du das wirklich tun? Sophia! Das willst du doch nicht wirklich tun?!

Doch, ich will! Er hat ja recht! Es gibt nur diesen einen Weg …

Ja. Genau. Sei nicht feige! Tue es! Genau so wird es gemacht.

Sophia … Renn! Renn einfach weg. Sophia!

Er trat zu ihr. »Sophia? Ist dir immer noch schlecht? … Du hast nichts zu befürchten. Es wird alles gut, hm?« Er schob ihr die Kapuze aus dem Gesicht und lächelte. »›Der Herr ist dein Hüter, der Herr ist dein Schatten über deiner rechten Hand. Am Tag wird die Sonne dich nicht stechen, der Mond nicht bei Nacht …‹ Du musst jetzt ein bisschen mutig sein, Sophia. Aber dann wird das Licht dich aufnehmen. Es wird immer da sein, Sophia. Es wird dich lieben.« Behutsam wischte er ihr eine Strähne aus dem Gesicht. Im Gegensatz zu allen anderen hatte er kein Problem, sie zu berühren, mit den Fingern sanft über ihre vernarbte Wange zu streichen. »Gib dir einen Ruck. Komm.« Seine Stimme war warm wie das Licht.

Ohne auf sie zu warten, ging er vor und ließ sie in ihrem Zweifel zurück.

Du schaffst das! Komm schon, redete sie sich Mut zu. *Deswegen bist du doch hergekommen. Sophia, hab ein bisschen Mut. Er hat doch recht …*

Sie gab sich einen Ruck und folgte Ghasemi in den Wald.

»Ludwig?« Die Hand am Ohr, rüttelte Nygård an der Tür zum Pfarrhaus. Er hatte sich entschieden, mit Dieck im LKA alles abzusprechen und dann sofort zu Ludwig zu fahren, obwohl sie erst morgen ausgemacht hatten. »Ans Telefon geht er auch nicht. Scheiße.«

»Tja, beschäftigter Mann«, meinte Anna und prüfte noch einmal die Tür. »Sieht ziemlich dunkel aus. Vielleicht hätten wir doch erst morgen früh …«

»Der klang ziemlich aufgewühlt«, unterbrach er sie. »Wenn der irgendwas über den Fall oder Kruger weiß – und der weiß was! –, dann brauchen wir die Infos jetzt!«

Missmutig trat Jan zurück auf den Weg und sah sich das Pfarrhaus an.

»Vielleicht ist er in der Kirche?«

»Buße tun?«, scherzte Jan brummelnd, dann entschlossen die beiden sich, zum Seiteneingang der Kirche hinüberzugehen. Sie waren kaum an der eisenbeschlagenen Tür angelangt, als Jan mit einem Mal stutzte. »Warte.« Er zog Anna zu sich und deutete auf im Mondlicht schimmernde Spuren. Sie führten aus der Tür und endeten ein paar Meter weiter.

»Skit!« Er bückte sich und leuchtete mit seiner Handytaschenlampe, musste Anna nichts sagen, sie erkannte selbst, dass es Blut war. Sofort alarmierte sie Riya. Während sie sprach, zog Jan die Tür auf und betrat die Kirche.

»Ach du Scheiße.« Die Blutspur zog sich einmal quer durchs Kirchenschiff.

»Ein Auto«, hörte er Anna von draußen rufen. »Ich glaube, hier hat ein Wagen gehalten. Kruger?«

»Keine Ahnung.« Jan folgte dem Blut, und Anna schloss zu ihm auf.

Gespenstisch hallten ihre Schritte im leeren Kirchenraum wider.

Die Spur führte zum Beichtstuhl. Schon bevor er einen Blick in die erste Kammer der Beichtstühle warf, wusste er, dass niemand – ob lebend oder tot – darin saß.

»Keiner hier. Aber viel Blut.«

Sein Blick glitt zum gekreuzigten Jesus hinter dem Altar, der still auf sie herabsah, dann zu den Bankreihen und zur Absperrung. Dort lag ein Küchenmesser.

»Ein Kampf?«, wollte Anna wissen.

»Sieht so aus, ja.«

Mit all seiner verbliebenen Kraft zog Kian die Decke fort und schob sich unter Ludwig hervor. Zitternd drückte er sich hoch. Er ahnte, dass es schmerzhaft werden würde, aber es war die reinste Tortur, sich auf die Rückbank zu ziehen. Er hatte kaum Kraft, und die Lehne scheuerte auf der Stichwunde.

Ihm war bewusst, dass er nicht mehr viel Zeit hatte.

Er würde elendig verbluten oder vorher an seinem Blut ersticken.

Keuchend und nach Luft schnappend, glitt er auf den Rücksitz. Etwas in seiner Gesäßtasche stach. Mühsam tastete er danach, doch es wollte ihm nicht gelingen, das Ding mit seinen zitternden Fingern aus der Tasche der Jeans zu ziehen.

Endlich bekam er es zu fassen.

Es war ein Handy.

Verwirrt starrte er es an. Das Display war gesplittert, aber als er es aktivierte, ging es an.

Anna.

Es war Annas Handy, das er an sich genommen hatte, als Nygård angerufen hatte.

Code eingeben …

Er kannte ihren blöden Code nicht. Kaum Empfang. Nur ein Strich hier im Wagen und, so dunkel, wie es ringsum war, am Arsch der Welt. Egal. Er musste es versuchen. Anscheinend hatte die Polizei das Handy bisher nicht angepeilt, sonst wären sie schon kurz nach seiner Flucht bei ihm aufgetaucht.

Beinahe wäre ihm das Ding aus den schmierigen Fingern gerutscht, dann gelang es ihm endlich, die Notruf-Anzeige zu aktivieren. Sein Finger hinterließ einen blutigen Abdruck, als er den Ruf absetzte.

Jan ging in die Knie, um sich das Küchenmesser genauer anzusehen, als sein Handy klingelte.

»Jan?« Es war Riya, und sie klang sehr besorgt. »Ist bei euch alles in Ordnung?«

»Eher weniger. Was ist denn?«

»Die Zentrale hat einen Notruf an uns weitergeleitet.«

»Notruf?«

»Von Annas Handy. Sie hat den Notruf aktiviert.«

Mit fragendem Blick sah Jan sich zu Anna um, die Riya offenbar gehört hatte. Sie schaltete etwas schneller als er. »Wo? … *Wo?*«, wollte sie hektisch wissen und kam zu ihm.

»Hohes Elbufer zwischen Tesperhude und Lauenburg«, antwortete Riya. »B5 – im Wald an der Elbe.«

Anna rannte los. »Wir nehmen deine Maschine.«

»Was?« Jan lief ihr nach. »Kruger! Er hat dein Handy noch. Aber wieso sollte er einen Notruf …?«

»Da sind die Schleswiger Kollegen zuständig«, erklärte Riya, aber Jan hörte schon nicht mehr hin. »Melde dich bei denen, Riya. Die sollen schicken, wen sie können«, rief er ins Handy und sprintete zu seiner Harley.

Das Waldgebiet lag knapp dreißig Minuten entfernt, wenn er ordentlich Gas gab, konnte er es in zwanzig schaffen. Er nahm den Helm. »Riya«, meldete er sich noch mal bei seiner Kollegin. »Schick's GPS auf mein Handy.«

Anna wollte ebenfalls aufsteigen, aber er bremste sie. »Ich fahr allein. Tut mir leid, ich bin schneller so.« Mit Anna auf dem Sozius würde er niemals Vollgas geben.

Sie wollte protestieren, doch er hatte bereits den Helm übergestreift und ließ die Harley an. Mit einem Satz fuhr er los und schoss auf die Straße.

44

Knapp fünf Minuten später lichtete sich der Wald und machte einer verwilderten Wiese Platz, die am Wasser der Elbe endete. Der Mond stand hell am Himmel, und Sophia spürte, wie sein kühles Licht über ihre vernarbte Wange strich. Im Mondlicht schimmerten unzählige Blumen, ein wahres Paradies. Von einigen kannte Sophia die Namen. Glockenblumen, Johanniskraut und Mohn – den Rest hatte ihr sicher ihre Mutter schon ein paarmal bei ihren NABU-Ausflügen erklärt, aber sie konnte sich nicht erinnern.

Für einen Moment schloss sie die Augen und stellte sich vor, wie die Wiese am Tag aussah, wie zahlreiche Schmetterlinge – Bläulinge, Tagpfauenaugen und Zitronenfalter – von Blüte zu Blüte flatterten.

Auf dem Wasser der Elbe spiegelte sich das Mondlicht, und hier draußen war die heiße Sommerluft so klar und das Licht der Stadt so weit weg, dass Sophia Abertausende von Sternen am Firmament erkennen konnte.

»Ist das nicht idyllisch? Komm …«

Sophia schloss zu Ghasemi auf.

»Na, hab ich zu viel versprochen?« Lächelnd breitete er die Decke aus. »Hier.« Er streckte ihr das Stoffbündel hin.

»Was ist das?«

»Ich dachte, du machst dich für deinen außerordentlichen Moment hübsch.« Er entfaltete den Stoff. Es war ein schlichtes weißes Kleid mit einem etwas altmodischen Schnitt, der Sophia an Szenen aus romantischen Filmen denken ließ.

»Ich hoffe, es passt.«

Schüchtern nahm sie es ihm aus der Hand. »Ich … Ich weiß nicht.«

»Es ist eine besondere Nacht – und ein besonderer Moment, Sophia.«

Sie atmete durch, versuchte, ihre Nervosität herunterzuschlucken, und sah sich schließlich nach einem Platz zum Umziehen um.

Wie ein Fisch gegen den Strom zog Jan durch den Verkehr, achtete auf keine Schilder oder Ampeln. Die junge Nacht hatte die Autos und Lastwagen noch nicht gänzlich vertrieben, doch es gab genug Lücken, um die Maschine auf hundertfünfzig hochzujagen.

»Die Kollegen sind in fünfundzwanzig Minuten vor Ort«, meldete sich Riya.

»Gut. Schick 'n RTW. Notarzt.«

»Schon passiert.«

Jan zog auf dem Standstreifen an einem Lkw vorbei und nahm die Auffahrt auf die A25. Er schätzte, dass er in knapp zwanzig Minuten am Ziel sein würde. Zwanzig Minuten. Eine halbe Ewigkeit.

Sofort schaltete er hoch und ließ der Maschine freien Lauf.

Sophia war zurück zum Wäldchen gegangen und hatte sich einen blickdichten Platz hinter ein paar Büschen gesucht.

Im Schutz der Äste begann sie, sich die Jeans abzustreifen. Ihr Blick fiel auf ihre Beine, die wie ihr Gesicht vernarbt waren, wenn auch nicht ganz so stark. Dennoch waren sie deutlich zu sehen. Jeder bemerkte die Narben. Beim Baden, beim Sport, beim … Sex. Würde sie jemals Sex haben? Mit diesem Gesicht?

Nein. Sie würde immer der Freak bleiben, dem das

Handy aus der Hand gerissen wurde und von dem Fotos aus der Sportumkleide in irgendwelchen verfluchten Social-Media-Kanälen landeten.

Als sie das langärmlige Hoodie abstreifte, meinte sie, einen Schatten nahe den Bäumen zu sehen.

Gaffte er etwa?

Sie sah genauer hin …

Nein … Es waren bloß zwei Amseln, die anscheinend gar nicht einsahen, zu schlafen, sondern sich stritten. Sie zog die Äste beiseite und sah, dass Ghasemi die Decke glatt strich und sich daraufgesetzt hatte. Anstatt zu ihr zu sehen, blickte er auf die Elbe hinaus.

Ein Gentleman, durch und durch.

Schnell schlüpfte sie in das Kleid. Es war wunderhübsch, wahrscheinlich, weil es so schlicht war. Weiß in Weiß mit blauen Knöpfen. Dankbar stellte sie fest, dass es bis zu ihren ausgetragenen DocMartins reichte und auch ihr Dekolleté bedeckte. Ein wenig unsicher, weil sie selten Kleider trug und ihre vernarbten Arme nun freilagen, kam sie aus den Bäumen und verharrte einen Moment im Mondlicht.

Ghasemi bemerkte sie und klopfte auf die Decke. »Komm. Es wird alles gut. Vertrau mir.«

Zögernd trat sie zu ihm und setzte sich. »Und … und jetzt?«, fragte sie tastend.

Er nahm ihre Hand und legte eine Kapsel hinein. Sie sah hübsch aus. So glatt und rein.

»Ich habe Wasser«, sagte er. »Im Rucksack.«

»Ich … ich soll das schlucken?«

Er nickte. »Es ist wichtig, das Ritual ordentlich durchzuführen, Sophia. Das haben wir ja schon oft besprochen. Du weißt doch, was die *rites de passage* sind?«

»Ja. Wir müssen den Übergang vom Leben zum Tod gestalten.«

»Richtig. Da ist zum einen die Trennung der Lebenden von den … Hast du den Brief geschrieben?«, unterbrach er sich selbst.

Sie nickte.

»Sehr gut. Und sie können ihn finden?«

Abermals nickte Sophia. Sie hatte ihren Abschiedsbrief extra so auf den Schreibtisch gelegt, dass ihre Mutter ihn eigentlich sofort entdecken musste, wenn sie ein paar ihrer Schulhefte beiseitenahm.

Abermals spürte sie, wie ihr Hals trocken wurde.

»Das hast du gut gemacht«, umschmeichelte seine Stimme sie. »Die Trennung der Lebenden von den Toten ist wichtig, Sophia. Doch genauso wichtig ist der Übergang von diesem Sein ins andere Sein. Das Briefchen in der Kapsel ist ein Türöffner, eine Botschaft. Das Licht soll uns mit offenen Armen empfangen. Wir wollen die Schlange bitten, dass sie dich behütet auf all deinen Wegen, dass sie dich tragen wird ins Licht und du deinen Fuß nicht an einem Stein stoßest.«

»Das … ist das aus der Bibel?«

»So ähnlich, ja …« Sein Lächeln strahlte im kühlen Mondlicht. »Das Briefchen wird dir helfen, von ihr ins Licht geleitet zu werden. Zu den anderen. Es wird dir helfen, stark zu sein und Mut zu schöpfen.« Er holte das Wasser heraus und drehte die Flasche für sie auf.

Sie hielt die Kapsel gegen den Mond, als könnte sie so erkennen, was darin war.

»Vertraue mir, Sophia.« Ruhig reichte er ihr die Flasche. Das Glasding schien unendlich schwer. Sie nahm einen Schluck, um ihren trockenen Hals zu befeuchten.

Die Autobahn zog sich gefühlt endlos hin, obwohl Jan über zweihundert fuhr und einen Wagen nach dem anderen überholte. Die Bebauung wollte einfach nicht enden, und ernüchtert stellte er fest, dass er noch immer in Bergedorf war.

Komm schon, fluchte er innerlich.

Da meldete sich Anna. »Jan?«

Er bremste ab. »Ja?«

»Wo bist du?«

»Frag nich'.«

»Sophias' Mutter hat angerufen.«

»Nein. Sag's nicht.«

Sie berichtete ihm in knappen Worten, dass Sophia verschwunden war. »Glaubst du, Kian hat sie?«

»Ich weiß es nicht. Vielleicht ist sie an dein Telefon gekommen … Ich meld mich.« Er gab wieder Gas.

Sophia hatte die Kapsel auf ihre Zunge gelegt und spürte das glatte Metall. Es schmeckte beinahe süßlich. Noch einmal nahm sie einen Schluck Wasser und fasste Mut, spülte die Kapsel einfach runter. Sie fühlte, wie sie den Hals hinabrutschte, musste mit einem Mal husten, hatte das Gefühl, sie verklemmte sich und sie bekäme keine Luft. Panik stieg in ihr auf, sie würde … sterben?

»Trink!«, zischte er und setzte ihr die Glasflasche an die Lippen. Sie versuchte es, spuckte das Wasser aber aus. Er kippte mehr und mehr in ihren Mund. »Trink. Nun los.« Und sie schluckte, spürte, wie die Kapsel weiter nach unten sackte. Das Wasser lief ihr über die Wange, das Kinn, auf ihre Brüste und tränkte das weiße Kleid. Doch sie bekam wieder Luft.

»Unten? … Na endlich.«

Seine Stimme, stutzte Sophia. Sie klingt plötzlich so hart. So fordernd und ungeduldig.

»Und jetzt das hier.« Noch einmal streckte er die Hand

aus. »Schön auf die Zunge legen, Sophia.« Er reichte ihr ein winziges, bunt bedrucktes Stück Papier.

Sie nahm es in den Mund.

»Gut.«

Es dauerte bloß ein paar Atemzüge, und alles kam ihr viel intensiver als sonst vor. Ihr Herz begann wild zu schlagen. Das Gras rauschte, die Bäume sangen, und seine Stimme hörte sich wie eine sanfte Umarmung an. »Und jetzt die hier. Du musst sie schlucken. Sie werden dir helfen.«

Unschlüssig sah sie das Dutzend Pillen in seiner Hand an, da spürte sie mit einem Mal, wie sie noch stärker benommen wurde. Der Mond blähte sich auf, und seine Augen begannen gespenstisch zu leuchten.

»Schluck sie.«

»Ich … ich weiß nicht.« Angst griff plötzlich nach ihr.

»Wie du es gewollt hast«, er deutete auf die Landschaft um sie herum. »Du wirst frisches Gras riechen, das reine Wasser, und die ewige Sonne wird aufgehen … Die rote Sonne. Vertrau mir. Das Licht …«

»Aber …«

»Sophia!«, herrschte er sie mit einem Mal so scharf an, dass sie erschrocken zusammenfuhr. »Du schluckst das jetzt.«

Seine blutigen Finger rutschten endlich nicht mehr ab und hatten genug Kraft. Kian öffnete die Tür, lehnte sich dagegen und glitt fallend aus dem Wagen. Er landete auf dem staubigen Waldweg.

Stöhnend versuchte er, die Beine aus dem Auto zu ziehen, aber der Schmerz lähmte ihn. Er wollte sich abstützen, doch dafür fehlte die Kraft. Es war kaum noch Leben in ihm.

Du schaffst es.

Er darf sie nicht töten.

Nicht auch noch das Mädchen.

Irgendwie gelang es ihm, die Beine rauszuziehen. Keuchend vor Schmerz stemmte er sich hoch, musste husten und sackte wieder zusammen.

Los! Noch mal.

Er biss die Zähne zusammen, zog das linke Bein an, kam wankend hoch und richtete sich auf.

So ist gut. Du darfst das nicht zulassen. Nicht wie bei Evelin. Egal, ob du stirbst, damit würdest du eh nicht leben können. Nicht auch noch mit der Schuld.

Kian zog sich keuchend und bebend vor Schmerz auf die Beine. Er begann, den Waldweg hinunterzutaumeln.

»Ich … Ich weiß nich'.« Sophia starrte auf die Pillen. Sein Tonfall hatte ihr einen kalten Schauer über den Rücken gejagt. Instinktiv rutschte sie ein Stück zurück.

»Schluck es!« Plötzlich packte Ghasemi ihren Hals, drückte zu, presste ihr die Hand mit den Pillen auf den Mund. Sie zwang die Lippen zusammen …

Geh weg!

… aber er drehte sich mit seinem Körper auf sie, drückte brutal ihren Kopf auf die Decke. »Denk an das Licht! Du hast dich entschieden! Du willst es doch!«, schrie er.

Vergeblich versuchte Sophia, ihn abzuschütteln, ihn zu schlagen. Doch er kniete auf ihren Armen, presste sie mit seinem Gewicht runter, zwängte ihr die Hand mit den Pillen auf den Mund, deckte auch ihre Nase ab. Sie bekam keine Luft …

Geh runter! Geh runter von mir … Luft! Ich muss … Ich muss … Luft!

Und als sie panisch Atem holte, drückte er ihr die Pillen in den Mund.

Sie zerbiss ein paar. Bitterer Geschmack. Sie warf den Kopf hin und her, strampelte mit den Beinen, wand sich, wollte schreien ... Keine Chance.

Kian bekam kaum noch Luft. Er schmeckte Blut. Da hörte er Sophia schreien, und jeder Ruf stach in sein Herz. Er konzentrierte sich nur auf das Mädchen, darauf, dass sie noch lebte. Er versuchte, die Stichwunde zuzudrücken, aber es floss trotzdem etwas Blut zwischen seinen Fingern durch. Ihm war klar, dass er nur noch Minuten zu leben hatte. Die Schmerzen hatten bereits nachgelassen, weil ihm wieder die Sinne schwanden. Und bald würde es für immer sein. Seine Sicht trübte sich, und er hob den Blick, zum Licht des Mondes, überlegte, wo er seine Basecap wohl liegen gelassen hatte ... bemerkte erst einige getaumelte Schritte später, dass seine Gedanken abschweiften und er den Weg verlor, der in das Wäldchen führte.

Konzentrier dich.

Er hatte weder Annas Handy noch seinen Schraubendreher bei sich, war vollkommen unbewaffnet.

Stock! Ja ... Beinahe stürzte er, als er sich bückte, um einen Ast aufzuheben.

Panisch tastete Sophia nach der Glasflasche. Irgendwo neben ihr auf der Decke musste sie doch ... Endlich spürte sie das kühle, glatte Glas an der rechten Hand.

Sie schloss die Finger darum und schlug zu.

Die Flasche traf Ghasemi am Kopf. Hart. Aber es war nicht wie im Film, wo die Flaschen sofort zersprangen und die Bösewichter einfach weiterkämpften. Es war viel simpler. Er stöhnte auf und sackte benommen zur Seite. Halb fiel er auf sie drauf. Mit einem kräftigen Stoß konnte sie ihn von sich rollen.

Oh Gott! Ich … Was …?

Sie konnte nicht klar denken. Die Pillen …

Weg! Los! Sophia!

Endlich sprang sie auf und rannte los.

Wohin? Egal!

Sie wandte sich um. Ghasemi lag stöhnend im Gras, hielt sich den Kopf, offenbar unfähig aufzustehen. Nach einem kurzen Zögern lief sie zurück, griff sich den Rucksack und rannte erneut los.

Los! Zum Wald! Zum Wagen!

Die B5. Noch ein paar Minuten. Die Straße war beinahe vollkommen leer, viel weniger Verkehr als auf der Autobahn. Jan legte sich in die Kurve. Er spürte die Maschine und die Geschwindigkeit. Es war ein Gefühl voller Adrenalin und Leben, das ihn sonst beim Boxen durchströmte und für dessen Fehlen im normalen Leben er sich so sehr hasste. Er duckte sich in den Fahrtwind und zog an einem Sprinter vorbei.

Kian lehnte an einem Baum und rang nach Luft, als er das Mädchen an sich vorbeilaufen sah. Er wollte etwas rufen, oder zumindest sagen, aber er fand nicht genug Atem. Taumelnd fiel er Richtung Weg und sackte dort auf die Knie.

»Soph…« Er musste wieder husten, sah sich um, erkannte, dass das Mädchen zum SUV lief. Stöhnend stützte er sich auf den Ast und kam auf die Beine.

Der Mond war so hell, dass ihm die Wiese, die sich zur Elbe erstreckte, wie ein leuchtendes Feld erschien. Aus dieser silbernen Nacht schälte sich ein Schatten. Er kam zwischen den schwarzen Ästen des Waldes auf ihn zu. Näher und näher.

Tom.

Kian umfasste den Ast fester und stellte sich diesem Teufel in den Weg.

Während Sophia den Pfad zurücklief, wühlte sie im Rucksack, fand den Autoschlüssel.

Da ist der Wagen. Alles gut, Sophia. Ruhig. Bleib ruhig.

Eine der hinteren Türen stand offen. Sie warf sie zu, drückte die Zentralverriegelung am Schlüssel und riss die Fahrertür auf. Rucksack auf den Beifahrersitz, einsteigen.

Viel zu hektisch versuchte sie, den Schlüssel in die Öffnung zu stecken. Ihre Hand zitterte, die Pillen begannen zu wirken. Immer wieder verfehlte sie den verdammten Schlitz.

»Komm schon!« Sie zitterte zu stark, holte Luft, aber auch das fiel ihr zunehmend schwerer. Alles drehte sich, verformte sich.

Beruhig dich … Du schaffst das!

Beinahe entglitt ihr der Schlüssel.

Verfluchte Scheiße!

»Kian?« Tom blieb vor ihm stehen und musterte ihn mit einem ungläubigen Lächeln. »Wir sterben wohl alle und kommen wieder. Hast du das Licht gesehen?«

»Sch… schei… scheiß aufs Licht«, keuchte Kian und hob den Ast an, bereit zuzuschlagen. Blut sickerte ihm aus dem Mund und am Bauch zwischen den Fingern durch.

»Geh zur Seite!«, befahl Tom und wollte an ihm vorbei, aber Kian nahm all seine Kraft zusammen. Halb fiel er, halb sprang er auf ihn zu und ließ den Stock niedersausen. Krachend traf das Ding Tom an der Schulter. Aber der bekam den Ast zu fassen, wirbelte hart herum, und ehe Kian es sich versah, lag er vor Tom auf dem Waldweg.

Mit einem Ruck entriss Tom ihm den Ast. Ein letztes Mal rang er rasselnd nach Atem, bevor Tom ausholte und – »Gute Reise, mein Freund« – ihm mit einem Aufschrei den Stock tief ins linke Auge rammte.

Endlich. Jan hatte Geesthacht hinter sich gelassen. Am Horizont tauchte auf der rechten Seite ein Wald auf. Er bremste ab, um einen Blick auf sein Handy zu werfen. Der GPS-Punkt blinkte an einem Waldstück. Ein schmaler Weg führte von der B5 dorthin. Aber es war noch gut ein Kilometer.

Sophia konnte kaum denken. Sie fühlte sich, als hätte sie bei einer Party viel zu viel getrunken. Ihr Kopf wurde schwer und …

Geh rein. Geh doch rein. Hör auf zu zittern, Sophia. Fuck!

»Los!«, feuerte sie sich selbst an. »Los! Los!«

Die verdammten Pillen! Dieses verfluchte Blättchen …

Zum x-ten Mal versuchte sie, den Scheißschlüssel reinzustecken. Endlich! Drin. Der Schlüssel steckte!

Wieso ist es so kalt? Wo ist dieser verdammte Startknopf. Wo lass ich dieses verfickte Auto an?! … Wo?!?

Vor ihren Augen drehte sich alles. Ihr Herz schlug ganz eigenartig, als wäre es aus dem Tritt.

Da! Sie drückte auf Start, und der Motor sprang an. Sie trat das Pedal durch, ließ den Motor aufheulen. Der Gang!

Gang einlegen! Los doch … Gibt es einen Gang? Automatik? Ich …

Sie sah zum Pfad. Versuchte, den Blick zu fokussieren. Rechts, links … die Bäume … War da ein Schatten?

Alles verschwamm vor ihren Augen.

Gang rein. Dieser verdammte Gang … Komm jetzt.

Endlich hatte sie ihn drin und …

Mit einem Schlag ließ Ghasemi die Scheibe zersplittern. Die Bröckchen flogen Sophia um die Ohren. Sie schrie auf. Er ließ den schweren Stein gar nicht erst los, sondern schlug damit sofort zu, traf sie am Kopf, und sie knallte zur Seite, fiel halb über den Steuerknüppel.

Sophia wurde schlagartig schwarz vor Augen.

45

Im silbernen Mondschein bog Jan auf den Waldweg ein und folgte ihm ein Stück zwischen die Bäume. Da sah er einen SUV. Das Fenster auf der Fahrerseite war zerstört. Er bremste, sprang von der Maschine und zückte sofort seine Dienstwaffe.

»Kruger!« Die Waffe entsichert, zielte er rechts, dann links auf die Schatten zwischen den Bäumen. Nichts. Mit schnellen Schritten näherte er sich dem Wagen, sprang vor, richtete die Waffe auf den Fahrersitz.

Der Wagen war verwaist.

»Riya. Ich bin beim GPS. Fahrzeug leer. Niemand hier.« Er gab ihr das Kennzeichen durch.

Als er sich genauer umsah, entdeckte er Blutstropfen auf dem Schotter. Eine Spur. Sie führte tiefer in den Wald. »Kruger!«, rief er noch einmal und folgte, die Waffe im Anschlag, dem Pfad.

Nervös sah er sich immer wieder um. Es gab hier zu viele Schatten und zu viele Unwägbarkeiten. Der schmale Waldweg wirkte nicht gerade einladend. Das GPS-Signal war offenbar am Auto abgesetzt worden … Aber wo war Kruger? War Sophia bei ihm?

Die Äste und Zweige warfen Schatten, ließen dunkle Krallenhände und Hunderte Schattenfinger über ihn gleiten, und Jan hatte das Gefühl, dass diese Schattenfinger jeden Moment zugreifen und ihn packen könnten. Schwarze Riesen würden ihn in die Nacht ziehen.

»Der Wagen ist auf Tom Ghasemi zugelassen«, meldete sich Riya.

»Ghasemi?« In seinem Kopf wirbelten die Gedanken.

Hatte Kruger auf seiner Flucht den Wagen des Nachbarn geklaut? Aber das hätte Ghasemi doch gemeldet …

Der Mond leckte durch die Baumwipfel. Unwillkürlich musste er an den Altar im Lüfterbauwerk Mitte denken. Ein paar der Äste sahen tatsächlich wie Schlangen aus, die sich über eine kalte Sonne schlängelten.

Eine perfekte Sommernacht.

Da bemerkte er vor sich einen Schatten auf dem Weg. Jemand lag dort. Er näherte sich zügig, ließ den Körper und die Schatten am Wegesrand nicht aus den Augen.

Kruger.

»Verstärkung? Wann? Zeit?« Er checkte Krugers Puls am Hals. Ein Stock ragte aus seinem Kopf. Tot, aber noch warm. »Ich habe Kruger. Er ist tot.«

Hatte Sophia ihn im Kampf erledigt? Aber wenn, wo steckte sie jetzt? Wieso kam sie nicht angelaufen, wenn sie Kian Kruger ausgeschaltet hatte? War sie verletzt?

»Sophia!«, er rief nach ihr. Keine Antwort.

»Fünf Minuten. Hubschrauber ebenfalls.«

Jan, die Waffe im Anschlag, eilte weiter. In der Ferne meinte er tatsächlich schon den Hubschrauber zu hören. Er blickte hinauf in die Bäume. Die riesigen dunklen Hände bewegten sich, zogen sich über ihm zusammen.

»Hol Christoph-29, Riya. Hol her, was du hast.« Er wollte lieber auch den Rettungshubschrauber hier haben.

»Verstanden. Sei vorsichtig.«

Die Bäume lichteten sich schließlich und machten dem Sternenhimmel und einer Wiese Platz. Die Dunkelheit brachte keinen Frieden. Es war noch immer drückend warm, selbst hier, nahe dem Ufer.

Er trat zwischen den letzten Bäumen hindurch und sah sofort das Mädchen.

Ein Kreis aus heruntergetretenem Gras und inmitten

dieses Kreises eine bunte Picknickdecke. Und der Mittelpunkt: Sophia.

Was, zum Teufel?

Wieso hatte sie Kruger ausgeschaltet, und jetzt lag sie hier?

Sie ist so alt wie Leonie, schoss es ihm wieder durch den Kopf.

Das Mädchen lag auf dem Rücken, die Hände vor der Brust gefaltet, in denen sie einen Strauß Wildblumen hielt. Das Mondlicht ließ Sophias weißes Kleid leuchten wie ein Gespenst.

Neben ihr stand ein Schatten, ein schwarzer Riese gegen das Mondlicht. Jan erkannte den hochgewachsenen Mann an seiner Silhouette.

»Ghasemi«, rief er und schritt auf ihn zu. »Ghasemi … Was?!«

Er brauchte einen Moment, um zu begreifen. Sah das Blut an Ghasemis Kleidern und seinen unerbittlichen, eiskalten Blick. Ghasemi war es, die ganze Zeit! Er hatte Kontakt zu Kruger und zum Pfarrer. Er kannte die Opfer, weil er sie psychologisch betreute!

»Treten Sie zurück! Gehen Sie von ihr weg!« Jan hob die Waffe, zielte auf ihn. Sophia, die magisch strahlte, lag reglos da. »Hände hinter den Kopf. Sofort«, befahl er. »Auf die Knie.«

Ghasemi dachte gar nicht daran. Stattdessen sah er mit starrem Blick Jan entgegen, der nicht zögerte und den Mann nach hinten ins Gras stieß, weg von Sophia.

Er kniete sich schnell – scheiß drauf, ob Ghasemi eine Waffe hatte – zu ihr und fühlte ihren Puls. Aber er konnte nichts spüren, da war nichts. Zu spät!

Du bist zu spät.

»Was … was haben Sie getan!«, schrie er Ghasemi an, der ihn stumm anstarrte, dann selig zu lächeln begann.

Oh Gott, schoss es Jan durch den Kopf.

»Sophia!« Er schlug sie. Keine Reaktion. »Sophia!«
Lächelte sie?

»Scheiße!« Er steckte die Waffe schnell ins Holster,
packte ihren Kopf und drückte seine Lippen auf ihre, beat-
mete sie.

»Sie ist im Licht, Herr Nygård. Ich bin hier fertig.«

Voller Verzweiflung begann Jan mit der Herzdruckmas-
sage. Zählte ab.

»Sophia! Hörst du mich? Sophia.« Keine Reaktion.

Nase zuhalten, beatmen.

»Sie ist in einer besseren Welt. Ich habe sie von ihrem
Schmerz befreit. Ist sie nicht wunderschön?« Leise kroch
Ghasemi auf ihn zu.

»Håll din jävla skäft!«, schrie Jan und drückte erneut
rhythmisch und mit Kraft.

Ihre Lippen trugen einen Hauch Schminke – nicht viel,
ganz zart. Er konnte es auf seinen Lippen schmecken. Sie
sah mit halb geöffneten Augen in den Himmel, in diese
Sterne, diese Milliarden Lichter, jenseits der Welt. Sie starrten zum Himmel, während sich eine Haarsträhne über ihre
vernarbte Wange bis zum Busen schlängelte.

Du Dreckskerl.

Manchmal singen die Spinnen.

Du Wichser. Ich bring dich um.

Und die Schreie seiner Mutter verklangen.

*Wie die Schreie von Hannah und die von … von Leo-
nie.*

Mein Gott, sie könnte hier liegen. Hier vor dir.

*Das könnte Leonie sein. Wie oft hat sie vom Sterben ge-
sprochen? Vom Aufgeben?*

Du Teufel!

Wieder beatmen.

Wieder drücken. Dreißigmal. »Komm schon! Komm! Sophia! Komm!«

Plötzlicher Wind kam auf, ließ die Bäume sich wiegen. Ein mächtiges Grollen. Suchscheinwerfer streiften über die Wiese, über das Gras, das sich wie Wellen unter dem nahenden Sturm am Wald brach.

Da gab es doch so ein Lied. Ein Lied, das man singen sollte, wegen des Intervalls beim Drücken. Wie ging es noch?

Er spürte Tränen auf seinen Wangen, presste, zählte. Gab nicht auf.

Gib nicht auf.

Er fuhr herum. Ghasemi. Er hatte ihn vorher nicht bemerkt. Wieso war er so nah bei ihm? Der Mann wich auf Knien zurück. Dieser Teufel! Hatte er eine Waffe? *Seine* Waffe? Es war ihm egal. In diesem Moment war es ihm einfach gleich. Sollte er doch auf ihn zielen, sollte er doch abdrücken …

Jans Wangen waren bereits ganz feucht, als das Gefühl der Verzweiflung ihn mit seiner Dunkelheit verschlang. In seinem Herzen drohte etwas Kostbares zu zerbrechen, und er ahnte, dass es nie wieder heilen würde. Sie war tot – und Jan fühlte sich, als würde das Leben, als würde jede Freude und Hoffnung hier und jetzt ausgelöscht werden. All seine Gefühle würden für immer mit diesem Mädchen verstummen.

Komm schon!

Er flehte sie an. »Sophia!«

Keine Bewegung. Kein Leben.

Zwei Helikopter senkten sich auf die Wiese und zerrissen mit ihren Rotoren die Stille.

Sophia trug dieses schlichte Kleid. Weiß. Es sah beinahe aus, als stammte es aus einer anderen Zeit, so rein und einfach gehalten. Es sah aus wie ein altmodisches Totenkleid.

Ein Totenkleid.

Nicht dran denken.

Er fuhr hoch, sah zu Ghasemi, der kniend auf ihn zielte.

Drück doch ab!, schrie er tonlos, während die Helikopter die Welt in Lärm versinken ließen.

Ghasemi zielte auf Jan. Mitten zwischen die Augen.

Das tote Kind lag vor ihnen.

Drück ab!

Im Augenwinkel sah er, wie Kollegen zu ihm rannten, sah sie rufen, hörte sie aber nicht. Sie hielten die Waffe im Anschlag, bereit zu feuern. Jemand schrie auf Ghasemi ein. Eine Hand fasste Jans Schulter, zog ihn zurück. Sanitäter. Und während Jan zurücktaumelte und Sophia den Ärzten überließ, fiel sein Blick auf den Mörder. Ghasemi lächelte.

Er drückte sich Jans Waffe unters Kinn.

»Ich bin hier fertig«, meinte Jan ihn noch einmal sagen zu hören. »Nygård, wir sehen uns im Licht.«

Ohne zu zögern, drückte er ab. Den Knall hörte Jan nicht. Alles ging unter.

Zahlreiche Sanitäter, Polizisten, Einsatzkräfte … Anna. Da war auch Anna. Sie kam auf die Wiese gerannt und reihte sich in den Reigen ein.

Drei Sanitäter beugten sich über Sophia. Und einer sah aus wie Kian Kruger. Im Mondlicht lächelte er Jan an …

Das Nächste, was Jan sah und was er für immer mitnehmen sollte, was er wie einen Schatz in seinem Herzen verschließen würde, war Sophias Blick.

Ihre Augen, diese Augen, die mit einem Mal zuckten, als ein Sanitäter sie intubierte. Die Augen, die sie plötzlich aufriss, die ihn ansahen. Und ihre Lippen, die bebten, als ihr Körper nach Luft rang.

Nach Leben.

Zurück.

Du bist zurück.

Sophia lebte.

Sie sahen sich an. Und während Jan auf seiner Schulter Annas Hand spürte, begrüßte er Sophia mit einem Lächeln.

46

Noch in der Nacht wurde Tom Ghasemis Haus von Sadik, Ralf und weiteren Kollegen durchsucht. Sie stießen im Dachgeschoss – verborgen vor Frau und Kindern – auf die seltsamen Tunnelzeichnungen und seine krude Apparatur, um sich selbst in einen todesnahen Zustand zu versetzen. Lammblut, Büttenpapier, die roten Fäden, Kapseln, zwei weitere Lammschädel sowie rund sechshundertzwanzig digitale Fotos vom Busunfall, die er aus verschiedenen Quellen zusammengesucht hatte, wurden neben gut achthundert weiteren Indizien sichergestellt.

In seiner Praxis entdeckten die Beamten zudem einen Metallschrank, der randvoll mit Kassetten aus einem Diktiergerät gefüllt war. Sie waren fein säuberlich mit Namen, Tag und Sitzungsthema beschriftet und stammten, wie sich einige Tage später herausstellte, aus Ludwigs Bestand. Schriftliche Aufzeichnungen auf Ghasemis Laptop legten nahe, dass er zwar begonnen hatte, sich fachlich mit den Gesprächen über die Nahtoderfahrungen auseinanderzusetzen und mit ihrer Hilfe eine wissenschaftliche Arbeit über Traumatherapie zu schreiben, jedoch mit der Zeit immer mehr abgedriftet war. In den letzten Monaten hatte er sich nur noch an den Schilderungen von Ludwigs Chormitgliedern ergötzt und manisch nach Hinweisen auf die Schlange, die Beschaffenheit des Lichts und die Möglichkeit einer »anderen Seite« gesucht.

Ludwig konnte keine Mittäterschaft nachgewiesen werden, allerdings stieß Lyn Petermann in Ludwigs PC auf diverse Snuff-Videos und mehrere Transaktionen im Darknet.

Während Sophia die nächsten zwei Wochen im UKE verbrachte und zu Kräften fand, besuchte Jan seinen Vater ein weiteres Mal im Altenheim. Der sture Bock ließ nicht davon ab, dass seine Nachbarin ihm die Figur geklaut hatte, aber immerhin wurde er ihr gegenüber nicht mehr handgreiflich.

Jan stand am offenen Fenster seiner Wohnung und blickte auf die abendliche Straße hinunter. Ein Gewitter kündigte sich an. Schwere Wolken zogen vom Meer her auf.

Die Zigarette glomm, als er an ihr zog, und er spürte dem beruhigenden Geschmack in seinem Hals und der Wärme in seiner Lunge nach.

Noch so ein Gift, dachte er. Genau wie die ganzen Erinnerungen.

»Willst du noch einen?«, wandte er sich an Anna, die auf dem Sofa hockte. Das Schlabber-Shirt über die Knie gezogen, die nackten Zehen unter ein Kissen gesteckt, blätterte sie in Fotoalben aus Jans Kindheit. Nachdem ihre Eltern aus dem Urlaub zurückgekommen waren, hatte sie ihn gefragt, ob sie noch ein paar Nächte bei ihm schlafen dürfe. Ohne groß zu überlegen, hatte er zugestimmt.

Er stippte die Zigarette aus und steckte den Stummel wie gewohnt in die Schachtel. Für einen Moment betrachtete er Anna, wie sie konzentriert die auf Papier gebannten Erinnerungen studierte. Sie hatte Sophias Familie angeboten, mit ihnen therapeutisch zu arbeiten. Nicht nur mit dem Mädchen, auch mit den Eltern. Seltsamerweise war er Anna dafür dankbar. Vermutlich, weil es für ihn eine Verbindung zwischen Sophia und Leonie gab. Er hatte seiner Tochter von Sophia erzählt, und Leonie hatte spontan vorgeschlagen, Sophia zu treffen. Er war sich unsicher, ob er diese Idee für gut hielt. Anna fand sie großartig.

Er ging zu ihr und goss sich einen Fingerbreit Whisky ein, während er ebenfalls die Fotos ansah.

Erinnerungen, dachte er. Sie definieren, wer wir sind, und sie hängen uns wie Mühlsteine um den Hals.

Er hielt ihr die Flasche hin. »Der ist aus der Nähe von Gävle, das ist gut anderthalb Stunden nördlich von Stockholm. Sieht da aus wie das da.« Er deutete mit der Flasche auf das aufgeschlagene Foto.

»Wie? Alles voll dreckiger Jungs?« Auf dem Bild war das kleine rot getünchte Häuschen im Wald zu sehen. Und die Hütte. Eigentlich war mehr Wald als alles andere auf dem Bild. Und ein zehnjähriger Jan Nygård, der die zu große Fellmütze seines Vaters trug.

»Wald, Berge, krunkelige Küste.«

Sie reichte ihm das Glas, und Jan goss ihr ein, dann setzte er sich neben sie. Er roch ihr Parfüm, es gefiel ihm. »Hier. Das bin ich auch. Da sind wir nach Uddevalla.«

Gemeinsam blätterten sie durch das Album.

»Willst du mit mir reden? Über ihn?« Sie tippte auf einen vierzigjährigen Mann, der in Schutzkleidung und Helm, das Gitter hochgeklappt, an einem gefällten Baum posierte.

»Kostet das extra? Oder übernimmt das die Abteilung?«

»Witzig. Du weißt, ich lass nicht locker.«

Natürlich wusste er, dass er reden sollte – dass er es musste, um irgendwie einen besseren Stand zu finden, damit seine Uppercuts, Hooks und Punches wieder trafen – aber er konnte sich einfach nicht überwinden.

Statt einer Antwort blickte er stoisch auf seinen Whisky.

Sie blätterte weiter, meinte wie beiläufig: »Reden hilft, Jan. Auch wenn es nicht dein Ding ist und du lieber den schweigsamen Zyniker spielst.«

»Vielleicht kann ich nicht anders.«

»Das ist Tinnef. Und das weißt du. Der Zynismus ist nur ein Pflaster, Jan. Er hilft. Aber bloß ein paar Sekunden.«

»Hm.«

»Ja. Und dadrunter eitert es weiter.«

»Du kannst so charmant sein. Echt.« Grinsend stieß er mit ihr an und nahm noch einen Schluck. Dann blätterte er um und stutzte.

»Ist das die Kirche, die aus Udee-Dings?«, fragte Anna und rückte das Album so, dass sie die Seite besser sehen konnte.

»Uddevalla. Ja«, sagte er erstaunt. Es waren mehrere Fotos, die die winzige Kirche – eher eine Holzkapelle – im Wald zeigten. Zwei Aufnahmen vor der Kirche und drei im Innern. Im Gegensatz zu Ludwigs Palast war diese Kirche ein Witz. Sie passte glatt in die Sakristei der St.-Thaddäus-Gemeinde, aber etwas anderes hatte Jans Aufmerksamkeit geweckt.

Er zog das schwere Fotoalbum zu sich heran, beugte sich nah an eines der Bilder, auf dem seine Mutter vor dem Altar stand. »Das gibt's doch nicht«, meinte er schließlich und nahm das Whiskyglas zur Hand. Er benutzte es als Lupe, ließ es prüfend über das Foto wandern und hielt inne. »Das is' ja 'n Ding.«

»Was denn?«

Er schob ihr das Album samt Glas hin. »Schau dir mal den Jesus an. Hinten. Auf der Säule beim Altar.«

Anna sah durch das Glas, rückte es hin und her und zuckte mit den Schultern.

»Der sieht genauso aus wie die Figur, die mein Vater dieser Frau geklaut hat.« Ungläubig musste Jan lachen. »Er hat gesagt, es ist seine Figur, und sie hat ihm den Jesus geklaut …«

»Tja. Da hat er wohl was durcheinandergebracht. Kein Wunder, wenn der genauso aussieht.«

Seufzend nahm Jan noch einen Schluck. »Und ich dachte, Gunvald ist einfach völlig durchgedreht und sucht unbedingt einen Grund, 'ne Frau zu verprügeln.«

»Sieht eher danach aus, als wäre einfach seine Erinnerung verrutscht.«

»Ja. Es gab den Jesus wirklich. Vielleicht waren wir ja öfter da, bei der Kirche. Ich weiß es nicht mehr.«

»Erinnerungen lügen. Alle.« Anna trank ihr Glas aus. »Du solltest ihn öfter sehen. Auch wenn du mit ihm nicht klarkommst.«

»Nicht klarkommst …« Kopfschüttelnd schloss Jan das Album und schob es weg. »Das ist milde ausgedrückt.«

»Er stirbt, Jan. Er verlässt schon jetzt diese Welt, ohne zu sterben. In ein, zwei Jahren wird er nicht mehr wissen …«

»Ich weiß. Er wird mich nicht mehr erkennen.« Jan wollte etwas Zynisches ergänzen, schluckte es aber herunter. Anna hatte recht. Gunvald starb, ohne zu sterben. Er verblasste, wie Erinnerungsfotos im Sonnenschein.

»Hm. Vielleicht muss ich über meinen Schatten springen.«

»Solltest du tun.«

Brummend trank auch er seinen Whisky aus. »Ich weiß nicht, ob ich das schaffe, Anna. Ich weiß es echt nich'.«

Sie winkte ihn zu sich heran. »Komm mal her«, sagte sie leise, und als er sich zu ihr beugte, küsste sie seine Wange. »Du schaffst das. Du schaffst das, Jan. Wenn es jemand schafft, dann du.«

Er wollte cool bleiben, musste aber wie ein Honigkuchenpferd grinsen. »Fy Fan!«

Danksagung

Dieses Mal geht mein Dank an Angela, meine unerschrockene Redakteurin. Angela, du musst nicht nur meine kruden Ideen aushalten, sondern auch meinen mörderischen Zeitplan.

Danke für die vielen Bücher, in denen wir zusammen bisher das Böse gejagt haben!

Mein Dank geht – wie so oft – an Gerd und Ina. Danke für Eure Ideen und Eure Ratschläge. Fachkundige Hilfe habe ich auch von Klaus in Sachen Medikamente bekommen – hab Dank.

Außerdem geht mein Dank wieder einmal – aber bei diesem Roman ganz besonders – an meine Frau Marion.

Danke dir!

Ohne deine Kritik und deine Hilfe – Emotionen! Rein damit! – in dunklen Stunden hätte ich diesen Roman wohl niemals schreiben können.

April 2023